STEPHEN KING
Después

Stephen King es el maestro indiscutible de la narrativa de terror contemporánea, con más de treinta libros publicados. En 2003 fue galardonado con la Medalla de la National Book Foundation por su contribución a las letras estadounidenses, y en 2007 recibió el Grand Master Award, que otorga la asociación Mystery Writers of America. Entre sus títulos más célebres cabe destacar *El misterio de Salem's Lot*, *El resplandor*, *Carrie*, *La zona muerta*, *Ojos de fuego*, *IT (Eso)*, *Maleficio*, *La milla verde* y las siete novelas que componen la serie *La Torre Oscura*. Vive en Maine, con su esposa Tabitha King, también novelista.

TAMBIÉN DE STEPHEN KING

Después

Después

Stephen King

*Traducción de José Óscar Hernández Sendín
y Ana Isabel Sánchez Díez*

VINTAGE ESPAÑOL

Penguin
Random House
Grupo Editorial

Título original: *Later*
Primera edición: septiembre de 2021

© 2021, Stephen King
© 2021, Penguin Random House Grupo Editorial USA, LLC
8950 SW 74th Court, Suite 2010
Miami, FL 33156

Traducción: José Óscar Hernández Sendín y Ana Isabel Sánchez Díez
Diseño de cubierta: Paul Mann

Penguin Random House Grupo Editorial apoya la protección del *copyright*.
El *copyright* estimula la creatividad, defiende la diversidad en el ámbito de
las ideas y el conocimiento, promueve la libre expresión y favorece una
cultura viva. Gracias por comprar una edición autorizada de este libro y
por respetar las leyes del Derecho de Autor y *copyright*. Al hacerlo está
respaldando a los autores y permitiendo que PRHGE continúe
publicando libros para todos los lectores.

Queda prohibido bajo las sanciones establecidas por las leyes escanear,
reproducir total o parcialmente esta obra por cualquier medio o
procedimiento, así como la distribución de ejemplares mediante
alquiler o préstamo público sin previa autorización.

Impreso en México / *Printed in Mexico*

ISBN: 978-1-644-73470-4

21 22 23 24 25   10 9 8 7 6 5 4 3 2 1

Para Chris Lotts

No hay demasiados mañanas.

MICHAEL LANDON

No me gusta empezar con una disculpa (seguro que existe alguna regla que lo desaconseja, como la de no abusar de los adverbios terminados en -mente), pero, tras revisar las treinta páginas que llevo escritas, me viento obligado a hacerlo. Se debe a cierta palabra que no dejo de utilizar. No me refiero a las expresiones vulgares, que aprendí de mi madre y que uso desde una edad temprana (como comprobarás), me refiero a la palabra *después*, en plan «tiempo después» o «después me enteré» o «fue solo después cuando comprendí». Soy consciente de que suena repetitivo, pero no me queda otro remedio, porque mi relato arranca cuando aún creía en Papá Noel y en el Ratoncito Pérez (aunque ya a los seis años me asaltaban las dudas). En la actualidad tengo veintidós, así que en cierto modo esto es después, ¿no? Me figuro que cuando cumpla los cuarenta —en el supuesto de que viva tanto— miraré atrás y recordaré lo que creía entender a esa edad y me daré cuenta de la cantidad de cosas que se me escapaban. Siempre existe un después, eso lo sé ahora. Al menos hasta que morimos. Supongo que a partir de entonces todo será *antes*.

Me llamo Jamie Conklin y, en cierta ocasión, dibujé un pavo de Acción de Gracias que me pareció la bomba. Después —y no mucho después— me enteré de que sí, era una bomba, pero de las fétidas. A veces la verdad es un auténtico asco.

Diría que esta es una historia de terror. Tú juzgarás.

1

Volvía a casa de la escuela, agarrado de la mano de mi madre. En la otra llevaba el pavo, uno de esos que pintábamos en primer grado la semana antes de Acción de Gracias. Estaba tan orgulloso del resultado que casi me meaba de los nervios. Te explico cómo lo hacíamos: poníamos la mano sobre un trozo de cartulina y luego trazábamos el contorno con una crayola. De esa forma sacábamos la cola y el cuerpo. En cuanto a la cabeza, cada uno se las apañaba como podía.

Se lo enseñé a mamá y se puso en plan «sí sí sí» y «bien bien bien», magnífico, aunque me parece que apenas le echó un vistazo. Seguramente estaría pensando en uno de los libros que intentaba vender. «Publicitar el producto», lo llamaba. Porque mamá era agente literaria, ¿sabes? La agencia había pertenecido a su hermano, el tío Harry, pero mamá se había hecho cargo del negocio un año antes de la época de la que te estoy hablando. Es una historia larga y, bueno, complicada.

—He usado el verde bosque porque es mi color favorito. Ya lo sabías, ¿verdad? —dije; para entonces casi estábamos en nuestro edificio, a apenas tres manzanas de la escuela.

Ella sigue con sus «sí sí sí». Y luego me dice:

—Cuando lleguemos a casa, ponte a jugar o siéntate a ver *Barney y sus amigos* y *Aventuras sobre ruedas*, que tengo que hacer muchísimas llamadas.

Entonces contesto *yo* «sí sí sí», lo que me valió un codazo y una sonrisa. Me alegraba cuando conseguía que sonriera, porque incluso con seis años me daba cuenta de que mi madre se tomaba el mundo muy en serio. Tiempo después descubrí que parte del motivo era yo. Dudaba de si estaría criando a un hijo con problemas mentales. El día del que te hablo es cuando se convenció de que, al fin y al cabo, no estaba loco. Lo cual debió de suponerle en cierto modo un alivio y en cierto modo todo lo contrario.

—No hables de esto con nadie —me dijo después, esa misma noche—. Solo conmigo. Y a lo mejor ni siquiera deberías contármelo a mí, ¿entiendes, cariño?

Contesté que sí. De pequeño, a tu mamá le dices a todo que sí. Menos cuando te manda a la cama, claro, o te pide que te acabes el brócoli.

Llegamos a nuestro edificio y el ascensor seguía averiado. Cabría pensar que las cosas habrían resultado de forma distinta si hubiera funcionado, pero lo dudo. Yo creo que las personas que dicen que la vida es una consecuencia de las decisiones y los caminos que tomamos son unos farsantes. Porque, fíjate, por la escalera o en el ascensor, habríamos salido igual en el tercero. Cuando el dedo caprichoso del destino te señala, todos los caminos llevan al mismo sitio, eso es lo que creo yo. Puede que cambie de opinión cuando sea mayor, pero sinceramente lo dudo.

—Jodido ascensor —soltó mamá, y añadió—: Tú no has oído nada, cariño.

—¿Oír qué? —le respondí, y me gané otra sonrisa.

La última de aquella tarde, te lo aseguro. Le pregunté si quería que le llevara el bolso, que como siempre contenía un manuscrito; uno grueso ese día, como de quinientas páginas (si hacía buen tiempo, mamá se sentaba en un banco a leer mientras esperaba a que saliera de clase).

—Una oferta encantadora, pero ¿qué te digo siempre?

—Que cada uno tiene que soportar su propia carga en la vida —respondí.

—Correcto.

—¿Es un libro de Regis Thomas? —pregunté.

—En efecto. El bueno de Regis, que nos paga el alquiler.

—¿Es sobre Roanoke?

—¿Hace falta preguntar, Jamie?

Reí con sarcasmo. El bueno de Regis *solo* escribía sobre Roanoke. Esa era la carga que soportaba en la vida.

Subimos por la escalera hasta el tercero, donde había otros dos apartamentos además del nuestro, que era el más lujoso y estaba situado al final del pasillo. El señor y la señora Burkett se encontraban fuera, de pie ante la puerta del 3A, y supe enseguida que pasaba algo, porque él estaba fumando un cigarrillo, lo que nunca le había visto hacer y que además en nuestro edificio estaba prohibido. Tenía los ojos inyectados en sangre y el pelo revuelto, del que brotaban espigas de color gris. Yo siempre me dirigía a él como «señor», aunque en realidad era «profesor» Burkett y daba clases de algo sofisticado en la Universidad de Nueva York: literatura inglesa y europea, me enteré después. La señora Burkett iba descalza y en camisón, uno muy fino. Se le transparentaba casi todo.

—Marty, ¿qué pasó? —preguntó mi madre.

Sin darle tiempo a responder, le enseñé el pavo. Porque parecía triste y quería animarlo, pero también porque estaba orgulloso de mi obra.

—¡Mire, señor Burkett! ¡Dibujé un pavo! ¡Mire, señora Burkett! —Lo sostuve delante de mi cara, porque no quería que la mujer creyera que estaba mirando sus partes.

El señor Burkett no me prestó atención. Supongo que ni me oyó.

—Tía, tengo que darte una terrible noticia. Mona ha muerto esta mañana.

Mi madre dejó caer entre los pies el bolso con el manuscrito y se tapó la boca con la mano.

—¡Ay, no! ¡Dime que no es verdad!

El hombre rompió a llorar.

—Se levantó por la noche y dijo que quería un vaso de agua. Yo me volví a dormir y esta mañana la he encontrado en el sofá tapada con un edredón hasta la barbilla, así que he ido de puntillas a la cocina y he preparado el café, porque pensé que un olor agradable... Que se de-de-despertaría... se despertaría...

Él entonces se derrumbó. Mamá lo tomó entre sus brazos, como me abrazaba a mí cuando me lastimaba, aunque el señor Burkett debía de tener como cien años (setenta y cuatro, me enteré después).

Fue en ese momento cuando me habló la señora Burkett. Me costó oírla, pero no tanto como a otros, porque ella aún estaba bastante fresca.

—Los pavos no son verdes, James.

—Bueno, pues el mío sí —le contesté.

Mi madre seguía sosteniendo al señor Burkett, acunándolo casi. Ellos no la oyeron, porque no podían, ni tampoco me oyeron a mí, porque estaban ocupados con cosas de adultos: mamá, consolando y el señor Burkett, llorando a lágrima viva.

—Llamé al doctor Allen y, cuando vino, dijo que probablemente había sufrido una rama. —Al menos eso entendí. Lloraba tanto que costaba distinguir las palabras—. Se comunicó con la funeraria, y se la llevaron. No sé qué voy a hacer sin ella.

—Mi marido le va a quemar el pelo a tu madre si no tiene cuidado con el cigarro —dijo la señora Burkett.

Dicho y hecho. Me llegó el tufo a pelo chamuscado, una especie de olor a salón de belleza. Mamá era demasiado educada para reprocharle nada, pero se deshizo del abrazo y a continuación le quitó el cigarrillo, lo dejó caer y lo aplastó con el pie. Si bien me pareció una cochinada tirar basura al suelo así, me callé. Comprendía que se trataba de una situación especial. También sabía que, si seguía hablando con la señora Burkett, se pondría histérico. Y mamá también. Hasta los niños saben algunas cosas básicas, a no ser que tengan fundida la azotea. Decías «por favor», decías «gracias», no te sacabas el pajarito en público ni masticabas con la boca abierta, y tampoco hablabas con personas muertas cuando se encontraban al lado de personas vivas que acababan de perderlas. Solo quiero alegar en mi defensa que, cuando la vi, no sabía que estaba muerta. Tiempo después aprendí a diferenciarlos mejor, pero en aquella época aún me faltaba práctica. Lo supe por el camisón que se transparentaba, no por ella. Los muertos tienen pinta de vivos, salvo por el hecho de que siempre llevan puesta la ropa con la que murieron.

Entretanto el señor Burkett repetía todo lo sucedido. Le contó a mi madre que se había sentado en el suelo al lado del sofá y había tomado de la mano a su mujer hasta que llegó el médico y luego otra vez hasta que llegó el empleado de pompas fúnebres para trasladarla. «Allende este mundo», había añadido, cosa que no entendí hasta que mamá me lo explicó. Y al principio me pareció que decía el empleado de «bombas fúnebres», tal vez por cómo olía cuando le quemó el pelo a mamá. El llanto había cesado, pero de pronto volvió a cobrar intensidad.

—Han desaparecido sus anillos —dijo entre lágrimas—. La alianza y el anillo de compromiso, el del diamante grande. Busqué en su mesita, donde los pone cuando se unta las manos con esa crema maloliente para la artritis...

—Sí que huele mal —admitió la señora Burkett—. La lanolina es básicamente cera de oveja, pero es muy buena.

Hice un gesto con la cabeza para mostrar que entendía, aunque no dije nada.

—… y en el baño, porque a veces los deja allí… He buscado *por todas partes.*

—Ya aparecerán —lo tranquilizó mi madre y, con el pelo ya fuera de peligro, volvió a abrazar al señor Burkett—. Aparecerán, Marty, no te preocupes por eso.

—*¡La echo mucho de menos! ¡Ya la echo de menos!*

La señora Burkett agitó una mano delante de la cara.

—Le doy seis semanas antes de que invite a comer a Dolores Magowan.

El señor Burkett sollozaba, y mi madre lo consolaba como me consolaba a mí cuando me raspaba las rodillas o aquella vez que quise prepararle una taza de té y me eché el agua hirviendo en la mano. En otras palabras, había mucho ruido, así que probé suerte, aunque en voz baja.

—¿Dónde están sus anillos, señora Burkett? ¿Lo sabe?

Tienen que decir la verdad cuando están muertos. Eso a los seis años lo ignoraba; estaba convencido de que los adultos, vivos o muertos, nunca mentían. Claro que por aquel entonces también creía que Ricitos de Oro era una niña real. Puedes llamarme idiota si quieres, pero al menos no me tragaba que los tres osos hablaran.

—En el armario del recibidor, en el estante de arriba —contestó ella—. Al fondo, detrás de los álbumes de recortes.

—¿Por qué están ahí? —pregunté, y mi madre me miró con cara rara.

Que ella viera, estaba hablándole a una puerta vacía…, aunque para entonces ya sabía que yo no era exactamente igual que los demás niños. Después de lo ocurrido en Central Park, una cosa nada agradable —ya llegaré a eso—, oí que le decía por teléfono a una editora amiga suya que yo era una «casandra». Me acojoné, porque me imaginé que a partir de entonces me iba a llamar Casandra, que es nombre de chica.

—No tengo ni idea —dijo la señora Burkett—. Supongo que ya estaba sufriendo el derrame y mis pensamientos estarían ahogándose en sangre.

Pensamientos ahogándose en sangre. Nunca he olvidado esa frase.

Mamá preguntó al señor Burkett si quería entrar a tomar una taza de té («o algo más fuerte»), pero él respondió que no, que iba a emprender otra búsqueda de los anillos perdidos de su mujer. Le preguntó si quería que le lleváramos comida china, que había pensado pedirla para cenar, y dijo que estaría bien, gracias, Tía.

Mi madre respondió «de nada» (que lo coreaba tanto como «sí sí sí» y «bien bien bien») y luego le dijo que se la llevaríamos a su apartamento a eso de las seis, a menos que le apeteciera pasar a cenar con nosotros, que sería bienvenido. Él dijo que no, que prefería comer en su casa, pero que le gustaría que cenásemos juntos. Solo que en realidad dijo «en *nuestra* casa», como si la señora Burkett siguiera viva. Que no era el caso, aunque estuviera allí presente.

—Para entonces ya habrás encontrado los anillos —le aseguró mamá. Me tomó de la mano—. Vamos, Jamie. Vendremos a ver al señor Burkett después, ahora es mejor que lo dejemos tranquilo un rato.

—Los pavos no son verdes, Jamie —repitió la señora Burkett—, y de todas formas eso no se parece a un pavo. Parece un garabato con dedos. No eres ningún Rembrandt.

Los muertos están obligados a decir la verdad, algo que viene bien cuando quieres conocer la respuesta a una pregunta, pero, como he comentado, la verdad puede ser un auténtico asco. Empezaba a enfadarme, sin embargo, justo entonces rompió a llorar y se me pasó. Se volvió hacia el señor Burkett y dijo:

—¿Quién comprobará ahora que has metido el cinturón por la trabilla de atrás del pantalón? ¿Dolores Magowan? ¡Ja, cuando vuelen los cerdos! —Le plantó un beso en la mejilla… o quizá solo besó el aire, no sabría decir—. Te quería, Marty. Aún te quiero.

El señor Burkett levantó la mano y se rascó donde lo habían rozado los labios de su mujer, como si le picara. Imagino que eso pensó él.

2

Pues sí, veo muertos. Que yo recuerde, siempre ha sido así. La cosa, sin embargo, no es como en la peli de Bruce Willis. Puede ser interesante, puede ser aterrador (como con el tipo de Central Park), y puede ser terrible, pero la mayoría de las veces es lo que es, sin más. Como ser zurdo o ser capaz de tocar música clásica con tres o cuatro años o desarrollar un alzhéimer de inicio temprano, que es lo que le ocurrió al tío Harry con solo cuarenta y dos años. De niño, me parecía que a esa edad ya eras viejo, aunque incluso entonces entendía que no tanto como para acabar olvidando quién eras. Y olvidando el nombre de las cosas; por alguna razón, eso siempre era lo que más me asustaba cuando íbamos a visitarlo. Sus pensamientos no se ahogaban en la sangre de un vaso cerebral reventado, pero se ahogaban de todos modos.

Mamá y yo caminamos despacio hasta el 3C, y ella abrió la puerta. Tardó un poco, porque había tres cerraduras. Decía que es el precio que se paga por vivir con estilo. Teníamos un apartamento de seis habitaciones con vistas a la avenida. Mamá lo llamaba «el Palacio». Teníamos una señora de la limpieza que acudía dos días a la semana. Mamá tenía un Range Rover en el parqueo de la Segunda Avenida, y de cuando en cuando nos escapábamos a la casa del tío Harry, en Speonk. Gracias a Regis Thomas y a unos pocos escritores más (pero, sobre todo, gracias al bueno de Regis), vivíamos como reyes. No duraría, por una serie de sucesos deprimentes de los que hablaré en breve. Al mirar atrás, a veces se me ocurre que mi vida era como una novela de Dickens, solo que con muchas groserías.

Mamá arrojó el manuscrito y el bolso encima del sofá y se sentó. El asiento emitió una especie de pedo, un ruido que normalmente nos hacía reír, pero no ese día.

—Vaya mierda —dijo mamá, y luego levantó una mano con gesto de contención—. Tú no…

—No he oído nada, nada.

—Bien. Necesito un collar que me suelte una descarga eléctrica o algo que zumbe cada vez que hable así delante de ti. Así aprendería. —Sacó el labio inferior y sopló hacia arriba para apartarse el flequillo—. Me quedan por leer doscientas páginas del último libro de Regis…

—¿Cómo se llama este? —pregunté, sabiendo que el título sería algo con «de Roanoke». Como todos.

—La doncella fantasma de Roanoke. Es de los mejores, tiene mucho se… muchos besos y abrazos.

Arrugué la nariz.

—Lo siento, cariño, a las señoras les gustan esos corazones palpitantes y muslos ardorosos. —Miró la bolsa en la que guardaba La doncella fantasma de Roanoke, sujeto con las seis o siete ligas de costumbre, una de las cuales siempre se rompía y provocaba que mamá soltara una cascada de maldiciones. Muchas de las cuales sigo utilizando yo—. Pero ahora no quiero hacer nada, solo quiero tomarme una copa de vino. Tal vez la botella entera. Mona Burkett era una cabrona de cuidado; de hecho, puede que a la larga Marty esté mejor sin ella, pero en estos momentos está destrozado. Espero por Dios que tenga familia, porque no es que me entusiasme la idea de ser su paño de lágrimas oficial.

—Ella también lo quería —le dije.

Mamá me miró con cara rara.

—¿Sí? ¿Tú crees?

—Lo sé. Me ha dicho una cosa muy cruel sobre mi pavo, pero luego se ha puesto a llorar y le ha dado al señor Burkett un beso en la mejilla.

—Eso te lo imaginaste, James —replicó ella, aunque poco convencida.

Para entonces ya debía de saber que había algo, estoy seguro, pero a los adultos les cuesta una barbaridad creer y te explicaré por qué. Cuando de pequeños se enteran de que Papá Noel es un farsante, de que Ricitos de Oro no es una niña real y de que el Conejito de Pascua es una soberana estupidez (son solo tres ejemplos, podría poner más), les entra una especie de complejo y dejan de creer en lo que no pueden ver con sus propios ojos.

—No, no me lo imaginé. Me dijo que nunca sería Rembrandt. ¿Quién es ese?

—Un pintor.

Volvió a soplarse el flequillo. No sé por qué no se lo cortaba sin más o le daba un aire diferente a su pelo. Podría arreglárselo de cualquier manera, porque era muy bonita.

—Cuando vayamos a cenar a casa del señor Burkett, no te atrevas a mencionarle nada de lo que crees haber visto.

—Bien, pero ella tenía razón. Mi pavo es una mierda.

—Y eso me deprimió.

Supongo que se me reflejó en la cara, porque abrió los brazos.

—Ven aquí, cariño.

Fui y la abracé.

—Tu pavo es precioso. Es el pavo más bonito que he visto en mi vida. Voy a ponerlo en el refri y permanecerá ahí para siempre.

Me apreté contra ella con todas mis fuerzas y hundí la cara en el hueco del hombro para oler su perfume.

—Te quiero, mamá.

—Yo también, Jamie. Te quiero muchísimo. Y ahora vete a jugar o a ver la tele. Tengo pendientes unas llamadas antes de pedir la cena.

—Sip. —Ya había echado a andar hacia mi cuarto, y de pronto me detuve—. Ha dejado los anillos en el armario del recibidor, en el estante de arriba, detrás de unos álbumes de recortes.

Mi madre se quedó mirándome con la boca abierta.

—¿Por qué se le ocurriría eso?

—Se lo pregunté y me dijo que no lo sabía. Dijo que sus pensamientos ya estaban ahogándose en sangre.

—Qué horror —susurró mamá, y se llevó la mano al cuello.

—Tendrías que pensar en una forma de contárselo cuando llegue la comida. Para que deje de preocuparle. ¿Puedo pedir pollo del general Tso?

—Sí. Y arroz frito, no blanco.

—Bien bien bien —le contesté, y me fui a jugar con mis Legos. Estaba construyendo un robot.

3

El apartamento de los Burkett era bonito, aunque más pequeño que el nuestro. Después de cenar, mientras nos comíamos las galletas de la fortuna (a mí me salió «Más vale pájaro en mano que cien volando», lo cual no tenía sentido), mamá habló:

—Marty, ¿has buscado en los armarios? Los anillos, quiero decir.

—¿Por qué iba a guardar los anillos en un armario? —Una pregunta bastante sensata.

—Bueno, si sufrió un ataque, tal vez no pensara con claridad.

Estábamos cenando en la mesita redonda de la cocina. La señora Burkett, que observaba sentada en un taburete junto a la encimera, empezó a mover enérgicamente la cabeza arriba y abajo cuando mamá sugirió eso.

—Quizá lo compruebe —dijo el señor Burkett. Sonaba muy impreciso—. Ahora mismo estoy muy disgustado y cansado.

—Mira en el armario del dormitorio cuando vayas para allá —le dijo mamá—. Yo buscaré en el del recibidor ahora mismo. Me hará bien estirarme un poco después de tanto cerdo agridulce.

—¿Se le ha ocurrido a ella sola? —dijo la señora Burkett—. No creí que fuera tan lista.

Ya costaba oírla. Al cabo de un rato, no alcanzaría a oír nada de nada, tan solo vería el movimiento de su boca, como si nos separara una pantalla de vidrio grueso. Y poco después desaparecería.

—Mi mamá es muy lista.

—Nunca he dicho lo contrario —dijo el señor Burkett—, pero si encuentra esos anillos en el armario del recibidor, le hago un monumento.

Justo entonces mi madre gritó «¡Bingo!» y entró en la cocina con los anillos en la palma de la mano. La alianza era normal y corriente, pero el anillo de compromiso tenía el tamaño de un globo ocular. Un señor diamante.

—¡Dios mío! —exclamó el señor Burkett—. ¿Cómo es posi...?

—Le recé a san Antonio —dijo mamá, aunque lanzó una mirada fugaz en mi dirección. Y una sonrisa—. «¡Antonio, Antonio, ven enseguida! ¡Necesito encontrar una cosa perdida!». Y ya ves que ha funcionado.

Pensé en preguntarle al señor Burkett si le pondría un lazo al monumento, pero me callé. No era el momento de hacerse el gracioso y, aparte, es como dice siempre mi madre: a nadie le gustan los listillos.

4

El funeral se celebró tres días después. Era el primero al que asistía, y fue interesante, aunque no lo que se dice divertido. Por lo menos mi madre no tuvo que ser el paño de lágrimas oficial. El señor Burkett tenía una hermana y un hermano que se encargaron de ello. Eran viejos, pero no tanto como él. Se pasó llorando todo el oficio mientras la hermana no cesaba de darle Kleenex, que sacaba de un bolso repleto de ellos. Me sorprende que tuviera espacio para algo más.

Esa noche mamá y yo cenamos pizza de Domino's. Ella bebió vino, y yo, Kool-Aid como recompensa por haberme portado bien en el funeral. Casi habíamos terminado cuando me preguntó si creía que la señora Burkett había estado allí.

—Sí. Estaba sentada en los escalones que subían hasta el sitio donde hablaban sus amigos y el reverendo.

—El púlpito. ¿Puedes...? —Tomó la última porción y la miró, luego volvió a dejarla en su sitio y me miró a mí—. ¿Veías a través de ella?

—¿Quieres decir como si fuera un fantasma de película?

—Sí, supongo que eso es lo que quiero decir.

—No. Estaba allí entera, aunque seguía en camisón. Fue extraño verla, porque murió hace tres días. Normalmente no duran tanto.

—¿Desaparecen sin más? —Como si tratara de aclarar las cosas en su cabeza. Pese a que se notaba que no le gustaba hablar del tema, me alegré de que se hubiera decidido. Era un alivio.

—Sí.

—¿Y qué hacía, Jamie?

—Estaba sentada, nada más. Ha mirado un par de veces el ataúd, pero sobre todo lo miraba a él.

—Al señor Burkett. Marty.

—Exacto. Dijo algo una vez, pero no la escuché. Una vez muertos, sus voces no tardan en empezar a apagarse, como cuando bajas la música en la radio del auto. Al cabo de un tiempo, ya no puedes oírlos.

—Y luego desaparecen.

—Sí. —Tenía un nudo en la garganta, así que me bebí el resto del Kool-Aid para desatarlo—. Desaparecen.

—Ayúdame a recoger —me pidió—. Y luego podemos ver un episodio de *Torchwood* si quieres.

—¡Sí, genial! —En mi opinión *Torchwood* era una serie normalita, pero irme a la cama una hora más tarde que de costumbre era lo mejor.

—Genial, pero siempre que entiendas que no vamos a convertir esto en un hábito. Y antes necesito advertirte de algo, de algo muy serio, así que quiero que prestes atención. La *máxima* atención.

—Sí.

Se agachó, apoyó una rodilla en el suelo, de modo que nuestras caras quedaron más o menos a la misma altura, y luego me agarró por los hombros, con cariño pero no sin firmeza.

—James, nunca le cuentes a nadie que ves a personas muertas. *Nunca jamás.*

—De todas formas no me creerían. Tú tampoco me creías.

—*Algo* sí —reconoció—. Desde aquel día en Central Park. ¿Te acuerdas de eso? —Se apartó el flequillo con un soplido—. Claro que sí. ¿Cómo ibas a olvidarlo?

—Me acuerdo. —Ojalá no lo recordara.

Seguía con una rodilla en el suelo, indagando en mis ojos.

—Pues ahí lo tienes. Que la gente no te crea te beneficia. Sin embargo, alguien podría tomarte en serio algún día. Y eso podría derivar en habladurías inadecuadas. O ponerte en peligro.

—¿Por qué?

—Como se suele decir: los muertos no hablan, Jamie. Pero *sí* pueden hablar contigo, ¿verdad? Hombres y mujeres. Según dices, están obligados a contestar a las preguntas que les hagan y no pueden mentir. Como si morir equivaliera a inyectarles una dosis de pentotal sódico.

No tenía ni idea de qué significaba eso y debió de reflejarse en mi cara, porque le restó importancia, aunque me pidió que recordara qué había ocurrido cuando le pregunté a la señora Burkett por los anillos.

—¿Por? —Me gustaba estar cerca de mamá, pero no me gustaba que me mirara con esa intensidad.

—Esos anillos eran valiosos, sobre todo el de compromiso. Las personas mueren con secretos, Jamie, y siempre hay quien ansía descubrirlos. No pretendo asustarte, pero a veces un susto es la única lección que funciona.

Como el hombre de Central Park, que me enseñó a tener cuidado con los autos y a usar siempre casco para montar en bici, pensé…, pero no lo dije.

—No hablaré con nadie —le dije.

—Nunca. Solo conmigo. Si lo necesitas.

—De acuerdo.

—Bien. Pues tenemos un trato.

Se puso de pie, fuimos al salón y vimos la tele. Cuando acabó el capítulo, me cepillé los dientes, hice pis y me lavé las manos. Mamá me arropó, me dio un beso y recitó lo que siempre recitaba:

—Dulces sueños, que descanses bien, que no se te destapen los pies.

La mayoría de las veces no la volvía a ver hasta por la mañana. Oía el tintineo del cristal mientras se servía una segunda copa de vino (o una tercera) y el jazz que ponía a bajo volumen cuando se sentaba a leer algún manuscrito. Solo que imagino que las madres deben de poseer un sexto sentido, porque esa noche entró en mi cuarto y se sentó en la cama. O tal vez me oyó llorar, a pesar de que me esforcé por no hacer ruido. Porque, como ella recordaba siempre, mejor ser parte de la solución que del problema.

—¿Qué te ocurre, Jamie? —preguntó, acariciándome el pelo—. ¿Estás pensando en el funeral? ¿O en que estaba allí la señora Burkett?

—Mamá, ¿qué me pasaría si te murieras? ¿Tendría que irme a vivir a un orfanato? Porque con el tío Harry seguro que no me voy a ir.

—Claro que no —dijo mamá mientras seguía acariciándome el pelo—. Y es lo que llamamos un caso hipotético, Jamie, porque no voy a morirme hasta dentro de mucho tiempo. Tengo treinta y cinco años, y eso significa que me queda media vida por delante.

—¿Y si te da lo mismo que al tío Harry y te mandan a vivir a ese sitio con él? —Las lágrimas me resbalaban por el rostro. Sus caricias habían conseguido que me sintiera mejor, pero también me hicieron llorar más, quién sabe por qué—. Ese sitio huele mal. ¡Huele a *pis*!

—La posibilidad de que eso ocurra es tan diminuta que si la pusieras al lado de una hormiga, la hormiga parecería Godzilla —dijo.

Eso me arrancó una sonrisa y me sentí mejor. Ahora que soy mayor, sé que o mentía o estaba mal informada, pero el gen que dispara lo que tenía el tío Harry, alzhéimer de inicio temprano, la evitó, gracias a Dios.

—No me voy a morir, ni *tú* tampoco, y creo que es muy posible que esta capacidad especial tuya desaparezca cuando crezcas. Así que... ¿estamos bien?

—Estamos bien.

—Basta de lágrimas, Jamie. Dulce sueños y...

—Que descanse bien y que no se me destapen los pies —concluí.

—Sí sí sí. —Me besó en la frente y se marchó. Dejó la puerta entreabierta, como de costumbre.

No quise contarle que no lloraba por el funeral, ni tampoco por la señora Burkett, porque ella no me había asustado. La mayoría de ellos no me asustan. Con el hombre de la bicicleta de Central Park, sin embargo, me había cagado de miedo. Su cara daba *grima*: era una masa *asquerosa*.

5

Estábamos en la calle Ochenta y seis Transversal, cruzando el parque de camino a Wave Hill, en el Bronx, donde una de mis amigas de preescolar daba una gran fiesta de cumpleaños («Para que luego hablen de malcriar a un hijo», dijo mamá). Yo llevaba en el regazo el regalo para Lily. Doblamos una curva y vimos a un montón de gente congregada en la calle. El accidente debía de haber sucedido apenas unos minutos antes. Un hombre se encontraba tirado en el suelo, con la mitad del cuerpo en la calzada y la otra mitad en la acera, y había una bicicleta retorcida a su lado. Alguien lo había tapado de cintura para arriba con una chaqueta. De cintura para abajo llevaba un pantalón negro con una franja roja lateral, una rodillera y unos tenis cubiertos de sangre, al igual que las medias y las piernas. Oímos ruido de sirenas que se acercaban.

De pie junto al cuerpo estaba el mismo hombre con el mismo pantalón y la misma rodillera. Tenía el pelo blanco manchado de sangre, y la cara hundida justo en el centro, creo que donde debió de golpearse con el bordillo. La nariz estaba como partida en dos, igual que la boca.

Los autos frenaban y mi madre dijo:

—Cierra los ojos. —Ella miraba al hombre tirado en el suelo, claro.

—¡Está muerto! —empecé a gritar—. ¡Ese hombre está muerto!

Nos detuvimos. No nos quedó más remedio. Por los autos que iban delante de nosotros.

—No, no —dijo mamá—. Está dormido, nada más. Pasa a veces cuando alguien se pega un golpe fuerte. Se pondrá bien. Tú cierra los ojos.

No le hice caso. El hombre aplastado levantó una mano y me saludó. Cuando los veo, lo saben. Siempre lo saben.

—¡Tiene la cara partida *en dos*!

Mamá miró de nuevo para comprobarlo y vio al hombre cubierto de cintura para arriba.

—No te asustes, Jamie —me dijo—. Tú cierra…

—¡Está *ahí*! —Señalé en su dirección. Me temblaba el dedo. Me temblaba todo el cuerpo—. ¡Justo ahí, de pie al lado de él mismo!

Eso la asustó. Me di cuenta por cómo se le tensó la boca. Tocó el claxon con una mano. Con la otra pulsó el botón que bajaba la ventanilla y empezó a hacer aspavientos a los autos de alante.

—¡*Vamos, muévanse!* —gritó—. ¡*No se queden mirándo-lo, mierda, que no es una puta película!*

Circularon, menos el que teníamos justo delante. Aquel tipo se había inclinado sobre el otro asiento para sacar una foto con el teléfono. Mamá se pegó a él y le dio un toquecito en el parachoques. El hombre le mostró el dedo del medio. Mi madre metió marcha atrás y viró hacia el otro carril para adelantarlo. Ojalá le hubiera devuelto el insulto, pero estaba demasiado histérico.

Mamá se libró de milagro de chocar con una patrulla que venía en sentido contrario y condujo hacia el otro lado del parque a toda velocidad. Casi había llegado cuando me desabroché el cinturón de seguridad. Mamá me gritó, pero de todas formas me lo quité, bajé la ventanilla, me puse de rodillas sobre el asiento, me asomé y dejé un reguero de comida en el costado del auto. No pude evitarlo. Cuando llegamos al lado oeste de Central Park, mamá paró y me limpió la cara con la manga de la blusa. No sé si volvió a ponerse esa blusa después de aquel día; es posible, aunque no lo recuerdo.

—Dios, Jamie. Estás blanco como el papel.

—No he podido evitarlo —dije—. No había visto nunca a nadie como él. Tenía *huesos* que le salían de la na-nariz… —Entonces volví a vomitar, pero conseguí que casi todo aterrizara en la calle y no dentro del auto. Además, tampoco era tanto.

Ella me acarició la nuca, sin hacer caso a alguien (quizá el hombre que nos había mostrado el dedo) que nos estaba pitando y nos adelantó.

—Solo han sido imaginaciones tuyas, cariño. Estaba tapado.

—No digo el del suelo. El que estaba de pie a su lado. Me *ha saludado* con la mano.

Se quedó mirándome un rato y pareció que iba a decir algo, pero acabó limitándose a abrocharme el cinturón.

—Creo que deberíamos olvidarnos de la fiesta. ¿Qué opinas?

—Sí. De todas formas, Lily no me cae bien. Cuando es la hora de los cuentos, me pellizca y luego disimula.

Volvimos a casa. Mamá me preguntó si sería capaz de retener un chocolate y le dije que sí. Nos tomamos una taza en la sala. Yo aún tenía el regalo de Lily; era una muñeca con traje de marinera. Cuando se la di la semana siguiente, en lugar de pellizcarme, me besó en la boca. Se burlaron por ello, pero no me importó.

Mientras nos bebíamos el chocolate (puede que ella añadiera un poquito de algo al suyo), mamá me dijo:

—Cuando estaba embarazada, me hice la promesa de que jamás mentiría a mi hijo, así que lo prometido es deuda. Sí, es probable que ese hombre estuviera muerto. —Hizo una pausa—. Probable, no. *Seguro*. Creo que ni siquiera le habría salvado el casco, y no he visto ninguno.

No, no llevaba casco. Porque de ser así, cuando lo arrollaron (después nos enteramos de que había sido un taxi), lo habría tenido puesto cuando lo vi de pie junto a su cuerpo. Siempre van vestidos con la ropa con la que mueren.

—Pero su cara solo la has imaginado, cariño. Es imposible que la vieras. Alguien lo había tapado con una chaqueta. Una buena persona, seguro.

—Llevaba una camiseta con un faro —dije. Entonces se me ocurrió algo. Un pensamiento que me animó mínimamente, aunque me figuro que, en una situación así, uno se conforma con poco—. Al menos era bastante viejo.

—¿Por qué dices eso? —Me miraba de un modo extraño. En retrospectiva, creo que fue entonces cuando empezó a creer, al menos un poco.

—Tenía el pelo blanco. Bueno, menos las partes que estaban manchadas de sangre.

Rompí a llorar otra vez. Mi madre me abrazó y me meció, y me quedé dormido mientras lo hacía. Te diré algo: no hay nada como tener cerca a una madre cuando por la cabeza te rondan cosas aterradoras.

Por la mañana nos dejaban el *Times* en la puerta. Mi madre solía leerlo en bata mientras desayunábamos, pero el día siguiente al suceso de Central Park tenía en la mesa uno de sus manuscritos. Cuando terminamos de desayunar, me dijo que me vistiera, que podríamos dar un paseo en barco en la Circle Line, así que debía de ser sábado. Recuerdo haber pensado que era el primer fin de semana que el mundo giraría sin el hombre de Central Park. Y la realidad volvió a imponerse.

Me vestí, como me había pedido, pero antes, mientras se duchaba, entré en su dormitorio. El periódico estaba encima de la cama, abierto en la página en la que se informaba de las personas fallecidas que son lo suficientemente famosas como para aparecer en el *Times*. Allí estaba la foto del hombre de Central Park. Se llamaba Robert Harrison. Con cuatro años, yo tenía un nivel de lectura alto, como de tercer grado, mi madre estaba muy orgullosa, y no había palabras difíciles en el titular de la noticia, lo único que leí: MUERE EN ACCIDENTE DE TRÁNSITO EL DIRECTOR GENERAL DE LA FUNDACIÓN FARO.

He visto a un buen número de muertos desde entonces —la mayoría de la gente no sabe hasta qué punto es cierto lo de que en medio de la vida estamos en la muerte— y a veces le contaba algo a mamá; sin embargo, casi siempre me lo guardaba, porque me daba cuenta de lo mucho que la afectaba. No volvimos a hablar en serio del asunto hasta que murió la señora Burkett y mamá encontró los anillos en el armario.

Aquella noche, después de que ella saliera de mi cuarto, creí que, si era capaz de dormir, soñaría con el hombre de Central Park, su cara partida en dos y los huesos que le salían de la nariz, o con mi madre en su ataúd y al mismo tiempo sentada en los escalones del púlpito, donde solo yo la vería. Pero, que yo recuerde, no soñé nada. Me levanté contento a la mañana siguiente, sintiéndome bien, y mamá también, y estuvimos los dos bromeando, lo típico, y ella pegó mi pavo en el refri y le plantó un beso, lo cual me hizo reír, y me llevó a la escuela, y la señora Tate nos habló de dinosaurios, y la vida continuó como acostumbra, sin complicaciones, y así transcurrieron dos años. Hasta que todo se vino abajo.

6

Cuando mamá comprendió hasta qué punto se habían puesto feas las cosas, la oí hablar por teléfono con Anne Staley, una amiga editora, sobre el tío Harry.

—Ya tenía pocas luces antes de que se le fundieran del todo. Ahora me doy cuenta —le dijo.

A los seis años no habría entendido un carajo. Pero para entonces ya tenía ocho, casi nueve, y lo entendí, al menos en parte. Se refería al lío en el que se había metido su hermano —involucrándola a ella— antes incluso de que el alzhéimer le desvalijara el cerebro como un ladrón en plena noche.

Yo la apoyaba, obviamente; era mi madre, y éramos nosotros contra el mundo, un equipo de dos. Odiaba al tío Harry por el problema que nos había caído. No fue hasta después, con doce o quizá catorce años, cuando comprendí que mi madre también tenía su parte de culpa. A lo mejor habría conseguido escapar cuando aún quedaba tiempo, era muy probable, pero no supo reaccionar. Al igual que el tío Harry, que fundó la Agencia Literaria Conklin, controlaba mucho sobre libros, pero de dinero, no lo suficiente.

Recibió hasta dos avisos. Uno provino de su amiga Liz Dutton, que era inspectora de la policía de Nueva York y una fiel seguidora de la saga de Roanoke de Regis Thomas. Mamá la había conocido en la fiesta de presentación de uno de sus libros y enseguida conectaron. Lo cual salió regular. Ya llegaré a eso, pero por ahora solo comentaré que Liz le contó a mi madre que el Fondo Mackenzie parecía demasiado bueno para ser verdad. Esto debió de ocurrir en la época en la que murió la señora Burkett, no estoy del todo seguro pero sé que fue antes del otoño de 2008, cuando la economía se hundió. Arrastrando la nuestra consigo.

El tío Harry solía jugar al *squash* en un club de moda cerca del Muelle 90, donde atracan los cruceros. Uno de los amigos con los que jugaba era un productor de Broadway, que le habló del Fondo Mackenzie. El tipo en cuestión lo llamó «licencia para forrarse rápido», y el tío Harry se lo tomó en serio. ¿Por qué no? Aquel fulano había producido un fantastillón de musicales que se habían mantenido en cartelera muchos años, no solo en Broadway, sino también en el resto del país, y le llovían las regalías (sabía con exactitud qué eran las regalías: era hijo de una agente literaria).

El tío Harry hizo sus pesquisas, habló con un pez gordo que trabajaba para el Fondo (aunque no con James Mackenzie en persona, porque el tío Harry era un mero insecto en el gran esquema de las cosas) y metió un buen puñado de dinero. Ofrecía retornos tan altos que invirtió más. Y más. Cuando aparecieron los primeros síntomas del alzhéimer —que se agravaron muy rápido—, mi madre se hizo cargo de todas las cuentas y no solo conservó el fondo, sino que invirtió más dinero.

Monty Grisham, el abogado que ayudaba con los contratos por aquel entonces, no solo le aconsejó que no invirtiera más, sino también que se retirara mientras aún obtuviera beneficios. Fue el segundo aviso que recibió, no mucho después de hacerse cargo de la Agencia Conklin. Monty también añadió que, si algo parecía demasiado bueno para ser verdad, más valía desconfiar.

Te estoy contando todo lo que averigüé tomando una pizca de aquí y otra de allá, como la conversación que oí entre mamá y su colega editora. Estoy seguro de que lo entiendes, y estoy seguro de que no hace falta que te explique que el Fondo Mackenzie era en realidad una enorme estafa piramidal. El sistema de Mackenzie y su alegre banda de ladrones se basaba en recaudar una barbaridad de millones y pagar altos porcentajes de retorno mientras esquilmaban la mayor parte del dinero invertido. La operación se mantenía enganchando a nuevos inversores, adulándolos, haciéndoles creer que eran especiales, porque solo permitían participar en el Fondo a un grupo selecto de personas. Resultó que esos pocos elegidos se contaban por miles, e incluían desde productores de Broadway hasta viudas adineradas que perdieron su fortuna de la noche a la mañana.

Una estafa de este tipo depende de que los inversores estén contentos con sus ganancias y de que no solo no retiren el dinero del Fondo, sino de que aumenten su aportación. Funcionó bien una temporada, pero cuando la economía se colapsó en 2008, casi todos solicitaron la devolución de su dinero y el dinero había volado. Mackenzie era un pelagatos al lado de Madoff, el rey de los esquemas de Ponzi, pero podría plantarle cara al viejo Bern; tras acumular más de veinte mil millones de dólares, en las cuentas de Mackenzie solo quedaron unos míseros quince. Acabó en la cárcel, para satisfacción general, pero como a veces canturreaba mamá: «No solo de pan se vive y la venganza no paga las facturas».

«No pasará nada, no pasará nada —me decía cuando Mackenzie empezó a salir en todos los canales de noticias y en el *Times*—. No te preocupes, Jamie».

Sin embargo, aquellas ojeras indicaban que ella sí estaba superpreocupada, y tenía un montón de motivos para estarlo.

He aquí algo más de lo que me enteré después: mamá solo contaba con unos doscientos mil dólares en activos de los que poder echar mano, y eso incluía nuestras pólizas de seguros. No quieras saber a cuánto ascendía el pasivo. Solo te recordaré que nuestro apartamento estaba en Park Avenue; las oficinas de la agencia, en Madison Avenue, y el centro de cuidados especiales en el que vivía el tío Harry («si es que puedes llamar "vivir" a eso», casi oigo añadir a mi madre), en Pound Ridge, que, a ver, ya habrás deducido que barato no era.

La primera medida que tomó mamá fue cerrar las oficinas de Madison Avenue. Después de eso, trabajó en el Palacio, al menos durante una temporada. Pagó por adelantado parte del alquiler después de cobrar el saldo de las pólizas de seguros que he mencionado, incluida la de su hermano, pero eso solo duró nueve o diez meses. Puso en alquiler la casa del tío Harry en Speonk. Vendió el Range Rover («La verdad es que, de todas formas, en la ciudad no necesitamos auto, Jamie») y un montón de primeras ediciones, entre ellas un ejemplar firmado de *El ángel que nos mira*, de Thomas Wolfe. Lloró por tener que desprenderse de él y dijo que no había conseguido ni la mitad de lo que valía, porque el mercado de libros raros también se había ido al carajo gracias a un puñado de vendedores tan desesperados como ella. Nuestra pintura de Andrew Wyeth también voló. Y todos los días despotricaba contra James Mackenzie por ladrón, por avaricioso, por hijo de puta, por cabrón, por la hemorroide sangrante con patas que era. El tío Harry también recibía lo suyo a veces, decía que estaría viviendo detrás de un contenedor de basura antes de que acabara el año y que lo tendría bien merecido. Y, para ser justos, después se maldecía a sí misma por no haber escuchado a Liz y a Monty.

«Me siento como la cigarra que se pasó todo el verano jugando en lugar de trabajar», me dijo una noche. En enero o febrero de 2009, creo. Por entonces Liz ya se quedaba a dormir de vez en cuando, aunque no aquella noche. Puede que fuera la primera vez que notaba las hebras grises en la bonita cabellera roja de mi madre. O quizá lo recuerdo porque se echó a llorar y me tocó a mí consolarla, aunque no era más que un niño y no sabía muy bien qué hacer.

Ese verano nos mudamos del Palacio a un apartamento mucho más pequeño en la Décima Avenida.

«No es una pocilga —dijo mamá—, y está bien de precio.» Y también: «No pienso irme de la ciudad de ninguna manera. Sería como agitar una bandera blanca. Empezaría a perder clientes».

La agencia se trasladó con nosotros, claro. El despacho estaba en lo que supongo que habría sido mi cuarto si las cosas no hubieran estado tan jodidas. Mi habitación era una especie de alcoba adyacente a la cocina. Era calurosa en verano y fría en inverno, pero al menos olía bien. Creo que había sido la despensa.

Alojó al tío Harry en una institución de Bayonne. Cuanto menos se diga de ese sitio, mejor. Lo único bueno, supongo, era que de todas formas el pobre no sabía dónde estaba; aunque hubiera vivido en el Beverly Hilton, habría seguido meándose en los pantalones.

Más cosas que recuerdo de 2009 y 2010: mi madre dejó de ir a la peluquería. Ya no salía a comer con amigas, solo con clientes de la agencia si era absolutamente necesario (porque siempre le endosaban la cuenta a ella). Compraba poca ropa nueva y lo hacía en tiendas de saldo. Y empezó a beber más vino. Mucho más. Había noches en las que ella y su amiga Liz —la policía fan de Regis Thomas que he mencionado antes— se emborrachaban juntas. A la mañana siguiente mamá tenía los ojos rojos y un humor de perros, y se pasaba el día en piyama holgazaneando en su oficina. A veces cantaba «Han vuelto los días de mierda, ha vuelto el puto cielo gris». Esos días era un alivio ir a la escuela. Una escuela *pública*, claro; mis días de educación privada habían acabado, por cortesía de James Mackenzie.

Había algunos rayos de luz en aquella oscuridad. Puede que el mercado de libros raros se hubiera ido al carajo, pero la gente volvía a leer; novelas para entretenerse y libros de autoayuda porque, no nos engañemos, en 2009 y 2010 había muchas personas que necesitaban ayudarse a sí mismas. A mamá siempre le gustaron las novelas de suspenso y llevaba construyendo esa sección de la casa Conklin desde el mismo momento en que ocupó el puesto del tío Harry. Tenía a diez o doce escritores de misterio. No vendían millones, pero su quince por ciento reportaba lo suficiente como para pagar el alquiler y mantener las luces encendidas en nuestra nueva casa.

Además, estaba Jane Reynolds, una bibliotecaria de Carolina del Norte. Su novela de misterio, titulada *Rojo sangre*, se había colado por la ventana, como suele decirse, y había acabado en la pila de manuscritos no solicitados; mamá quedó entusiasmada. Organizó una subasta para quien quisiera publicarla. Todas las grandes editoriales participaron, y los derechos terminaron vendiéndose por dos millones de dólares. Nos correspondían trescientos mil, y mi madre empezó a sonreír de nuevo.

—Pasará mucho tiempo antes de que regresemos a Park Avenue —me dijo—, y nos queda mucho que escalar para escapar del agujero que cavó el tío Harry, pero quizá lo consigamos.

—De todas formas, yo no quiero volver a Park Avenue —le dije—. Me gusta esto.

Ella sonrió y me abrazó.

—Eres un amor, chiquito. —Alargó los brazos, sin soltarme, y me estudió—. Aunque ya no eres tan chiquito, ¿eh? ¿Sabes qué esperanza tengo?

Negué con la cabeza.

—Que Jane Reynolds sea una ricura y escriba un libro al año. Y que hagan la película de *Rojo sangre*. Y si no ocurre ninguna de esas cosas, aún nos quedarán el bueno de Regis Thomas y su saga de Roanoke. Es la joya de nuestra corona.

Solo que *Rojo sangre* resultó ser como el último rayo de sol antes de que estalle una gran tormenta. No llegaron a hacer la peli, y la editorial que pujó por el libro se equivocó, como sucede a veces. El libro fue un fracaso, cosa que a nosotros no nos perjudicó económicamente —ya habíamos cobrado—, pero hubo otros asuntos y los trescientos mil se esfumaron como polvo en el viento.

Primero, las muelas del juicio de mamá se pusieron cabronas y se infectaron. Tuvieron que sacárselas todas. Eso fue malo. Después, el tío Harry, el conflictivo tío Harry, que aún no había cumplido los cincuenta, se cayó en la residencia de Bayonne y se fracturó el cráneo. Eso fue mucho peor.

Mamá habló con el abogado que la ayudaba con los contratos de los libros (y que se llevaba una tajada sustancial de la tarifa de la agencia por las molestias). Le recomendó a un especialista en querellas por negligencia y responsabilidad. Ese otro abogado aseguró que podíamos presentar un buen caso, y quizá acertara, pero no llegamos ni a acercarnos a un juzgado; el centro de Bayonne se declaró en bancarrota. El único que ganó dinero con este asunto fue ese abogado de pacotilla experto en caídas y resbalones, que se embolsó poco menos de cuarenta mil dólares.

«Al carajo con las horas facturables», soltó mamá una noche, cuando ella y Liz Dutton apuraban ya la segunda botella de vino. Liz se echó a reír porque los cuarenta mil no eran suyos. Mamá se echó a reír porque estaba entonada. Yo fui el único que no le encontró la gracia, porque no se trataba solo de los honorarios del abogado. También estábamos jodidos por las facturas médicas del tío Harry.

Para rematarlo, Hacienda reclamó a mamá los impuestos atrasados que debía el tío Harry. Había estado eludiendo a ese otro tío —Sam— para poder derrochar más en el Fondo Mackenzie.

Lo que nos dejaba a Regis Thomas.

La joya de nuestra corona.

7

Y, ahora, fíjate en lo que sigue.

Estamos en otoño de 2009. Obama es presidente, y la economía va recuperándose poco a poco. Para nosotros, no tanto. Estoy en tercero, y la señorita Pierce me llamó al pizarrón para resolver un problema de fracciones, porque se me dan bien esas cosas. A ver, con siete años ya sabía calcular porcentajes, soy hijo de una agente literaria, ¿recuerdas? Detrás de mí, los demás niños están nerviosos, porque es ese corto y raro período de clases entre Acción de Gracias y Navidad. El problema es sencillo, pan comido, y ya casi he terminado cuando el señor Hernández, el subdirector, asoma la cabeza por la puerta. Mantiene una conversación breve con la señorita Pierce, en susurros, tras la cual ella me pide que salga al pasillo.

Mi madre está esperándome ahí, blanca como la leche. Como la leche *desnatada*. Lo primero que pienso es que el tío

Harry, que ahora lleva una placa de acero en el cráneo para proteger un cerebro inservible, murió. Lo que en cierto modo macabro sería una bendición, porque se reducirían los gastos. Sin embargo, cuando pregunto, dice que el tío Harry, que para entonces vive en una residencia de tercera en Piscataway (no deja de moverse hacia el oeste, como una especie de pionero jodido de la cabeza), está bien.

Mamá me arrastra a toda prisa por el pasillo y salimos por la puerta antes de que pueda preguntarle nada más. Estacionado junto a la línea amarilla, el sitio reservado para que los padres dejen a sus hijos y los recojan por la tarde, hay un sedán Ford con una luz rotativa en el tablero. De pie a su lado, con una gabardina azul que tiene impresas las siglas del Departamento de Policía de Nueva York, está Liz Dutton.

Mamá me empuja hacia el auto, pero me planto y la obligo a pararse.

—¿Qué pasa? —le pregunto—. ¡Cuéntamelo!

No lloro, aunque no tardarán en saltárseme las lágrimas. Hemos recibido una mala noticia tras otra desde que descubrimos lo del Fondo Mackenzie y no creo que pueda soportar una más, pero parece que sí: Regis Thomas ha muerto.

La joya de nuestra corona ha caído.

8

Tengo que hacer un inciso para hablarles de Regis Thomas. Mi madre solía decir que la mayoría de los escritores son más raros que un mojón que brilla en la oscuridad, y el señor Thomas era un claro ejemplo.

La saga de Roanoke —así la llamaba él— constaba de nueve libros cuando murió, cada uno del grosor de un ladrillo. «El bueno de Regis siempre sirve raciones generosas», dijo mamá una vez. Cuando tenía ocho años, me colé en su oficina, tomé de una estantería una copia del primer volumen, *El pantano de la muerte de Roanoke*, y me lo leí. Sin problemas. La lectura se me daba tan bien como las matemáticas y ver muertos (no cuenta como alardear si es verdad). Además, *El pantano de la muerte* no era *Finnegans Wake* precisamente.

No digo que estuviera mal escrito, no te hagas esa idea; el hombre sabía contar historias. Había aventuras a raudales, un montón de escenas de miedo (sobre todo en el pantano de la muerte), una búsqueda de un tesoro enterrado y buenas raciones picantes de S-E-X-O del bueno. Con ese libro aprendí más sobre el verdadero significado del sesenta y nueve de lo que probablemente debería saber un niño de ocho años. Y aprendí algo más, aunque no establecí una relación consciente hasta tiempo después. Tenía que ver con todas esas noches que Liz, la amiga de mamá, se quedaba a dormir.

Diría que *El pantano de la muerte* tenía una escena de sexo cada cincuenta páginas o así, incluida una en un árbol mientras unos caimanes hambrientos merodeaban debajo. Vaya, que bien podría haberse llamado *Cincuenta sombras de Roanoke*. En mi preadolescencia, Regis Thomas me enseñó a masturbarme; si te parece demasiada información, te aguantas.

Lo cierto es que los libros formaban una saga en el sentido de que relataban una historia continuada con un elenco de personajes recurrentes. Eran hombres fuertes de cabello rubio y ojos risueños, hombres traicioneros de mirada esquiva, indios nobles (que en libros posteriores se convertirían en nobles nativos americanos) y bellas mujeres de senos firmes y torneados. Todos —los buenos, los malos, las macizas— estaban permanentemente cachondos.

El elemento central de la saga, lo que atraía una y otra vez a los lectores (es decir, aparte de los duelos, los asesinatos y el sexo), era el enorme secreto que había causado que todos los colonos de Roanoke desaparecieran. ¿Había sido culpa de George Threadgill, el villano principal? ¿Los colonos estaban muertos? ¿Existía una ciudad antigua y repleta de sabiduría ancestral debajo de Roanoke? ¿Qué había querido decir Martin Betancourt cuando, antes de expirar, declaró: «El tiempo es la llave»? ¿Qué significaba en realidad «croatoan», esa críptica palabra que hallaron grabada en una empalizada del asentamiento abandonado? Millones de lectores babeaban por conocer las respuestas a esas preguntas. A quienes, en un futuro lejano, no se lo terminen de creer, simplemente les aconsejaría que buscaran algo de Judith Krantz o Harold Robbins. Millones de personas también leen sus historias.

Los personajes de Regis Thomas eran proyecciones clásicas. O quizá quiera decir que satisfacían los deseos. Él era un hombrecillo arrugado cuya foto de autor se retocaba de manera sistemática para que su cara no pareciera un bolso de cuero. No viajaba a Nueva York porque no podía. El hombre que escribía sobre tipos intrépidos que se abrían camino a machetazos a través de pantanos pestilentes, que se batían en duelo y tenían sexo acrobático bajo las estrellas, era un solterón agorafóbico que vivía solo. Era también increíblemente paranoico (eso decía mi madre) en lo que se refería a su trabajo. No permitía que nadie lo viera hasta que estuviera terminado, y, después de que los dos primeros volúmenes cosecharan un éxito clamoroso y encabezaran las listas de los más vendidos durante meses, eso incluía a los correctores. Insistía en que se publicaran tal cual los escribía, palabras divinas, una por una.

No era escritor de un libro por año (El Dorado de los agentes literarios), pero no fallaba; cada dos o tres años aparecía una novela con las palabras «de Roanoke» en el título.

Las cuatro primeras salieron bajo el amparo del tío Harry; las cinco siguientes, bajo el de mamá. Entre ellas figuraba *La doncella fantasma de Roanoke*, que Thomas anunció que sería el penúltimo volumen. Había prometido que el último libro de la saga daría respuesta a todas las cuestiones que sus fieles lectores llevaban preguntándose desde las primeras expediciones al pantano de la muerte. También sería el más largo, de unas setecientas páginas quizá (lo que permitiría a la editorial subir uno o dos dólares el precio de venta). En una de las visitas de mi madre a su casa, en el norte del estado, le confió que, una vez que Roanoke y todos sus misterios hubieran quedado finiquitados, planeaba empezar una serie de varios volúmenes centrada en el *Mary Celeste*.

Todo pintaba bien hasta que cayó muerto en su mesa cuando no llevaba más que treinta páginas de su *magnum opus*. Le habían pagado la increíble cifra de tres millones de dólares como adelanto, pero, sin libro, habría que devolverlo todo, incluida nuestra comisión. Solo que nuestra parte o se había esfumado o estaba reservada. Aquí, como puede que hayas adivinado, es donde yo entré en escena.

Entonces, reanudemos la historia.

9

Al aproximarnos al auto, que yo sabía que era de policía aunque no llevara ningún distintivo (lo había visto un montón de veces, estacionado frente a nuestro edificio, con un cartel que rezaba OFICIAL DE POLICÍA DE SERVICIO en el tablero), Liz se abrió la gabardina para enseñarme la funda sobaquera vacía. Era una especie de broma personal. «Nada de armas cerca de mi hijo» era una norma estricta que mamá obligaba a cumplir a rajatabla. Así que Liz siempre me enseñaba la pistolera vacía cuando la llevaba puesta, y yo la había visto muchas veces sobre la mesa de centro de nuestro salón. Además de encima de la mesita de noche del lado de la cama que mi madre no ocupaba; a los nueve años me hacía una idea bastante acertada de lo que eso significaba. *El pantano de la muerte de Roanoke* incluía tórridas escenas entre Laura Goodhugh y la viuda de Martin Betancourt, Purity Betancourt (que de pura no tenía nada).

—¿Qué está haciendo *ella* aquí? —pregunté a mamá cuando llegamos al auto.

Liz estaba allí mismo, así que me imagino que lo que dije fue de mala educación, cuando no una grosería absoluta, pero acababan de sacarme de clase casi a rastras y, antes de llegar a la puerta, ya me habían informado de que nuestra fuente de sustento se había agotado.

—Sube, campeón —dijo Liz. Siempre me llamaba así—. El tiempo corre.

—No quiero. Hoy hay palitos de pescado para comer.

—Nada de eso, vamos a comer Whopper con papas fritas. Invito yo.

—Sube al auto —dijo mi madre—. Por favor, Jamie.

Así pues, me monté en el asiento de atrás. Había un par de envoltorios de Taco Bell en el suelo y olía a algo que podían ser palomitas de microondas. Había otro olor también, uno que asociaba con nuestras visitas a las distintas residencias del tío Harry. Al menos no tenía esa rejilla metálica entre los asientos de delante y de atrás que había visto en algunas series que le gustaban a mamá (tenía debilidad por *The Wire*).

Mamá se sentó delante, y Liz arrancó. Paró en el primer semáforo en rojo y encendió las luces en el tablero. Emitía una luz intermitente, acompañada de un pequeño pitido, *bip-bip-bip*, pero incluso sin la sirena los autos se apartaban de su camino y nos plantamos en la autopista en un santiamén.

Mi madre se giró y me miró por el hueco entre los asientos con una expresión que me asustó. Parecía desesperada.

—¿Es posible que esté en casa, Jamie? Estoy segura de que se habrán llevado el cadáver a la morgue o a la funeraria, pero ¿podría seguir él allí?

La respuesta era que no lo sabía, aunque en un primer momento no dije ni eso ni ninguna otra cosa. Estaba atónito. Y herido. Puede que hasta furioso, no lo recuerdo con seguridad, pero el asombro y el dolor los recuerdo muy bien. Me había pedido que no le contara a nadie que veía muertos, y yo había cumplido, pero ella *no*. Se lo había contado a Liz. Era la razón de que estuviera allí, y pronto usaría la luz intermitente del tablero para despejar el tráfico en Sprain Brook Parkway.

—¿Cuánto hace que lo sabe? —pregunté al final.

Vi que Liz me guiñaba un ojo por el espejo retrovisor, la clase de guiño que significaba «tenemos un secreto». No me gustó. Se suponía que el secreto quedaba entre mamá y yo.

Mamá alargó el brazo y me agarró por la muñeca. Tenía la mano fría.

—Eso da igual, Jamie. Solo dime si es posible que siga allí.

—Supongo. Si es donde ha muerto.

Me soltó y le rogó a Liz que fuera más rápido, pero Liz negó con la cabeza.

—No es buena idea. Pronto tendríamos una escolta policial detrás y querrían saber cuál es la emergencia. ¿Y qué voy a explicarles, que tenemos que hablar con un tipo muerto antes de que desaparezca?

Noté por el tono en que lo dijo que no se creía una palabra de lo que mamá le había contado, que solo le seguía la corriente. Se lo tomaba a guasa. A mí eso me daba igual. En cuanto a mamá, mientras Liz nos llevara a Croton-on-Hudson, no creo que le importara lo que pensara.

—Pues ve tan rápido como puedas.

—Entendido, Tití. —Nunca me gustó que llamara así a mamá, me recordaba a una rima que hacían algunos niños de mi clase cuando tenían que ir al baño, pero a mamá no parecía molestarle. Aquel día le habría dado igual que Liz la llamara Mary Mistetas. Probablemente ni se habría percatado.

—Hay personas que saben guardar secretos y personas que no. —No me pude contener. Conque imagino que sí, estaba furioso.

—Basta —me ordenó mi madre—. No puedo permitirme el lujo de tenerte de mal humor.

—No estoy de mal humor —repliqué malhumorado.

Sabía que ella y Liz estaban muy unidas, pero se suponía que ella y yo éramos uña y carne. Al menos podría haberme preguntado qué me parecía la idea antes de largarle nuestro mayor secreto alguna noche en la cama después de haber subido lo que Regis Thomas llamaba «la escalera de la pasión».

—Comprendo que estés enfadado, y podrás desahogarte conmigo después, pero ahora mismo te necesito, hijo. —Era como si hubiera olvidado que Liz estaba allí, pese a que yo le veía los ojos en el espejo retrovisor y sabía que permanecía atenta a cada palabra.

—Bueno. —Me había asustado un poco—. Tranqui, mamá.

Se atusó el pelo y, de propina, se jaló del flequillo.

—Es todo tan injusto. Todo lo que nos ha pasado... lo que nos sigue pasando... ¡Es una puta mierda, maldición! —Me alborotó el pelo—. Tú no has oído eso.

—Pues lo he oído —le contesté. Porque seguía enfadado, pero ella tenía razón. ¿Te acuerdas de lo que dije de vivir en una novela de Dickens, solo que con groserías? ¿Sabes por qué lee la gente ese tipo de libros? Porque se alegran de que esas porquerías no les ocurran a ellos.

—Llevo dos años haciendo malabares con las facturas y nunca se me ha caído ni una. A veces he dado prioridad a las grandes, a veces he dejado a un lado las grandes para pagar un puñado de las pequeñas, pero no nos han cortado la luz y siempre hemos tenido un plato en la mesa. ¿Verdad?

—Sí sí sí —dije pensando que podía arrancarle una sonrisa. No funcionó.

—Pero ahora… —Volvió a tirarse del flequillo, que le quedó apelmazado—. *Ahora* vencen cinco o seis cosas al mismo tiempo, con esa condenada jauría de Hacienda a la cabeza. Me estoy ahogando en un mar de tinta roja y confiaba en que Regis me salvara. ¡Y el hijo de puta va y se muere! ¡Con cincuenta y nueve años! ¿Quién se muere a los cincuenta y nueve sin sobrepeso ni consumir drogas?

—¿La gente con cáncer? —dije.

Mamá soltó un tímido resoplido y se jaló el pobre flequillo.

—Tranquila, Ti —murmuró Liz. Apoyó la palma de la mano en el cuello de mamá, aunque creo que ella ni lo notó.

—El libro podría salvarnos. El libro, todo el libro y nada más que el libro. —Estalló en una carcajada salvaje que me asustó aún más—. Sé que solo había terminado un par de capítulos, pero nadie más lo sabe, porque no hablaba con nadie, solo con mi hermano antes de que Harry enfermara y ahora conmigo. No resumía ni guardaba notas, Jamie, porque decía que limitaban el proceso creativo. Y porque no las necesitaba. Siempre sabía adónde se dirigía.

Volvió a agarrarme de la muñeca y me apretó tan fuerte que me dejó moretones. Los vi después, por la noche.

—Quizá lo sepa *todavía*.

10

Liz enfiló el autoservicio del Burger King de Tarrytown y me compró un Whopper, como había prometido. Y un batido de chocolate. Mamá no quería parar, pero Liz había insistido.

—Ti, el chico está en edad de crecer. Tiene que comer, aunque tú no lo necesites.

Eso le hizo ganar puntos. Lo cierto es que había cosas que me gustaban de ella, pero también otras que no. Cosas importantes. Ya llegaré a eso, no me queda más remedio, por ahora digamos que mis sentimientos por Elizabeth Dutton, inspectora de segundo grado del Departamento de Policía de Nueva York, eran complicados.

Comentó una cosa más antes de llegar a Croton-on-Hudson, y debo mencionarlo. Solo intentaba entablar conversación, pero resultó ser importante después (lo sé, otra vez esa palabra). Liz dijo que finalmente Tambor había matado a alguien.

En los últimos años, el hombre que se hacía llamar Tambor había salido de vez en cuando en las noticias locales, sobre todo en el canal NY1, que mamá veía la mayoría de las noches mientras preparaba la cena (y mientras nos la comíamos si había sido un día interesante en el aspecto informativo). El «reinado de terror» de Tambor —gracias, NY1— había empezado en realidad antes de que yo naciera, y él era una especie de leyenda urbana. Como el Hombre Delgado o el loco del garfio, tú entiendes, solo que con explosivos.

—¿A quién? —dije—. ¿A quién ha matado?

—¿Cuánto falta para llegar? —preguntó mamá. No tenía ningún interés en Tambor; tenía asuntos más importantes de los que preocuparse.

—Un tipo que cometió el error de intentar usar una de las pocas cabinas telefónicas que quedan en Manhattan —dijo

Liz, como si no hubiera oído a mi madre—. Los artificieros creen que explotó en el preciso instante en que descolgó el auricular. Había dos cartuchos de dinamita...

—¿Tenemos que hablar de esto? —preguntó mamá—. ¿Y por qué están todos los condenados semáforos en *rojo*?

—Había dos cartuchos de dinamita pegados con cinta debajo de la repisa esa pequeña que servía para que la gente dejara las monedas que iba a meter —prosiguió Liz, sin inmutarse—. Tambor es un hache-de-pe con recursos, no puedo negarlo. Van a redoblar esfuerzos creando un operativo especial, que será el tercero desde 1996, y voy a probar suerte. Formé parte del grupo anterior, así que tengo posibilidades, y me vendrán bien las horas extras.

—Ya está en verde —dijo mamá—. Vamos, en marcha.

Liz se puso en marcha.

11

Aún me estaba comiendo las últimas papas fritas (que para entonces ya se habían quedado frías, aunque no me importaba) cuando torcimos hacia una calle sin salida que se llamaba Cobblestone Lane. Puede que en otro tiempo hubiera tenido adoquines, como su nombre apuntaba, pero para entonces se hallaba asfaltada y lisa. La casa en la que terminaba la calle era Cobblestone Cottage, una gran villa de piedra con vistosas filigranas talladas en las contraventanas y musgo en el tejado. Sí, musgo, como lo oyes. Increíble, ¿no? Había una reja, pero estaba abierta. En las columnas que flanqueaban el portón, que eran de la misma piedra gris que la casa, había sendos letreros. Uno decía: NO PASAR, ESTAMOS CANSADOS DE OCULTAR CADÁVERES. El otro, que mostraba un pastor alemán gruñendo, decía: CUIDADO CON EL PERRO DE ATAQUE.

Liz frenó y miró a mi madre, con las cejas enarcadas.

—El único cadáver que enterró Regis en su vida fue el de Francis, su periquito —aclaró mamá—. Le puso ese nombre por Francis Drake, el explorador. Y nunca tuvo perro.

—Alergia —añadí desde el asiento de atrás.

Liz condujo hasta la casa, paró y apagó la luz parpadeante del tablero.

—La puerta del garaje está cerrada, y no veo autos. ¿No hay nadie?

—Nadie —dijo mamá—. Lo ha encontrado el ama de llaves, la señora Quayle. Davina. Ella y un jardinero a tiempo parcial eran los únicos empleados. Una mujer simpática. Ha llamado primero a la ambulancia y luego a mí. La mención de la *ambulancia* me ha hecho preguntar si estaba segura de que estaba muerto, a lo que respondió que sí, porque había trabajado en un asilo antes de venir a trabajar para Regis, pero igualmente tenían que trasladarlo al hospital. Le pedí que se fuera a casa en cuanto se hubieran llevado el cadáver. Estaba muy alterada. Preguntó por Frank Wilcox, el gestor de Regis, y le he dicho que me pondría en contacto con él. Lo haré a su debido tiempo, pero la última vez que hablé con Regis me contó que Frank y su mujer estaban en Grecia.

—¿Y la prensa? —preguntó Liz—. Era un escritor famoso.

—Dios Santo, no lo sé. —Mamá miró alrededor frenética, como si esperara encontrar periodistas camuflados tras los arbustos—. No veo a nadie.

—Puede que no se hayan enterado todavía —dijo Liz—. Y si lo saben, si lo han oído en un escáner de frecuencias, acudirán primero a la policía y los paramédicos. El cadáver ya no se encuentra aquí, por lo que la noticia tampoco. Tenemos tiempo, así que tranquilízate.

—Estoy mirando cara a cara a la bancarrota, tengo un hermano que podría pasar los próximos treinta años en una residencia y un niño que a lo mejor algún día quiere ir a la universidad, así que no me digas que me tranquilice. Jamie, ¿lo ves? Sabes qué aspecto tiene, ¿verdad? Dime que lo ves.

—Sé qué aspecto tiene, pero no lo veo —dije.

Mamá dejó escapar un gemido y se machacó el pobre flequillo con la palma de la mano.

Fui a echar mano al tirador de la puerta y, sorpresa sorpresa, no había ninguno. Le pedí a Liz que me dejara salir y me abrió. Bajamos los tres del auto.

—Llama a la puerta —dijo Liz—. Si no contesta nadie, daremos una vuelta alrededor de la casa y levantaremos a Jamie para que pueda mirar por las ventanas.

No tendríamos impedimento, porque los postigos —con esos elaborados adornos tallados— estaban todos abiertos. Mi madre corrió hacia la puerta y, durante unos momentos, Liz y yo nos quedamos a solas.

—No creerás en serio que ves a gente muerta como el niño de aquella película, ¿eh, campeón?

Me importaba un bledo si me creía o no, pero algo en su tono de voz —como si pensara que todo formaba parte de una gigantesca farsa— me fastidió.

—Mamá te contó lo de los anillos de la señora Burkett, ¿verdad?

Liz se encogió de hombros.

—Pudo haber sido un golpe de suerte. Por casualidad, no habrás visto muertos de camino hacia aquí, ¿no?

Le dije que no, pero resulta difícil asegurarlo a menos que hables con ellos… o que ellos te hablen. Una vez, mamá y yo íbamos en el autobús cuando vi a una chica con cortes en las muñecas tan profundos que parecían pulseras rojas y no me cupo duda de que estaba muerta, aunque no le colgaban coágulos asquerosos como al hombre de Central Park. Y ese mismo día, saliendo de la ciudad, divisé a una señora mayor con una bata rosa de pie en la esquina de la Octava Avenida. Cuando el semáforo se puso en verde, permaneció donde estaba, mirando de un lado a otro como una turista. Llevaba rulos de esos en el pelo. Puede que estuviera muerta, pero también podría ser una persona viva deambulando sin rumbo, como decía mamá que hacía a veces el tío Harry antes de que hubiera que ingresarlo en una residencia. Mamá me contó que cuando el tío Harry empezó a comportarse de esa forma, a veces en piyama, perdió la esperanza de que consiguiera recuperarse.

—Los adivinos aciertan siempre por pura suerte —dijo Liz—. Y hay un viejo refrán que dice que incluso un reloj estropeado da la hora correcta dos veces al día.

—Entonces ¿crees que mi madre está loca y que yo contribuyo a su locura?

Ella se echó a reír.

—A eso se le llama «conducta facilitadora», campeón, pero no, no es eso. Lo que creo es que está desesperada y se agarra a un clavo ardiendo. ¿Sabes qué significa eso?

—Sí. Que está loca.

Liz volvió a negar con la cabeza, esta vez de manera más enérgica.

—Está sometida a mucho estrés. Lo entiendo perfectamente. Sin embargo, inventarse cosas no la ayudará. Y espero que *tú* entiendas *eso*.

En ese momento regresó mamá.

—No contesta nadie, y la puerta está cerrada con llave. Ya lo confirmé.

—Bueno —dijo Liz—. Vamos a mirar por las ventanas.

Caminamos alrededor de la casa. Pude echar un vistazo por las ventanas del comedor porque llegaban hasta el suelo, pero era demasiado bajo para casi todas las demás. Liz hizo un estribo con las manos para que pudiera mirar por esas. Vi un salón enorme con una tele panorámica y un montón de muebles caros. Vi un comedor con una mesa larguísima en la que cabría la alineación titular de los Mets y puede que también los lanzadores suplentes. Lo que me pareció absurdo para un hombre que odiaba tener compañía. Vi un cuarto que mamá llamó «salita», y en la parte de atrás se encontraba la cocina. El señor Thomas no estaba en ningún sitio.

—A lo mejor está arriba. Nunca he subido, pero si murió en la cama… o en el cuarto de baño…, puede que todavía…

—Dudo que muriera en el trono, como Elvis, aunque cualquier cosa es posible.

Eso me hizo reír, llamar «trono» al retrete siempre me ha parecido gracioso, aunque me detuve cuando reparé en la cara de mi madre. Aquel era un asunto serio, y ella estaba perdiendo la esperanza.

La cocina tenía puerta al exterior, y ella tanteó el picaporte, pero estaba cerrada con llave, igual que la entrada principal.

Se volvió hacia Liz.

—A lo mejor podríamos…

—Ni se te ocurra —dijo Liz—. Ni de broma vamos a allanar la casa, Ti. Ya tengo bastantes problemas en el departamento como para andar reventando el sistema de seguridad de un famoso autor recién fallecido, y a ver cómo explico luego qué hacemos aquí cuando aparezcan los de la empresa de seguridad. O la policía local. Y hablando de la policía… Murió solo, ¿no? ¿Lo encontró el ama de llaves?

—Sí, la señora Quayle. Ella me llamó, ya te lo dije…

—Querrán hacerle algunas preguntas. Probablemente estarán hablando con ella ahora mismo. O quizá el forense. No sé cómo funcionan las cosas en el condado de Westchester.

—¿Por qué? ¿Por ser famoso? ¿O porque sospechan que podrían haberlo *asesinado*?

—Porque es el procedimiento. Y, sí, también por ser famoso, supongo. La cuestión es que me gustaría no estar aquí cuando aparezcan.

Mamá hundió los hombros.

—¿Nada, Jamie? ¿No hay rastro de él?

Negué con la cabeza.

Mamá lanzó un suspiro y miró a Liz.

—Quizá deberíamos echar un vistazo en el garaje.

Liz se encogió de hombros. «Es tu fiesta», pareció decir.

—¿Tú qué opinas, Jamie?

No imaginaba ninguna razón para que el señor Thomas anduviera por el garaje, pero suponía que era posible. Tal vez tenía un auto favorito.

—Supongo que deberíamos. Ya que estamos aquí.

Nos dirigimos hacia allí, pero me detuve. Al otro lado de la piscina, que habían vaciado, se abría un camino de grava. Estaba flanqueado de árboles, pero, como la estación casi tocaba a su fin y la mayoría de las hojas se habían caído, alcancé a ver una pequeña construcción de color verde. La señalé.

—¿Qué es eso?

Mamá se dio otra bofetada en la frente. Empezaba a preocuparme que pudiera provocarse un tumor cerebral o algo.

—¡Dios mío, La Petite Maison dans le Bois! ¿Cómo no se me ha ocurrido antes?

—¿Qué es eso? —pregunté.

—¡Su estudio! ¡Es donde escribe! Si está en algún sitio, es allí. ¡Vamos!

Me tomó de la mano y me llevó a la carrera, bordeando el lado profundo de la piscina, pero cuando llegamos al comienzo del camino de grava, clavé los pies en el suelo y me detuve. Mamá siguió adelante y, si Liz no me hubiera sujetado por el hombro, seguramente me habría caído de bruces.

—¿Mamá? ¡*Mamá!*

Ella se volvió hacia mí con gesto impaciente. Salvo que esa descripción no es la adecuada. Parecía a punto de volverse loca.

—¡Vamos! ¡Les estoy diciendo que, si está *aquí* en algún sitio, es *allí*!

—Tienes que calmarte, Ti —dijo Liz—. Miraremos en la cabaña donde escribía, luego creo que deberíamos irnos.

—¡*Mamá*!

Mi madre no me prestaba atención. Estaba empezando a llorar, cosa rara en ella. No había derramado ni una lágrima cuando descubrió cuánto le reclamaba Hacienda; ese día pegó un golpe en la mesa y los llamó «hatajo de sanguijuelas», pero, en ese momento estaba llorando.

—Vete si quieres, pero nosotros nos quedamos aquí hasta que Jamie esté seguro de que esto no conduce a nada. A lo mejor para ti esto es una excursión por placer, por seguirle la corriente a la chiflada de tu novia…

—¡Eso no es justo!

—… pero se trata de mi *vida*…

—Ya sé que…

—… y de la vida de Jamie, y…

—¡*MAMÁ*!

Una de las peores cosas de ser niño, quizá la peor de todas, es el nulo caso que te hacen los adultos cuando se enzarzan en sus cosas.

—¡*MAMÁ*! ¡*LIZ*! ¡*BASTA YA LAS DOS*!

Enmudecieron. Me miraron. Allí estábamos plantados, dos mujeres y un niño con una sudadera de los Mets de Nueva York, junto a una piscina vacía un día nublado de noviembre.

Señalé hacia el camino de grava que conducía a la casita del bosque donde el señor Thomas escribía sus libros de Roanoke.

—Está justo ahí —dije.

12

Venía andando hacia nosotros, lo cual no me sorprendió. La mayoría, no todos, pero sí la mayoría, se sienten atraídos por los vivos durante un tiempo, igual que los mosquitos se ven atraídos por una lámpara antimosquitos. Es una forma un poco fea de expresarlo, pero es la única que se me ocurre. Me habría percatado de que estaba muerto, aunque no hubiera *sabido* que había muerto, por la ropa que llevaba puesta. Pese a que era un día frío, iba vestido con una camiseta blanca, unas bermudas y unas sandalias de esas con tiras que mamá llama «alpargatas de Cristo». Y había una cosa más, una cosa rarísima: una banda amarilla con una cinta azul prendida a modo de condecoración.

Liz le decía a mi madre algo de que allí no había nadie y que yo fingía, pero no le presté atención. Me solté de la mano de mamá y me acerqué al señor Thomas, que se detuvo.

—Hola, señor Thomas —dije—. Soy Jamie Conklin, el hijo de Tia. No nos conocíamos.

—Vamos, chico… —dijo Liz a mi espalda.

—Cállate —le dijo mamá, pero Liz debía de haberle transmitido parte de su escepticismo, porque me preguntó si estaba seguro de que el señor Thomas se encontraba allí.

También la ignoré. Tenía curiosidad por la banda amarilla que le cruzaba el pecho. La llevaba puesta cuando murió.

—Me encontraba ante mi mesa —dijo—. Siempre me pongo la banda cuando escribo. Es mi amuleto.

—¿De qué es la cinta azul?

—El primer premio del campeonato regional de ortografía que gané cuando estaba en sexto grado. Derroté a niños de otras veinte escuelas. Perdí en el campeonato estatal, pero me dieron la distinción por el regional. Mi madre me hizo la banda y prendió la cinta azul.

En mi opinión, era un poco raro que aún se pusiera un complemento tan estrafalario, ya que desde sexto grado debían de haber pasado un montón de años para el señor Thomas, pero lo dijo sin un atisbo de vergüenza ni timidez. Algunos muertos aún son capaces de sentir amor (¿recuerdas cuando te conté que la señora Burkett le había dado un beso a su marido en la mejilla?) y de sentir odio (algo que descubrí en su momento); sin embargo, casi todas las demás emociones parecen abandonarlos cuando mueren. Ni siquiera el amor conserva toda su fuerza. No me gusta tener que decirte esto, pero el odio persiste con mayor intensidad y durante más tiempo. Creo que cuando la gente ve fantasmas (en lugar de muertos) es debido al odio. La gente piensa que los fantasmas dan miedo porque lo *dan*.

Me volví hacia mamá y hacia Liz.

—Mamá, ¿sabías que el señor Thomas se pone una banda para escribir?

Abrió mucho los ojos.

—Lo contó en la entrevista que concedió a *Salon* hace cinco o seis años. ¿La lleva puesta ahora?

—Sí. Tiene una cinta azul de…

—¡El concurso de ortografía que ganó! En la entrevista, se rio y lo llamó «mi tonta extravagancia».

—Tal vez —dijo el señor Thomas—, pero la mayoría de los escritores tienen supersticiones y extravagancias tontas. En ese sentido, somos como los jugadores de béisbol, Jimmy. ¿Y quién lo va a discutir con nueve libros seguidos en la lista de los más vendidos del *New York Times*?

—Soy Jamie —le corregí.

—Le contaste al campeón lo de la entrevista, Ti —dijo Liz—. Tiene que ser eso. O la leyó él mismo. Lee muy bien. Lo sabía, nada más, y está…

—¡*Cállate!* —dijo mi madre, furiosa.

Liz levantó las manos, en señal de rendición.

Mamá se acercó a mi lado, mirando a lo que para ella no era más que un camino de grava en el que no había nadie. El señor Thomas se hallaba justo delante de ella, con las manos en los bolsillos de los pantalones. Eran holgados, conque esperaba que no empujara demasiado hacia abajo, porque me parecía que no llevaba ropa interior.

—¡Dile lo que te he dicho que le digas!

Lo que mamá quería que le dijera era que tenía que ayudarnos o la fina capa de hielo financiera sobre la que llevábamos caminando un año o más se quebraría y nos ahogaríamos en un mar de deudas. Y también que la agencia se desangraba por la pérdida de clientes, porque algunos de sus escritores sabían que teníamos problemas y que podríamos vernos obligados a cerrar. Ratas que abandonaban un barco que se hundía, así se refirió a ellos una noche que Liz no estaba y mamá bebía su cuarta copa de vino.

No me molesté en soltar los detalles. Los muertos tienen que contestar a tus preguntas —al menos hasta que desaparecen— y tienen que decir la verdad. Así que fui al grano.

—Mamá quiere conocer el argumento de *El secreto de Roanoke*. Quiere conocer la historia completa. ¿*Conoce* usted la historia completa, señor Thomas?

—Por supuesto. —Hundió las manos en los bolsillos y alcancé a ver una fina franja de vello que iba desde el centro del estómago hasta por debajo del ombligo. No quería verlo, pero no pude evitarlo—. Siempre la conozco *toda* antes de escribir *algo*.

—¿Y la guarda en la cabeza?

—No me queda más remedio. Si no, podrían robármela. Subirla a internet. Estropear las sorpresas.

Si hubiera estado vivo, quizá habría sonado paranoico. Muerto, se limitaba a constatar una certeza, o lo que él creía que lo era. Y, oye, no le faltaba parte de razón. Los troles informáticos siempre estaban volcando cosas en la red, desde cosas aburridas como secretos políticos hasta asuntos importantes de verdad, como lo que pasaría en la última temporada de *Fringe*.

Liz se apartó de nosotros, se sentó en un banco al lado de la piscina, cruzó las piernas y encendió un cigarrillo. Por lo visto, había decidido permitir que los lunáticos dirigieran el manicomio. Por mí, de lujo. Liz tenía sus virtudes, pero aquella mañana básicamente era un estorbo.

—Mamá quiere que me lo cuente usted todo —le dije al señor Thomas—. Yo se lo contaré a ella y ella escribirá el último libro de Roanoke. Contará que usted se lo envió casi todo antes de morir, junto con algunas notas sobre cómo terminar los últimos dos o tres capítulos.

Vivo, habría gritado ante la idea de que otra persona acabara su libro; su trabajo era lo más importante de su vida y él era muy posesivo. El resto de su ser, sin embargo, yacía sobre la mesa de algún forense, ataviado con unos pantalones cortos de color caqui y la banda amarilla que usaba mientras escribía sus últimas frases. La versión que hablaba conmigo ya no se mostraba posesiva ni celosa de sus secretos.

—¿Podrá hacerlo? —fue lo único que preguntó.

De camino hacia Cobblestone Cottage, mamá me había asegurado (y también a Liz) que se veía más que capaz. Regis Thomas insistía en que ningún corrector debía mancillar ni una sola de sus preciadas palabras, pero la realidad era que mamá llevaba años corrigiendo sus libros en secreto, desde los tiempos en que el tío Harry aún estaba en sus cabales y dirigía el negocio. A veces los cambios eran considerables, pero él nunca lo supo… o, al menos, nunca mencionó nada.

De modo que, si había alguien en el mundo capaz de imitar el estilo del señor Thomas, esa era mi madre. No obstante, el estilo no era el problema. El problema era la *historia*.

—Podrá —le dije, porque resultaba más sencillo que contarle todo.

—¿Quién es esa otra mujer? —preguntó, señalando a Liz.

—Es amiga de mi madre. Se llama Liz Dutton.

Ella levantó la vista un instante y luego se encendió otro cigarrillo.

—¿Y ella y tu madre cogen? —preguntó el señor Thomas.

—Estoy casi seguro, sí.

—Eso me parecía. Por cómo se miran la una a la otra.

—¿Qué dijo? —preguntó ansiosa mamá.

—Me preguntó si Liz y tú son amigas íntimas. —Una respuesta un poco patética, pero la única que se me ocurrió en el ardor del momento—. ¿Nos contará entonces *El secreto de Roanoke*? —pregunté al señor Thomas—. Es decir, el libro entero, no solo la parte del secreto.

—Sí.

—Dice que sí —le transmití a mamá, y ella sacó del bolso su teléfono móvil y una grabadora de cinta. No quería perderse ni una sola palabra.

—Dile que sea lo más detallado posible.

—Mamá dice que...

—Lo escuché —dijo el señor Thomas—. Estoy muerto, no sordo. —Las bermudas estaban más caídas que nunca.

—Genial —dije—. Disculpe, señor Thomas, pero a lo mejor debería subirse los pantalones, o se le va a resfriar el pajarito.

Se subió las bermudas, que quedaron colgando de aquellas huesudas caderas.

—¿Hace frío? No me da esa impresión. —Entonces, sin variar el tono, añadió—: Tia empieza a parecer vieja, Jimmy.

No me molesté en repetirle que mi nombre era Jamie. En lugar de eso, miré a mi madre y, demonios, sí que *parecía* vieja. Bueno, empezaba a parecerlo. ¿Cuándo había ocurrido?

—Cuéntenos la historia —le dije—. Empiece por el principio.

—¿Por dónde si no? —dijo el señor Thomas.

13

Le llevó una hora y media. Para cuando acabamos, yo estaba agotado, y creo que mamá también. El señor Thomas tenía el mismo aspecto al final que al principio, allí de pie con aquella banda amarilla, que daba algo de pena, colgando sobre los pliegues de la barriga y las bermudas caídas. Liz había movido el auto y lo había situado entre las columnas del portón, con la luz del tablero parpadeando, lo que resultó ser una buena idea, porque la noticia de la muerte del señor Thomas había empezado a difundirse y algunas personas se presentaban frente a la casa para sacar fotos. En un momento dado, se acercó a preguntar cuánto tardaríamos, y mamá le hizo un gesto con la mano y la mandó a inspeccionar el terreno o algo, pero Liz siguió allí la mayor parte del tiempo.

Era estresante además de agotador, porque nuestro futuro dependía del libro del señor Thomas. No me parecía justo que esa responsabilidad recayera sobre mí, solo tenía nueve años, pero no quedaba otra. Debía repetir a mamá —o más bien a sus aparatos de grabación— todo lo que me contaba el señor Thomas. Y tenía mucho que contar. Cuando aseguró que era capaz de guardarlo todo en la cabeza, no vendía humo. Y mamá no cesaba de hacer preguntas, casi siempre para aclarar dudas. Al señor Thomas no parecía molestarle (la verdad es que no parecía importarle ni una cosa ni otra), pero la forma en que mamá alargaba el asunto empezaba a irritarme. Además, se me había quedado la boca seca. Cuando Liz me llevó la Coca-Cola del Burger King que le había sobrado, me la bebí de un trago y le di un abrazo.

—Gracias —le dije, devolviéndole el vaso—. Lo necesitaba.

—De nada.

Liz ya no parecía aburrida. Había adoptado un aire pensativo. No podía ver al señor Thomas, y no creo que se creyera del todo que estaba allí, pero sabía que ocurría *algo*, porque había oído a un niño de nueve años desgranando una trama complicada en la que intervenían media docena de personajes principales y más de una veintena de secundarios. Ah, y en la que se montaban un trío (bajo la influencia del alpiste bravío que les había suministrado un servicial nativo americano de la tribu nottoway): Martin Betancourt, Purity Betancourt y Laura Goodhugh. Que acabó preñada. La pobre Laura siempre se llevaba la peor parte.

Al final del resumen del señor Thomas, se desvelaba el gran secreto, y era una maravilla. Pero no te lo voy a contar. Tendrás que leer el libro para descubrirlo. O sea, si es que no lo has leído todavía.

—Y ahora, la última frase —dijo el señor Thomas. Parecía tan fresco como siempre…, aunque «fresco» quizá sea la peor palabra que se puede aplicar a una persona muerta. No obstante, su voz había empezado a debilitarse. Solo un poco—. Porque siempre la escribo al principio. Es el faro hacia el que remo.

—Ya viene la última frase —le anuncié a mamá.

—Gracias a Dios —dijo ella.

El señor Thomas alzó un dedo, como un actor de los de antes preparándose para recitar sus líneas.

—«Y ese día, un sol rojo descendió sobre el asentamiento abandonado, y la palabra grabada en la madera que desconcertaría a generaciones enteras relució como perfilada con sangre: CROATOAN». Adviértele que «croatoan» todo en mayúsculas, Jimmy.

Se lo dije (aunque no sabía qué significaba exactamente «porfiada con sangre») y luego le pregunté al señor Thomas si habíamos acabado. Justo cuando decía que sí, oí el alarido de una sirena: dos uuuh y un breve tableteo estridente.

—¡Ay, Dios! —dijo Liz, aunque no denotaba pánico; era más bien la confirmación de lo que llevaba un rato esperando—. Ahí están.

Como se había enganchado la placa al cinturón, se abrió la cremallera de la gabardina y la dejó a la vista. Luego se dirigió a la entrada y regresó con dos agentes. También llevaban gabardinas, pero estas con el distintivo de la policía del condado de Westchester.

—¡Agua, agua, la pasma! —exclamó el señor Thomas; no entendí qué quería decir. Después, cuando le pregunté a mamá, me explicó que era argot del siglo pasado.

—Esta es la señora Conklin —dijo Liz—, una amiga mía que era la agente del señor Thomas. Me ha pedido que la traiga, porque le preocupaba que alguien aprovechara la oportunidad para sustraer algún *souvenir*.

—O manuscritos —añadió mi madre. La grabadora se encontraba a buen recaudo en su bolso, y el móvil había retornado al bolsillo de atrás de los pantalones—. Uno en concreto, el último de un ciclo de novelas que el señor Thomas estaba escribiendo.

Liz le lanzó una mirada que decía «ya es suficiente», pero mi madre prosiguió.

—Acababa de terminarlo y habrá millones de personas que querrán leerlo. He sentido que era mi obligación asegurarme de que tendrían la oportunidad.

Los oficiales no parecían interesados en los detalles; habían acudido a inspeccionar la habitación en la que había fallecido el señor Thomas. Además de para cerciorarse de que las personas que habían sido vistas en la propiedad tuvieran un buen motivo para estar allí.

—Creo que murió en su estudio —dijo mamá, y señaló hacia La Petite Maison.

—Ajá —asintió uno de los oficiales—. Eso nos han dicho. Echaremos un ojo. —Tuvo que inclinarse apoyando las manos en las rodillas para hablarme cara a cara; en aquella época yo era un retaco—. ¿Cómo te llamas, hijo?

—James Conklin. —Lancé al señor Thomas una mirada punzante—. *Jamie*. Esta es mi madre. —Le agarré la mano.

—¿Has faltado hoy a clase, Jamie?

Antes de que pudiera responder, mamá intervino, como una seda.

—Normalmente lo recojo cuando sale de la escuela, pero pensé que a lo mejor no llegaba a tiempo, así que pasamos antes a buscarlo. ¿Verdad, Liz?

—Afirmativo. Agentes, no hemos mirado el estudio, así que no puedo confirmar si está cerrado o no.

—El ama de llaves lo ha dejado abierto con el cadáver dentro —dijo el que había hablado conmigo—. Pero me ha dado sus llaves y cerraremos después de echar una ojeada rápida.

—Podrías comunicarles que no ha sido un acto criminal —dijo el señor Thomas—. Tuve un ataque al corazón. Duele como mil demonios.

No pensaba contarles tal cosa. Que solo tuviera nueve años no me convertía en un idiota.

—¿Hay llave de la reja? —preguntó Liz. Había activado el modo profesional—. Porque estaba abierta cuando hemos llegado.

—Sí, y también la cerraremos cuando nos vayamos —dijo el segundo oficial—. Ha sido un acierto estacionar su auto allí, inspectora.

Liz extendió las manos, como quitándole importancia. Gajes del oficio.

—Pues, si no necesitan nada, no los entretenemos más.

—Deberíamos saber cómo es ese manuscrito valioso para asegurarnos de que no corre peligro.

Esa era una bola que mi madre podía batear.

—Me envió el original la semana pasada. En una memoria USB. No creo que existan más copias. Era un paranoico.

—Es cierto —admitió el señor Thomas, que volvía a tener las bermudas caídas.

—Me alegro de que hayan venido a vigilar la casa —dijo el segundo oficial.

Luego él y el otro nos estrecharon la mano a mamá y a Liz y a mí, y acto seguido se encaminaron por el sendero de grava hasta la pequeña construcción verde en la que había muerto el señor Thomas. Tiempo después me enteré de que un montón de escritores morían sentados a su mesa. Debía de ser una ocupación de alto riesgo.

—Vámonos, campeón —dijo Liz. Trató de tomarme de la mano, pero no se lo permití.

—Espérenme un segundo junto a la piscina —dije—. Las dos.

—¿Por qué? —preguntó mamá.

Miré a mi madre con una cara que no recordaba haberle puesto nunca: como si fuera estúpida. Y es que en ese momento pensaba que *estaba* comportándose como una estúpida. Además de como una maleducada. No solo ella; las dos.

—Porque tú has conseguido lo que buscabas, pero yo necesito darle las gracias.

—Dios mío. —Mamá volvió a darse una palmada en la frente—. ¿En qué estaba pensando? Gracias, Regis. Muchísimas gracias.

Mamá había dirigido su «gracias» a un parterre, así que la agarré del brazo y la orienté.

—Está por aquí, mamá.

Volvió a decir gracias, a lo que cual el señor Thomas no respondió. Parecía traerle sin cuidado. Luego se encaminó hacia la piscina vacía, donde Liz esperaba fumando otro cigarrillo.

En realidad no hacía falta ningún tipo de agradecimiento, para entonces sabía que a los muertos esas cosas les importan un bledo, pero de todos modos se lo agradecí. Era una cuestión de educación; además, quería pedirle un favor.

—La amiga de mamá —dije—, ¿Liz?

El señor Thomas no respondió, aunque miró hacia ella.

—Todavía no está convencida de que puedo verlo y cree que me lo invento. O sea, sabe que hay algo raro, porque ningún niño sería capaz de inventarse esa historia… Por cierto, me encantó lo que le pasa a George Threadgill…

—Gracias. No se merecía nada mejor.

—Pero lo rumiará y al final lo retorcerá para que encaje en la explicación que más le convenga.

—Lo racionalizará.

—Si es así como se llama.

—Así es.

—Bueno, ¿puede mostrarle de alguna manera que está usted aquí? —Estaba acordándome del señor Burkett, que se había rascado la mejilla cuando su mujer le dio un beso.

—No lo sé. Jimmy, ¿tienes alguna idea de qué me aguarda ahora?

—Lo siento, señor Thomas. Ni idea.

—Tendré que averiguarlo yo mismo, supongo.

Echó a andar hacia la piscina en la que nunca volvería a nadar. Alguien la llenaría cuando llegara el buen tiempo, pero él habría desaparecido mucho antes.

Mamá y Liz estaban hablando en voz baja, compartiendo el cigarrillo. Una de las cosas que no me gustaban de Liz era que mi madre había vuelto a fumar por su culpa. Solo un poco, y solo con ella, pero aun así.

El señor Thomas se plantó delante de Liz, respiró hondo y sopló. Aunque Liz no tenía flequillo, llevaba el pelo recogido en una cola de caballo, bien apretada, frunció los ojos, como cuando una ráfaga de viento te azota en la cara, y retrocedió. Se habría caído en la piscina, creo, si mamá no la hubiera agarrado.

—¿Lo has notado? —Una pregunta estúpida, pues claro que lo había notado—. Eso ha sido el señor Thomas.

Que ya se alejaba de nosotros y regresaba a su estudio.

—¡Gracias de nuevo, señor Thomas! —grité.

No se volteó, aunque levantó una mano a modo de despedida antes de volver a metérsela en el bolsillo de las bermudas. Obtuve una excelente vista de su alcancía (es lo que decía mamá cuando veía a un tipo con pantalones de tiro bajo), y si te parece demasiada información, te aguantas. Le habíamos obligado a contarnos —¡en una hora!— una historia a cuya concepción había dedicado meses de reflexión. No podía negarse, y quizá por ello se había ganado el derecho a enseñarnos el trasero.

Por supuesto, yo fui el único que pudo verlo.

14

Ha llegado el momento de hablar de Liz Dutton, así que fíjate bien en esto. Fíjate bien *en ella*.

Medía algo menos de metro setenta, la altura de mamá, tenía el pelo negro, por los hombros (eso cuando no se lo recogía en la cola de caballo reglamentaria) y tenía lo que algunos chicos de mi clase de cuarto llamarían —como si supieran de lo que hablaban— un «cuerpazo de escándalo». Tenía una bonita sonrisa y unos ojos grises que normalmente se mostraban cálidos. Menos cuando se enfadaba, claro, porque entonces aquellos ojos grises se volvían tan fríos como un día de aguanieve de noviembre.

Me caía bien porque sabía ser amable, como cuando tenía la boca y la garganta secas y me dio lo que le quedaba de la Coca-Cola del Burger King sin necesidad de pedírselo (mi madre estaba absorta en los pormenores del último libro no escrito del señor Thomas). Además, a veces me regalaba un auto Matchbox para engrosar mi creciente colección y en alguna que otra ocasión se arrodillaba en el suelo a mi lado y jugábamos juntos. A veces me daba un abrazo y me revolvía el pelo. A veces me hacía cosquillas hasta que le gritaba que parara o me mearía encima…, lo que ella llamaba «mojar los pantalones».

No me caía bien porque, a veces, sobre todo después del viaje a Cobblestone Cottage, levantaba la mirada y la veía estudiándome como a un insecto en un portaobjetos. La calidez de sus ojos se disipaba entonces. Otras veces me reprochaba que tuviera el cuarto como un chiquero, lo que, para ser justos, era cierto, aunque a mi madre no parecía importarle. «Me lastima la vista», decía Liz. O: «¿Es que piensas vivir así toda tu vida, Jamie?». También consideraba que era demasiado mayor para tener una luz de noche, pero mi madre puso fin a *esa* discusión diciendo: «No lo presiones, Liz. Ya renunciará a ella cuando esté listo».

¿Lo más importante? Me había robado buena parte del cariño y la atención que me daba mi madre. Mucho después, cuando leí algunas de las teorías de Freud en una clase de psicología de segundo, se me ocurrió que de pequeño había tenido una clásica fijación materna, y que veía a Liz como una rival.

¿Me lo dices o me lo cuentas?

Por *supuesto* que estaba celoso, y existía un buen motivo para ello. No tenía padre, no sabía ni quién diablos era, porque mi madre no hablaba de él. Después me enteré de que también para *ello* existía un buen motivo, pero en esa época lo único que sabía era que formábamos un equipo, un «tú y yo contra el mundo, Jamie». Hasta que apareció Liz, sobra decir. Y acuérdate de esto, tampoco es que *antes* de Liz disfrutara mucho de la compañía de mamá, porque ella estaba demasiado ocupada en intentar salvar la agencia después de que James Mackenzie (cómo detestaba que compartiéramos nombre) los jodiera a ella y al tío Harry. Mamá siempre estaba escarbando en busca de una mina de oro en la pila de manuscritos no solicitados, esperando descubrir a otra Jane Reynolds.

He de decir que mis sentimientos de simpatía y antipatía estaban más o menos empatados el día que visitamos Cobblestone Cottage, aunque la simpatía llevaba una ligera ventaja por al menos cuatro razones: los autos y camiones Matchbox no eran para hacerles el feo; me divertía y me encontraba a gusto cuando me acomodaba entre ellas en el sofá a ver *The Big Bang Theory*; quería que quien le gustara a mi madre me gustara a mí; Liz la hacía feliz. Después (aquí está otra vez), no tanto.

El día de Navidad de ese año fue genial. Las dos me hicieron regalos muy lindos y comimos en el Chinese Tuxedo temprano, antes de que Liz tuviera que irse a trabajar. Porque, como decía, «el crimen no descansa en vacaciones». Así que mamá y yo hicimos una visita a nuestro antiguo edificio de Park Avenue.

Mamá había mantenido el contacto con el señor Burkett después de que nos mudáramos, y a veces nos juntábamos los tres.

—Porque está solo —dijo ella—, pero ¿también por qué, Jamie?

—Porque nos cae bien —respondí yo, y era cierto.

Celebramos la cena de Navidad en su apartamento (sándwiches de pavo con salsa de arándonos de Zabar's), porque su hija estaba en la costa Oeste y no pudo regresar. Me enteré de más cosas al respecto después.

Y sí, porque nos caía bien.

Como ya te he contado, el señor Burkett era en realidad el *profesor* Burkett, ya emérito, lo que, según entendía, significaba que estaba retirado pero que aún le permitían frecuentar la universidad y dar clases esporádicas de su especialidad supererudita, literatura inglesa y europea. Una vez cometí el error de llamarla «lite» y me corrigió diciendo que «lite» era o un pleito o el subjuntivo del verbo «litar».

Pero, bueno, aun sin relleno y con zanahorias como única verdura, disfrutamos de una buena comida, y al acabar hubo más regalos. Yo le di al señor Burkett una bola de nieve para su colección. Después me enteré de que la colección era de su mujer, pero él la admiró, me dio las gracias y la colocó en la repisa de la chimenea con las otras. Mamá le había comprado un librote titulado *Nuevo Sherlock Holmes Anotado*, porque, cuando todavía trabajaba a tiempo completo, había impartido un curso llamado «Misterio y elementos góticos en las obras de ficción inglesas».

Él le dio a mamá un relicario que decía que había pertenecido a su mujer. Mamá protestó y dijo que debería guardarlo para su hija, pero el señor Burkett dijo que Siobhan se había quedado con todas las joyas buenas de Mona y, además, «camarón que se duerme, se lo lleva la corriente».

Lo que imagino que significaba que si su hija (cuyo nombre me había sonado como *Shivonn*) no se molestaba en venir al este, podía seguir en sus propios asuntos. Yo opinaba más o menos lo mismo, porque ¿quién sabía cuántas navidades más podrían pasar juntos? Ese hombre era más viejo que Dios. Aparte, yo sentía cierta debilidad por los padres, a falta de uno. Sé que dicen que no se puede añorar lo que no se ha tenido nunca, y hay parte de verdad en ello, pero sabía que añoraba *algo*.

El regalo del señor Burkett para mí también era un libro. Se titulaba *Veinte cuentos de hadas íntegros y sin expurgar*.

—¿Sabes qué significa «sin expurgar», Jamie? —preguntó Deformación profesional, supongo.

Negué con la cabeza.

—¿Qué crees tú? —Se inclinó hacia delante apoyando las manos, grandes y llenas de nudos, entre unos muslos esqueléticos. Sonreía—. ¿Puedes deducirlo del contexto del título?

—¿Sin censurar? ¿Como una película para mayores de dieciocho?

—Lo has clavado. Bien hecho.

—Espero que no haya muchas escenas de sexo —dijo mamá—. Su nivel de lectura es de bachillerato, pero solo tiene nueve años.

—Nada de sexo, solo la violencia clásica de toda la vida —dijo el señor Burkett (nunca lo llamaba «profesor» en aquellos días, porque me parecía algo pomposo)—. Por ejemplo, en el cuento original de Cenicienta, que encontrarás aquí, las malvadas hermanastras…

Mamá se volvió hacia mí y me susurró aparte:

—Alerta de *spoiler*.

El señor Burkett no era hombre que se dejara disuadir fácilmente. Estaba en pleno modo enseñanza. A mí no me importaba, me parecía muy interesante.

—En el original, las malvadas hermanastras se cortan el dedo gordo del pie en su empeño por calzarse el zapato de cristal.

—¡Puaj! —exclamé, pero de una forma que quería decir: «qué asco, cuénteme más».

—Y el zapato no era de cristal, Jamie. Parece que eso fue un error de traducción que luego inmortalizó Walt Disney, ese homogeneizador de cuentos de hadas. El zapato estaba hecho de pelo de ardilla.

—¡Vaya! —No era tan interesante como lo de que las hermanastras se mutilaran el pie, pero no quería que parara.

—En la historia original del rey rana, la princesa no le da un beso. En lugar de eso, ella...

—Basta —lo interrumpió mamá—. Que lea los cuentos y lo averigüe él mismo.

—Eso siempre es lo mejor —coincidió el señor Burkett—. Y quizá luego podamos comentarlos, Jamie.

Quiere decir que usted los comentará mientras yo escucho, pensé, aunque eso no me disgustaría.

—¿Les apetece una taza de chocolate? —preguntó mamá—. También es de Zabar's, les queda muy rico. Puedo recalentarlo en un santiamén.

—¡Da, Macduff! —dijo el señor Burkett—, y mal reviente el que primero grite «Basta, tente». —Lo que significaba que sí, y nos lo tomamos con crema batida.

Esa Navidad la conservo en mi memoria como la mejor que tuve de niño, desde las tortitas de Papá Noel que Liz preparó para desayunar hasta el chocolate caliente en el apartamento del señor Burkett, al lado de donde mamá y yo habíamos vivido. La Nochevieja también estuvo genial, aunque me quedé dormido en el sofá, entre mamá y Liz, antes de las campanadas. Ningún drama. En 2010, sin embargo, empezaron las discusiones.

Antes de alcanzar ese punto, Liz y mi madre solían tener lo que mamá llamaba «debates espirituales», casi siempre sobre libros. Les gustaban los mismos escritores (las unió su amor por Regis Thomas, no lo olvides) y las mismas películas, pero Liz creía que mi madre se centraba demasiado en cosas como las ventas y los adelantos y las trayectorias de los autores en lugar de en las historias. Y llegaba a reírse de las obras de un par de clientes, a los que calificaba de «semianalfabetos». A lo que mi madre respondía que esos escritores semianalfabetos nos pagaban el alquiler y la luz. (Y mantenían las copas de vino llenas.) Por no mencionar el pago de la residencia en la que el tío Harry se marinaba en su propia orina.

Entonces las discusiones empezaron a abandonar el terreno más o menos seguro de libros y películas y se fueron acalorando poco a poco. Algunas eran sobre política. A Liz le encantaba ese tipo del Congreso, John Boehner. Mi madre lo llamaba John Banana, aunque no sé si con el sentido que le daban algunos chicos de mi clase cuando decían «tócame la banana» o porque parecía que siempre estaba aplatanado. Mamá pensaba que Nancy Pelosi (otra política, a la que es probable que conozcas, porque sigue en activo) era una mujer valiente que trabajaba en «un club de chicos». Liz pensaba que ella era una bobalicona progresista.

La mayor pelea que tuvieron a causa de la política fue cuando Liz dijo que no se creía del todo que Obama hubiera nacido en Estados Unidos. Mamá la llamó imbécil y racista. Estaban en el dormitorio con la puerta cerrada —allí era donde tenían lugar la mayoría de sus discusiones—, pero habían elevado el tono de voz y oía cada palabra desde la sala de estar. Unos minutos después, Liz se marchó, dando un portazo al salir, y no regresó hasta casi una semana después. Cuando volvió, hicieron las paces. En el dormitorio. Con la puerta cerrada. Eso también lo oí, porque la parte de la reconciliación era muy ruidosa. Gemidos y risas y muelles que chirriaban.

También discutían sobre tácticas policiales, y eso cuando aún faltaban unos años para que surgiera el movimiento Black Lives Matter. Se trataba de un tema delicado para Liz, como podrás imaginar. Mamá criticaba lo que ella llamaba la «evaluación por perfil racial», y Liz decía que solo se podía trazar un perfil si los rasgos estaban bien definidos (no entendí eso entonces y sigo sin entenderlo ahora). Mamá decía que, cuando se dictaban sentencias por el mismo tipo de delito, a los negros se les condenaba a penas más duras, mientras que a veces los blancos ni siquiera cumplían tiempo en prisión. Liz replicó diciendo: «Enséñame un Bulevar Martin Luther King de cualquier ciudad y te enseñaré una zona de alta criminalidad».

Las discusiones se hicieron cada vez más frecuentes. Incluso a mi tierna edad, sabía que existía una poderosa razón: bebían demasiado. Los desayunos calientes, que mi madre solía preparar dos o tres veces por semana, cesaron casi por completo. Algunas mañanas me levantaba y las encontraba sentadas a la mesa con sus batas a juego, encorvadas sobre una taza de café, con la cara pálida y los ojos rojos. En la basura casi siempre había tres botellas de vino vacías, a veces cuatro, con colillas dentro.

Mi madre decía: «Tómate un jugo y unos cereales mientras me visto, Jamie». Y Liz me pedía que no hiciera mucho ruido, porque la aspirina aún no le había hecho efecto y le iba a estallar la cabeza y tenía pase de lista en comisaría o entraba de vigilancia en algún caso u otro. Ninguno era el caso de Tambor; no la habían seleccionado para el operativo especial.

Esas mañanas me bebía el jugo y me comía los cereales bien calladito. Cuando mamá acababa de vestirse y se encontraba lista para llevarme a la escuela (haciendo caso omiso al comentario de Liz de que ya era lo bastante mayor para ir andando yo solo), empezaba a revivir.

A mí todo esto me parecía normal. No creo que el mundo comience a definirse con nitidez hasta los quince o los dieciséis años; hasta entonces, uno acepta lo que tiene y se las apaña como puede. Me acostumbré a la escena de esas dos mujeres con resaca, encorvadas sobre el café; así era como estrenaba yo el día, al principio solo algunas mañanas, luego casi todas. Ni siquiera percibía el olor a vino que empezaba a impregnarlo todo. Salvo que una parte de mí debió de registrarlo, porque años después, en la facultad, cuando mi compañero de dormitorio derramó una botella de Zinfandel en la sala de estar, me vino todo a la cabeza y fue como si me pegaran en la cara con una plancha. El pelo rebelde de Liz. Los ojos hundidos de mi madre. Cómo aprendí a cerrar *despacio* y *sin ruido* el armario donde guardábamos los cereales.

Le dije a mi compañero que bajaba al 7-Eleven a por un paquete de cigarrillos (sí, al final también caí en ese vicio), pero más que nada quería escapar de ese olor. Si me dieran a elegir entre los muertos —sí, todavía los veo— y los recuerdos evocados por el vino derramado, me quedaría con los primeros.

Cualquier puto día de la semana.

15

Mi madre pasó cuatro meses escribiendo *El secreto de Roanoke*, acompañada en todo momento de su fiel grabadora. En una ocasión le pregunté si escribir el libro del señor Thomas era como pintar un cuadro. Lo meditó y al final dijo que se parecía más a uno de esos kits de pinturas por números, en los que bastaba con seguir las indicaciones para acabar con algo en teoría «apto para enmarcar».

Contrató a una ayudante para dedicarse a él casi a tiempo completo. Un día, mientras volvíamos a casa andando desde la escuela —durante el invierno de 2009 y 2010, esos eran prácticamente los únicos momentos en los que mamá respiraba aire fresco—, me confesó que no podía permitirse contratar a nadie y que no podía permitirse prescindir de la ayuda. Barbara Means acababa de terminar un programa de literatura en Vassar y estaba dispuesta a trabajar duro en la agencia por un salario rebajado a cambio de la experiencia, y la verdad es que trabajaba bien, lo que supuso una bendición. Me gustaban sus ojazos verdes, me parecían preciosos.

Mamá escribía, mamá reescribía, mamá leía los libros de Roanoke y poco más durante esos meses, buscando empaparse del estilo de Regis Thomas. Escuchaba mi voz. Rebobinaba la cinta y la hacía correr hacia delante. Rellenaba los vacíos. Una noche, mientras apuraban la segunda botella de vino, oí que le decía a Liz que si tenía que escribir otra frase que contuviera una expresión del tipo «senos firmes y turgentes con pezones rosáceos», perdería la cabeza. Además, debía lidiar con el gremio y contestar a las llamadas —incluida una de la página de chismes del *New York Post*— sobre el estado del último libro de Thomas, porque circulaban toda clase de rumores (los recuerdos resurgieron, y de manera muy vívida, cuando Sue Grafton murió sin haber escrito el volumen final de su serie alfabética de misterio). Mamá dijo que odiaba mentir.

«Ah, pues se te da de maravilla», recuerdo que dijo Liz, lo cual le valió una de las miradas gélidas de mi madre, miradas que durante el último año de su relación vi cada vez con más frecuencia.

Mintió también a la editora de Regis, diciéndole que poco antes de fallecer le había dado instrucciones de que nadie (excepto mamá, claro) tuviera acceso al manuscrito de *Secreto* hasta 2010, «con el propósito de aumentar el interés del lector». Liz opinó que era una excusa muy floja, pero mamá dijo que funcionaría. «De todas formas, Fiona nunca le editó nada —añadió. Se refería a Fiona Yarbrough, que trabajaba para Doubleday, la editorial del señor Thomas—. Lo único que hacía era escribir una carta a Regis después de recibir cada nuevo manuscrito para decirle que esa vez se había superado a sí mismo».

Cuando por fin entregó el libro, mamá estuvo una semana paseándose nerviosa de acá para allá y ladrándole a todo el mundo (yo no me libré), a la espera de que Fiona la llamara para decirle «Regis no escribió este libro, no reconozco su estilo en absoluto, creo que lo has escrito tú, Tia». Pero al final todo salió bien. O Fiona nunca sospechó nada, o se desentendió. El libro entró en imprenta y apareció en otoño de 2010. Y los críticos se lo tragaron.

Publishers Weekly: «¡Thomas reservó lo mejor para el final!».

Kirkus Reviews: «Hará las lujuriosas delicias de los amantes de la novela histórica con tintes de erotismo salvaje».

Dwight Garner, en el *New York Times*: «La prosa insípida y fatigada de Thomas tiene la marca de la casa: es el tosco equivalente de un plato a rebosar de comida en un dudoso bufet de carretera».

A mamá las críticas le traían sin cuidado; solo le interesaban el cuantioso adelanto y las renovadas regalías derivadas de la reedición de los volúmenes anteriores. Se quejó enérgicamente por recibir tan solo un quince por ciento cuando ella se había encargado de escribir íntegramente el libro, pero se vengó en cierta medida al dedicárselo a sí misma.

—Porque me lo merezco.

—Yo no estoy tan segura —objetó Liz—. Si lo piensas, Ti, no eras más que la secretaria. Tal vez deberías habérselo dedicado a Jamie.

Eso le valió otra de las miradas gélidas de mi madre, aunque intuí que tenía parte de razón. Pero, si lo pensabas *verdaderamente* bien, yo tampoco dejaba de ser un mero secretario. Seguía siendo el libro del señor Thomas, muerto o no.

16

Y, ahora, atento a esto: te he contado al menos algunas de las razones por las que Liz me caía bien, y probablemente no serían las únicas. Y te he contado todas las razones por las que me caía *mal*, y probablemente tampoco serían las únicas. Lo que nunca me planteé hasta después (ajá, esa palabra otra vez) era la posibilidad de que *yo* no le cayera bien a ella. ¿Por qué iba a preguntármelo? Estaba acostumbrado a que todo el mundo me quisiera, curtido casi hasta el punto de la indiferencia. Me quería mi madre y me querían mis profesores, sobre todo la señora Wilcox, la maestra de tercero, que el día que acabaron las clases me abrazó y me dijo que me echaría de menos. Me querían mis mejores amigos, Frankie Ryder y Scott Abramowitz (aunque, por supuesto, ni lo hablábamos ni lo pensábamos en esos términos). Y no te olvides de Lily Rhinehart, que una vez me plantó un besazo en la boca. Me envió una tarjeta de Hallmark cuando me cambié de escuela. En la portada aparecía un cachorro con cara triste y dentro decía: *TE ECHARÉ DE MENOS CADA DÍA QUE ESTÉS LEJOS*. La firmó con un corazón sobre la i de su nombre. Y con varias equis y varios círculos.

A Liz, como mínimo, yo le caía *bien*, al menos durante un tiempo, estoy seguro. Pero la cosa cambió después del viaje a Cobblestone Cottage. Fue entonces cuando comenzó a verme como un bicho raro, un fenómeno de la naturaleza. Creo —mejor dicho, *sé*— que fue entonces cuando empezó a tenerme miedo, y es difícil que te guste algo que te asusta. Quizá imposible.

A pesar de que ella opinaba que ya tenía edad para ir andando solo de la casa a la escuela, a veces venía a buscarme si trabajaba en lo que llamaba «el turno bisagra», que empezaba a las cuatro de la mañana y acababa a mediodía. Era un turno que los inspectores procuraban evitar, pero a Liz le tocaba muy a menudo. Era otra cosa que en aquella época nunca me pregunté, aunque después (aquí está de nuevo, sí sí sí, bien bien bien) me di cuenta de que sus jefes no la apreciaban precisamente. Ni confiaban en ella. No tenía nada que ver con la relación que mantenía con mi madre; en lo referente al sexo, la Policía de Nueva York iba entrando en el siglo XXI. Tampoco era por el alcohol, porque otros oficiales del departamento le daban a la botella igual o más que ella. Sin embargo, algunas personas con las que trabajaba habían empezado a sospechar que Liz era corrupta. Y —¡alerta de *spoiler*!— tenían razón.

17

Tengo que hablarte de dos ocasiones concretas en las que Liz me recogió al salir de clase. En ambas acudió en auto, no en el que utilizó para llevarnos a Cobblestone Cottage, sino en el que llamaba su vehículo particular. La primera vez fue en 2011, cuando ella y mamá seguían juntas. La segunda fue en 2013, un año o así después de que rompieran. Ya llegaré a ello, pero vayamos por orden.

Salí de la escuela aquel día de marzo con la mochila echada solo sobre un hombro (que era la moda entre los chicos populares de sexto), y Liz estaba esperándome junto a la acera, en su Honda Civic. En la parte amarilla del bordillo, de hecho, la reservada para las personas con discapacidad, pero ella tenía su cartelito de oficial de policía de servicio para esos casos…, lo cual, podrías reprocharme, debería haberme indicado algo sobre su carácter incluso a la tierna edad de once años.

Subí al auto y traté de no arrugar la nariz por el olor a humo rancio que ni siquiera el ambientador con forma de pino que colgaba del retrovisor conseguía ocultar. Para entonces, gracias a *El secreto de Roanoke*, teníamos un apartamento propio y ya no vivíamos en la agencia, por lo que esperaba que me llevara a casa, pero, en lugar de eso, Liz giró en dirección al centro.

—¿Adónde vamos? —le pregunté.

—A hacer una pequeña excursión, campeón —dijo—. Ya lo verás.

La excursión resultó que tenía como destino el cementerio Woodlawn, en el Bronx, la morada de descanso final de Duke Ellington, Herman Melville y Bartholomew «Bat» Masterson, entre otros. Lo sé porque lo investigué y más tarde escribí un trabajo sobre Woodlawn para clase. Liz entró por Webster Avenue y recorrió las calles del cementerio, como si estuviera patrullando. Resultaba agradable, aunque también daba un poco de miedo.

—¿Sabes cuántas personas hay enterradas aquí? —me preguntó, y cuando sacudí la cabeza, añadió—: Trescientas mil. Menos que la población de Tampa, pero no por mucho. Lo comprobé en Wikipedia.

—¿Por qué hemos venido a este sitio? Porque es interesante, pero tengo deberes. —No mentía, aunque solo tardaría como una media hora en hacerlos. Era un día de sol radiante y ella se comportaba más o menos con normalidad (no dejaba de ser Liz, la amiga de mi madre), aun así, había algo extraño en todo aquello.

Ella ignoró por completo la excusa de los deberes.

—Aquí siempre hay algún entierro. Mira a tu izquierda. —Apuntó con el dedo y redujo la velocidad de unos cuarenta kilómetros por hora a un mero paso de tortuga.

En el lugar que señalaba, un grupo de personas se congregaba alrededor de un ataúd situado sobre una tumba abierta. En la cabecera había un religioso de alguna clase con un libro abierto en la mano. Sé que no era un rabino porque no llevaba gorro.

Liz detuvo el auto. Nadie prestó atención. Estaban absortos en lo que fuera que estuviera diciendo el religioso.

—Tú ves muertos —prosiguió ella . Eso ya lo acepto. Resulta difícil no creerlo después de lo que pasó en casa de Thomas. ¿Ves alguno ahora?

—No —dije, más inquieto que nunca. No por Liz, sino porque acababa de recibir la noticia de que estábamos rodeados por trescientos mil cadáveres. A pesar de que sabía que los muertos se iban al cabo de unos días (una semana a lo sumo), casi esperaba verlos de pie junto a su tumba o encima de ella. Y luego quizá convergiendo hacia nosotros, como en una puta película de zombis.

—¿Estás seguro?

Observé el funeral (o la ceremonia funeraria o como prefieras llamarlo). El religioso debía de estar recitando una oración, porque todos los asistentes habían inclinado la cabeza. Es decir, todos excepto uno, un hombre que se limitaba a permanecer allí de pie, mirando despreocupado hacia el cielo.

—Aquel del traje azul —dije por fin—. El que no lleva corbata. Puede que esté muerto, pero no tengo forma de asegurarlo. Si cuando mueren no hay nada malo en ellos, nada que se *note*, se parecen a cualquier otra persona.

—No veo a ningún hombre sin corbata.

—Bueno, pues entonces está muerto.

—¿Siempre vienen a su entierro? —preguntó ella.

—¿Cómo voy a saberlo? Es la primera vez que piso un cementerio, Liz. Vi a la señora Burkett en su funeral, pero no sé si estaba cuando la enterraron, porque mamá y yo nos saltamos esa parte. Nos fuimos a casa.

—¡Pero tú *lo* estás viendo! —Tenía los ojos clavados en el cortejo fúnebre como si estuviera en una especie de trance—. Podrías acercarte y hablar con él, igual que aquel día cuando hablaste con Regis Thomas.

—¡No voy a ir allí! —Aunque me desagrada admitir que grité, es la verdad—. ¿Delante de todos sus amigos? ¿Delante de su mujer y sus hijos? ¡No puedes obligarme!

—Relájate, campeón —dijo ella, y me revolvió el pelo—. Solo intento aclararme las ideas. ¿Cómo crees que ha llegado aquí? Porque seguro que no ha pedido un Uber.

—No lo sé. Quiero irme a casa.

—Pronto —dijo, y continuamos nuestra ronda por el cementerio, pasando por delante de panteones y monumentos y como un millón de tumbas normales.

Divisamos otras tres ceremonias que se estaban celebrando, dos pequeñas como la primera, a la que asistía, invisible para todos, la estrella de la función, y una gigantesca, donde unas doscientas personas estaban reunidas en una ladera y la persona que oficiaba el servicio (gorro de rabino, comprobado, además de un mantón muy bonito) usaba un micrófono. En cada ocasión, Liz me preguntó si veía a la persona fallecida y en cada ocasión le respondí que no tenía ni idea.

—Supongo que tampoco me lo dirías aunque la vieras —me dijo—. Me doy cuenta de que estás molesto.

—No estoy molesto.

—Bien, pero si le cuentas a Ti que te he traído aquí, lo más probable es que nos peleemos. Imagino que no podrás decirle que fuimos por un helado, ¿eh?

Para entonces ya casi habíamos llegado a Webster Avenue y me encontraba un poco mejor. Intentaba convencerme de que Liz tenía derecho a sentir curiosidad, de que cualquiera la sentiría.

—A lo mejor, pero si me compras uno de verdad.

—¡Un soborno! ¡Eso es delito! —Se echó a reír, me revolvió el pelo y las cosas entre nosotros más o menos se arreglaron.

Cuando salimos del cementerio, vi a una mujer joven con un vestido negro sentada en un banco esperando el autobús. A su lado había una niña pequeña con un vestido blanco y unos zapatos negros brillantes. La niña tenía el cabello dorado y las mejillas sonrosadas, y un agujero en la garganta. La saludé con la mano. Liz no se enteró; esperaba a que se abriera un hueco en el tráfico para girar. No le conté lo que había visto. Esa noche, se marchó después de cenar, o al trabajo o a su propia casa, no sé, y estuve a punto de contárselo a mi madre. Al final me lo callé. Al final me guardé para mí la visión de la niña de cabellos dorados. Después se me ocurriría que el agujero en la garganta se debía a que se había atragantado con la comida y le habían hecho un corte para que pudiera respirar pero habían llegado tarde. Estaba sentada allí junto a su madre, y su madre no lo sabía. Pero yo sí. Yo la vi. Cuando agité la mano, ella me devolvió el saludo.

18

Mientras nos comíamos el helado en Lickety Splitz (Liz había llamado a mi madre para que supiera dónde estábamos y qué andábamos tramando), comentó:

—Debe de ser muy extraño poder hacer lo que haces. *Espeluznante*. ¿No te aterra?

Pensé en preguntarle si a ella le aterraba contemplar el cielo por la noche y ver las estrellas y saber que perdurarían toda la eternidad, pero ni me molesté. Zanjé el tema con un simple no. Uno se acostumbra a lo maravilloso. Lo da por sentado. Quiera o no, es imposible evitarlo. Existen muchísimas cosas maravillosas. Están por todas partes.

19

Dentro de nada te contaré lo que sucedió esa otra vez que Liz me recogió al salir de clase, pero antes tengo que hablarte del día en que rompieron. Créeme si te digo que fue una mañana espantosa.

Aquel día me desperté antes de que sonara el despertador porque mamá estaba gritando. La había oído enfadada antes, pero nunca *tan* furiosa.

—¿Cómo te atreves a traerla al apartamento? ¡Mi *hijo* también vive aquí!

Liz respondió algo, pero mascullaba y no alcancé a oírla.

—¿Y tú crees que me importa? —gritó mamá—. ¡En las series de policías lo llaman agravante de «notoria importancia»! ¡Podría ir a la cárcel por cómplice!

—No te pongas melodramática —dijo Liz. Ahora en voz más alta—. Nunca ha habido ningún riesgo de…

—¡*No me importa!* —chilló mamá—. ¡Estaba aquí! ¡*Sigue* aquí! ¡Encima de la puta mesa, junto a la puta azucarera! ¡Has traído drogas a mi casa! ¡Una cantidad de *notoria importancia*!

—¿Quieres dejar de repetir eso? Esto no es ningún episodio de *Ley y orden*. —Ella también iba elevando el tono. Encendiéndose. Me quedé quieto, con la oreja pegada a la puerta de mi cuarto, descalzo y vestido solo con el piyama; el corazón me latía con fuerza. Aquello no era una simple discusión o una pelea. Era algo más. Algo peor—. Si no me hubieras hurgado en los bolsillos…

—¿Eso crees? ¿Que me dedico a registrar tus cosas? ¡Intentaba hacerte un *favor*! Iba a llevarte el uniforme de repuesto a la tintorería, junto con mi falda de lana. ¿Cuánto tiempo lleva ahí?

—No mucho. Es de un tipo que está fuera de la ciudad. Vuelve mañana…

—¿*Cuánto*?

La respuesta de Liz fue un susurro inaudible para mí.

—Entonces ¿por qué la trajiste aquí? Es que no lo entiendo ¿Por qué no la guardaste en tu apartamento?

—No… —No terminó la frase.

—No ¿qué?

—En realidad, no *tengo* un lugar seguro en mi apartamento. Y se han producido varios robos en el edificio. Además, yo iba a estar aquí. Teníamos planeado pasar la semana juntas. Pensé que me ahorraría un viaje.

—¿*Que te ahorraría un viaje*?

Liz no respondió a eso.

—No tienes un lugar seguro en tu apartamento. ¿Sobre cuántas cosas más me has mentido?

Por el tono, mamá ya no parecía enfadada. Al menos en ese momento. Parecía dolida. Como si quisiera llorar. Me entraron ganas de salir y decirle a Liz que la dejara en paz, aunque todo hubiera empezado porque mi madre había encontrado la prueba de *notoria importancia*, fuera lo que fuese. Pero me quedé donde estaba, escuchando. Y temblando.

Liz masculló algo más.

—¿Por eso tienes problemas en el departamento? ¿También consumes, aparte de…, yo qué sé, hacer de *mensajera*, *distribuir* la mercancía?

—¡Yo ni consumo ni distribuyo nada!

—Bueno, ¡la estás pasando! —Mamá volvía a elevar el tono—. A mí eso me suena a traficar. —Entonces retomó el asunto que realmente la perturbaba. No era lo único, pero sí el más inquietante para ella—. La trajiste a mi *apartamento*. Donde vive mi *hijo*. Guardas la pistola bajo llave en el auto, he insistido siempre en eso, pero ahora te encuentro *un kilo de cocaína* en la chaqueta. —De pronto hasta rio, aunque no como se ríe la gente cuando algo le hace gracia—. ¡La del uniforme de *policía*!

—No es un kilo. —La voz sonaba a molestia.

—Me crie pesando carne en el mercado de mi padre —dijo mamá—. Sé cuánto es un kilo con solo sostenerlo en la mano.

—Me la llevaré de aquí. Ahora mismo.

—Pues hazlo, Liz. A toda prisa. Y ya vendrás luego a por tus cosas. Pero avisa primero. Para que yo esté aquí y Jamie no. O eso o no vuelvas nunca.

—No bromees —fue la respuesta de Liz, pero incluso a través de la puerta me di cuenta de que ni ella se creía sus palabras.

—Para nada. Voy a hacerte un favor y no informaré a tu capitán de lo que he encontrado, pero si vuelves a asomar la nariz por aquí para algo que no sea recoger tus mierdas, lo haré. Te lo juro.

—¿Me estás echando? ¿De verdad?

—De verdad. Toma tu droga y vete al carajo.

Liz rompió a llorar. Fue horrible. Luego, después de que se marchara, rompió a llorar también mamá, y eso fue todavía peor. Salí de mi cuarto, entré en la cocina y la abracé.

—¿Cuánto has oído? —me preguntó, pero no me dio tiempo a responder—. Todo, me imagino. No voy a mentirte, Jamie. Ni a quitarle importancia al asunto. Tenía droga, un montón de droga, pero no quiero que le cuentes ni una palabra a nadie, nunca, ¿de acuerdo?

—¿En serio era cocaína? —Yo también había estado llorando, pero no me di cuenta hasta que oí la voz, que me salía ronca.

—Sí. Y, en vista de todo lo que sabes ya, debo confesar que en la facultad experimenté con ella, aunque solo un par de veces. Probé lo que había dentro de la bolsa que he encontrado y se me ha dormido la lengua. Era coca, seguro.

—Pero ya no está aquí. Se la llevó.

Las mamás, si son buenas, conocen los miedos de sus hijos. Puede que haya críticos que lo consideren un concepto romántico, pero yo creo que no es más que un hecho práctico.

—Sí, se la llevó, no hay nada que temer. Fue una forma asquerosa de comenzar el día, pero ya se acabó. Punto final y a otra cosa, mariposa.

—Bueno, pero… ¿de verdad Liz ya no es tu amiga?

Mamá usó un paño de cocina para secarse la cara.

—Creo que Liz dejó de ser mi amiga hace mucho tiempo. Solo que yo no lo sabía. Vamos, ve a prepararte para la escuela.

Esa noche, mientras hacía los deberes, oí un *gluglú-gluglú-gluglú* procedente de la cocina y me llegó el olor a vino. Era un olor mucho más fuerte que de costumbre, y eso contando las noches en las que mamá y Liz se ponían ciegas. Salí de mi cuarto para ver si se le había caído alguna botella (aunque no había habido ningún ruido de cristales rotos) y encontré a mamá inclinada sobre el fregadero con una jarra de vino tinto en una mano y una de blanco en la otra. Las estaba vaciando en el desagüe.

—¿Por qué lo tiras? ¿Se echó a perder?

—Es una manera de decirlo —respondió—. Creo que empezó a echarse a perder hace unos ocho meses. Es hora de parar.

Después me enteré de que, tras la ruptura con Liz, mi madre asistió a Alcohólicos Anónimos durante una temporada, luego decidió que no lo necesitaba. («Señores que lloriquean por una copa que se tomaron hace treinta años», dijo.) Sospecho que no llegó a dejarlo del todo, porque una o dos veces, cuando me daba el beso de buenas noches, me pareció que el aliento le olía a vino. Quizá por una cena con algún cliente. Si conservaba alguna botella en el apartamento, nunca supe dónde la escondía (tampoco es que me deslomara buscando). Lo que sí sé es que en los años que siguieron nunca volví a verla borracha y nunca volví a verla resacosa. Me bastaba con eso.

20

Después de aquel día, pasé un tiempo sin noticias de Liz Dutton, un año y pico, quizá. Al principio la extrañaba, aunque eso no duró demasiado. Cuando me invadía tal sentimiento, solo tenía que recordarme que había jodido a mi madre de lo lindo. Esperaba que tarde o temprano mamá encontrara otra amiga de las que se quedaban a dormir, pero no hubo más. O sea, nunca. Le pregunté al respecto en una ocasión, y me dijo: «Gato escaldado del agua fría huye. Nos va bien así, eso es lo importante».

Y era cierto. Gracias a Regis Thomas —veintisiete semanas en la lista de libros más vendidos del *New York Times*— y a dos o tres clientes nuevos (uno descubierto por Barbara Means, que para entonces trabajaba a tiempo completo y que finalmente consiguió grabar su nombre en la puerta en 2017), la agencia volvía a afianzarse sobre cimientos sólidos. El tío Harry retornó a la residencia de Bayonne (mismas instalaciones, nueva dirección), que no era ninguna maravilla pero funcionaba mejor que antes. Mamá ya no se levantaba cruzada por las mañanas y se había comprado ropa nueva. «Me hacía falta —me dijo en algún momento de ese año—. He perdido siete kilos de vino».

Por entonces yo ya iba al bachillerato, lo que era una mierda en algunos aspectos, no estaba mal en otros, y venía con un extra genial: los estudiantes que practicaban deporte y tenían libre la última hora podían ir al gimnasio, al aula de dibujo o al aula de música, o firmar la salida. Yo jugaba al baloncesto, así que cumplía los requisitos, a pesar de que estaba en el segundo equipo —el de los novatos y los malos— y la temporada había acabado. Algunos días echaba un vistazo por el aula de dibujo, porque había una belleza, Marie O'Malley, que solía rondar por allí. Si no la encontraba trabajando en una de sus acuarelas, me iba a casa. A pie si hacía buen clima (sobra aclarar que yo solo), en autobús si el tiempo era un asco.

El día que Liz Dutton reapareció en mi vida, ni me molesté en buscar a Marie, porque me habían regalado una Xbox por mi cumpleaños y quería jugar. Había llegado a la acera y me estaba colgando la mochila (nada de cargar con ella solo de un hombro; sexto grado formaba parte de la prehistoria), cuando oí que me llamaba.

—Ey, campeón, ¿cómo estás, *bambino*?

Estaba apoyada en su auto particular, con las piernas cruzadas por los tobillos, vestida con pantalones de mezclilla y una blusa escotada. Lo que llevaba encima de la blusa era un bléiser, no una gabardina, pero también lucía el emblema del Departamento de Policía de Nueva York sobre el pecho. Se lo abrió, como en los viejos tiempos, para enseñarme la funda sobaquera. Solo que esta vez no estaba vacía.

—Hola, Liz —farfullé. Bajé la mirada al suelo, giré a la derecha y seguí por la calle.

—Espera un momento, tengo que hablar contigo.

Me detuve, pero no me volví. Como si ella fuera Medusa y una mirada a su cabeza serpentina fuera a convertirme en piedra.

—No creo que deba. Mamá se enfadaría.

—No tiene por qué enterarse. Date la vuelta, Jamie. Por favor. Verte nada más que la espalda me está matando.

Su voz sonaba como si se sintiera mal de verdad, y eso hizo que me sintiera mal. Me volví hacia ella. Se había abrochado el bléiser, pero el bulto de la pistola se notaba de todas formas.

—Quiero que me acompañes a dar un paseo en auto.

—No es buena idea —le dije.

Me había venido a la cabeza aquella chica llamada Ramona Sheinberg. A principio de curso coincidimos en un par de clases, pero entonces desapareció y mi amigo Scott Abramowitz me contó que su padre la había secuestrado durante un juicio por la custodia y se la había llevado a algún lugar donde no había extradición. Scott decía que esperaba que al menos fuera un sitio con palmeras.

—Necesito esa habilidad tuya, campeón —dijo ella—. De verdad que sí.

No respondí a eso, pero debió de ver que titubeaba, porque me regaló una sonrisa. Una bonita sonrisa que le iluminó aquellos ojos grises suyos. Ese día no amenazaban ni una gota de aguanieve.

—A lo mejor no conduce a nada, pero quiero intentarlo; quiero que *tú* lo intentes.

—Intentar ¿qué?

No lo dijo, no en ese momento, solo me tendió la mano.

—Yo ayudé a tu madre cuando murió Regis Thomas. ¿No quieres ayudarme ahora tú a mí?

Técnicamente, aquel día había sido yo el que había ayudado a mamá, Liz se había limitado a llevarnos por la Sprain Brook Parkway, pero *sí* había parado a comprarme un Whopper cuando mamá lo único que quería era seguir adelante a toda prisa. Y me había dado el resto de su Coca-Cola cuando se me secó la boca de tanto hablar. Así que entré en el auto. Me sentía incómodo, pero entré. Los adultos tienen poder, sobre todo cuando suplican, que es lo que estaba haciendo Liz.

Le pregunté adónde íbamos y me dijo que a Central Park, al menos para empezar. Y después quizá a un par de sitios más. Le dije que, si no llegaba a casa antes de las cinco, mamá se preocuparía. Liz respondió que procuraría llevarme de vuelta antes de esa hora, pero que aquello era muy importante.

Fue entonces cuando me explicó de qué se trataba.

21

El sujeto que se hacía llamar Tambor puso su primera bomba en Eastport, un pueblo de Long Island no muy lejos de Speonk, que otrora había albergado la Cabaña del Tío Harry (un chistecito literario). Eso ocurrió en 1996. Tambor dejó un cartucho de dinamita conectado a un temporizador en un cubo de basura junto a los baños del supermercado King Kullen. El temporizador no era más que un despertador barato, pero funcionó. La dinamita explotó a las nueve de la noche, justo cuando el supermercado estaba cerrando. Resultaron heridas tres personas, todas empleadas de la tienda. Dos de ellas sufrieron poco más que rasguños, pero la tercera era un tipo que salía del baño cuando estalló la bomba. Perdió un ojo y el brazo derecho del codo para abajo. Dos días después, llegó una nota al Departamento de Policía del Condado de Suffolk. Estaba mecanografiada con una IBM Selectric. Decía: «¿Qué les parece mi obra hasta ahora? ¡Próximamente más! TAMBOR».

Colocó diecinueve bombas antes de conseguir matar a alguien.

—¡*Diecinueve!* —exclamó Liz—. Y no es que no lo estuviera buscando. Las plantó por los cinco distritos de la ciudad, y un par de propina en Nueva Jersey: en Jersey City y en Fort Lee. Siempre dinamita, de fabricación canadiense.

No obstante, la cifra de mutilados y heridos fue en ascenso. Sumaban cerca de cincuenta cuando finalmente mató al hombre que descolgó el teléfono de la cabina equivocada de Lexington Avenue. A cada explosión le seguía una nota dirigida a la policía responsable del área donde se producía la susodicha explosión, y siempre decían lo mismo: «¿Qué les parece mi obra hasta ahora? ¡Próximamente más! TAMBOR».

Antes de Richard Scalise (así se llamaba el hombre de la cabina), transcurrieron largos períodos entre cada explosión. Las dos más cercanas en el tiempo se habían producido con seis semanas de diferencia. El paréntesis más amplio había abarcado casi un año. Sin embargo, tras matar a Scalise, Tambor pisó el acelerador. Las bombas se volvieron más grandes, y los temporizadores, más sofisticados. Diecinueve explosiones entre 1996 y 2009, veinte contando la bomba de la cabina. Entre 2010 y el bonito día de mayo de 2013 en que Liz regresó a mi vida, había puesto diez más, que hirieron a veinte personas y mataron a tres. Para entonces, Tambor había dejado de ser una leyenda urbana y el ingrediente básico del que se nutría la NY1; para entonces era noticia a escala nacional.

Se le daba bien evitar las cámaras de seguridad, y aquellas que no podía eludir solo mostraban a un tipo con abrigo, gafas de sol y una gorra de los Yankees bien encasquetada. Mantenía, además, la cabeza gacha. Mechones de pelo blanco asomaban por debajo de la gorra a ambos lados de la cabeza y en la nuca, pero podría haber sido una peluca. A lo largo de los diecisiete años de su «reinado de terror», se habían organizado tres grupos operativos especiales para capturarlo. El primero se disolvió durante una larga interrupción de su «reinado», cuando la policía supuso que había llegado a su fin. El segundo se deshizo tras una gran reestructuración que convulsionó el departamento. El tercero se creó en 2011, cuando resultó evidente que Tambor había metido la quinta. Liz no me contó todo esto de camino a Central Park; lo averigüé después, como tantas otras cosas.

Por fin, hacía dos días, se produjo en el caso el giro que habían estado esperando y deseando. A David Berkowitz, alias El Hijo de Sam, lo atraparon por una multa de estacionamiento. A Ted Bundy, porque se le olvidó encender las luces del auto. A Tambor —nombre real, Kenneth Alan Therriault— lo agarraron porque el portero de un edificio tuvo un pequeño accidente cuando sacaba la basura. Iba empujando una carretilla cargada de cubos por un callejón hasta el punto de recogida. Se topó con un bache y uno de los cubos se volcó. Cuando fue a limpiar la porquería desparramada, encontró un manojo de cables y un trozo de papel amarillo con la palabra CANACO impresa. Tal vez no habría llamado a la policía si la cosa hubiera quedado ahí, pero había más. Acoplado a uno de los cables había un detonador Dyno Nobel.

Llegamos a Central Park y parqueamos junto a un grupo de patrullas normales (otra cosa de la que me enteré después es que Central Park tiene su propia comisaría, la 22). Liz colocó su cartelito en el tablero y seguimos un rato a pie por la calle Ochenta y seis antes de doblar hacia un camino que conducía al monumento a Alexander Hamilton. Fíjate, algo que no tuve que averiguar después: solo tuve que leer la jodida inscripción. O placa. Lo que sea.

—El portero, usando el móvil, hizo una foto de los cables, el trozo de papel y el detonador, pero el grupo operativo no la recibió hasta el día siguiente.

—Ayer —dije.

—Correcto. En cuanto la vimos, supimos que teníamos a nuestro hombre.

—Claro, por el detonador.

—Sí, pero no solo por eso. También por el trozo de papel. Canaco es una empresa canadiense que fabrica dinamita. Conseguimos la lista de todos los inquilinos del edificio y descartamos a la mayoría sin tener que hacer investigación de campo, porque sabíamos que buscábamos a un varón, presumiblemente soltero y presumiblemente blanco. Solo había seis inquilinos que encajaban con el perfil, y solo uno había trabajado alguna vez en Canadá.

—Los buscaron en Google, ¿verdad? —Estaba empezando a interesarme.

—Tú lo has dicho. Entre otras cosas, descubrimos que Kenneth Therriault tiene doble nacionalidad: estadounidense y canadiense. Había trabajado en toda clase de obras allá en el gran norte blanco, además de en varias explotaciones de fractura hidráulica y petróleo de esquisto. Era Tambor, tenía que ser él.

No le dediqué más que un vistazo rápido a Alexander Hamilton, suficiente para leer la inscripción y observar sus pintas fantasiosas. Liz me llevaba de la mano y me conducía hacia un camino un poco más allá de la estatua. Me jalaba hacia allí, mejor dicho.

—Entramos con un equipo SWAT, pero su guarida estaba vacía. Bueno, vacía, *vacía* no. Sus cosas seguían allí, pero él se había ido. El portero no se calló su gran hallazgo, por desgracia, a pesar de que se le rogó que guardara silencio. Se lo contó a algunos de los residentes y se corrió la voz. Uno de los aparatos que encontramos en el apartamento era una IBM Selectric.

—¿Eso es una máquina de escribir?

Ella asintió con la cabeza.

—Esos aparatos solían venir con distintos elementos tipográficos para distintas fuentes. La de la máquina coincidía con la de las notas de Tambor.

Antes de que lleguemos al camino y al banco que no estaba allí, tengo que contarte otra cosa de la que me enteré después. Liz no mentía acerca de cómo Therriault se había acabado pisando su propia cola, pero no dejaba de hablar en primera persona del plural. *Supimos* esto y *descubrimos* aquello, pese a que Liz no pertenecía al grupo especial que investigaba el caso de Tambor. *Había* formado parte, eso sí, del segundo, el que terminó con la gran reestructuración del apartamento, cuando todos andaban como pollo sin cabeza, pero en 2013 Liz Dutton tenía un pie y medio fuera del Departamento de Policía de Nueva York, y si con el otro medio todavía mantenía la puerta abierta era porque los polis tienen un sindicato poderoso. Los de Asuntos Internos revoloteaban en torno a ella como los buitres alrededor de un animal atropellado en la carretera, y el día que me recogió al salir de clase ni siquiera la habrían elegido para entrar en un grupo operativo dedicado a atrapar tirabasuras en serie. Necesitaba un milagro y, por lo visto, ese milagro era yo.

—Hoy —prosiguió— todos los policías de los cinco distritos tenían el nombre y la descripción de Kenneth Therriault. Todas las salidas de la ciudad se hallaban vigiladas, tanto por ojos humanos como por cámaras, y seguro que ya sabes que estamos rodeados de ellas. Atrapar a ese tipo, vivo o muerto, era nuestra prioridad número uno, porque temíamos que decidiera caer con las botas puestas. Detonar una bomba delante del Saks de la Quinta Avenida o en la estación Grand Central. Solo que nos ha hecho un favor.

Se detuvo y señaló un punto junto al camino. Me di cuenta de que la hierba estaba aplastada, como si la hubiera pisado un montón de gente.

—Ha venido al parque, se ha sentado en un banco y se ha volado la cabeza con una Ruger del .45 ACP.

Me quedé mirando el sitio, con una mezcla de horror y fascinación.

—El banco ha sido trasladado al laboratorio forense de la policía de Jamaica Avenue, pero aquí es donde se pegó el tiro. Así que ahora viene la gran pregunta. ¿Lo ves? ¿Está aquí?

Eché una mirada alrededor. No tenía ni idea de cómo era Kenneth Alan Therriault, aunque, si se había volado los sesos, no creí que se me pasara por alto. Vi a unos chicos lanzando un Frisbee para que lo persiguiera su perro (que iba sin correa, algo prohibido en Central Park), vi a un par de mujeres corriendo, a un par de *skaters* y a un par de viejos que leían el periódico camino abajo, pero no vi a ningún tipo con un agujero en la cabeza, y se lo dije.

—Mierda —dijo Liz—. Bueno, calma. Todavía nos quedan dos oportunidades, al menos que yo sepa. Trabajaba de celador en el hospital City of Angels, en la calle Setenta…, todo un bajón con respecto a sus días en la construcción, pero tenía más de setenta años… Y el edificio de apartamentos en el que vivía está en Queens. ¿Qué opinas, campeón?

—Opino que quiero irme a casa. Podría estar en cualquier parte.

—¿Seguro? ¿No habías dicho que frecuentan los sitios en los que pasaban el tiempo cuando estaban vivos? ¿Antes de, yo qué sé, irse definitivamente al otro barrio?

No recordaba si le había contado eso o no, la verdad, pero no se equivocaba. Aun así, me sentía cada vez más como Ramona Sheinberg. Secuestrado, en otras palabras.

—¿Por qué molestarse? Está muerto, ¿no? Caso cerrado.

—No del todo. —Se agachó para mirarme a los ojos. Ya no tenía que encorvarse tanto como antes, porque en 2013 yo era más alto. Todavía estaba lejos del metro ochenta que mido ahora, pero había crecido unos cinco centímetros—. Llevaba una nota prendida en la camisa que decía: «Queda una más, y es de las gordas. Váyanse al demonio. Nos vemos en el infierno». Estaba firmada como «TAMBOR».

Bueno, eso cambiaba un poco las cosas.

22

Fuimos primero al City of Angels, porque quedaba más cerca. En la entrada no había nadie con un agujero en la cabeza, solo unos cuantos fumadores, así que accedimos al interior por Urgencias. Un montón de gente esperaba allí sentada, y había un tipo que sangraba por la cabeza. La herida me pareció más una laceración que un orificio de bala, y el hombre era más joven de lo que Liz había dicho de Kenneth Therriault, pero le pregunté si era capaz de verlo, solo para asegurarme. Dijo que sí.

Nos acercamos al mostrador, donde Liz enseñó su placa y se identificó como inspectora de la policía de Nueva York. Preguntó si los celadores tenían algún sitio para dejar sus cosas y cambiarse antes de empezar su turno. La señora del mostrador dijo que tenían un vestidor, pero que otros policías ya habían estado allí y habían vaciado la taquilla de Therriault. Liz preguntó si seguían allí y la señora respondió que no, que el último se había marchado hacía horas.

—De todas formas, quisiera echar un vistazo rápido. Explíqueme cómo llegar —dijo Liz.

La señora le indicó que bajara en ascensor hasta el nivel B y que girara a la derecha. Luego me sonrió y dijo:

—¿Estás ayudando a tu mamá en su investigación de hoy, jovencito?

Pensé en responder: *Bueno, no es mi mamá, pero me imagino que la estoy ayudando, porque ella espera que vea al señor Therriault, si es que todavía anda por aquí.* No funcionaría, claro, así que me quedé mudo.

Liz no. Le contó que la enfermera de la escuela sospechaba que quizá había pescado mononucleosis, así que parecía una buena oportunidad para llevarme a que me examinaran y visitar el lugar de trabajo de Therriault al mismo tiempo. O sea, matar dos pájaros de un tiro.

—Le convendría llevarlo al médico de cabecera —le dijo la señora del mostrador—. Esto hoy es una casa de locos. Tendrá que esperar horas.

—Entonces será lo mejor, sí —asintió Liz.

Me sorprendieron la naturalidad con la que hablaba y la fluidez con la que mentía. No supe decidir si me producían asco o admiración. Supongo que un poco de ambos.

La señora se inclinó sobre el mostrador. Me quedé fascinado por cómo sus enormes tetas empujaban los papeles hacia delante. Me recordaron a un rompehielos que había visto en una película.

Bajó la voz.

—Todo el mundo está impactado, permítame que se lo diga. Ken era el celador de mayor edad y era un encanto. Muy trabajador y siempre dispuesto a complacer a todo el mundo. Si alguien le pedía que hiciera algo, lo hacía sin rechistar. Y con una sonrisa. ¡Y pensar que trabajábamos con un *asesino*! ¿Sabe lo que demuestra esto?

Liz negó con la cabeza, claramente impaciente por ponerse en marcha.

—Que nunca se sabe —dijo la señora del mostrador. Hablaba como alguien que está transmitiendo una gran verdad—. ¡Nunca se sabe!

—Se le daba bien disimular, no cabe duda —dijo Liz.

Y pensé: *Mira quién habla.*

Ya en el ascensor, le pregunté:

—Si estás en un grupo especial, ¿cómo es que no estás *con* ellos?

—No seas tonto, campeón. ¿Cómo voy a reunirme con el grupo llevándote *a ti* conmigo? Bastante me ha costado ya inventarme la historia del mostrador. —El ascensor se detuvo—. Si alguien pregunta, recuerda por qué estás aquí.

—Mononucleosis.

—Exacto.

Pero no había nadie para preguntar. El vestidor de los celadores estaba vacío. Habían precintado la puerta con una cinta amarilla que rezaba INVESTIGACIÓN POLICIAL. PROHIBIDO EL PASO. Liz y yo nos agachamos para pasar por debajo, ella tomándome de la mano. Había bancos, algunas sillas y al menos una veintena de taquillas. También un refrigerador, un microondas y un horno eléctrico. Al lado había una caja abierta de Pop Tarts, y pensé que no me importaría comerme una en ese momento.

No había ni rastro de Kenneth Therriault.

Las taquillas tenían etiquetas adhesivas Dymo con los nombres impresos. Liz abrió la de Therriault usando un pañuelo debido a los restos de los polvos para huellas dactilares. Actuó despacio, como si esperara encontrarlo escondido dentro, como el coco en el armario de un niño. Therriault era una especie de coco, pero no estaba allí. La taquilla estaba vacía. La policía se lo había llevado todo.

Liz volvió a soltar un «mierda». Eché una mirada al móvil para comprobar la hora. Eran las tres y veinte.

—Lo sé, lo sé —dijo ella.

Tenía los hombros caídos y, pese a que estaba resentido por la manera en que me había llevado, no pude evitar sentir un poco de lástima por ella. Me acordé del señor Thomas, que dijo que mi madre parecía más vieja, y en ese momento pensé que la examiga de mi madre también parecía más vieja. Más delgada. Y tuve que admitir que sentí cierta admiración, porque Liz estaba intentando hacer lo correcto y salvar vidas. Era como la heroína de una película, la loba solitaria que se empeña en resolver el caso ella sola. Es posible que le importaran las personas inocentes que se vaporizarían por la última bomba de Tambor. Probablemente. Sin embargo, ahora sé que también buscaba salvar su trabajo. No me gusta pensar que era su principal preocupación, pero a la luz de lo que ocurrió después —ya llegaré a esa parte—, no me queda otra.

—Bien, un último cartucho. Y deja de mirar ese puñetero móvil, campeón. Sé qué hora es y sé que te meterás en problemas si no te llevo a casa antes de que aparezca tu madre, pero no serán nada en comparación con los que tendré yo.

—De todas formas, seguramente saldrá con Barbara a tomar algo antes de irse a casa. Barbara trabaja ahora para la agencia.

Ignoro por qué dije eso, la verdad. Porque yo también quería salvar vidas, supongo, aunque esa no dejaba de ser la explicación académica, porque no creía que fuéramos a encontrar a Kenneth Therriault. Creo que fue porque Liz parecía derrotada. Acorralada.

—Vaya, tremendo golpe de suerte —dijo Liz—. Ya solo nos hace falta uno más.

23

El Frederick Arms era un edificio de unos trece o catorce pisos de altura, de ladrillo gris, con barrotes en las ventanas de las dos primeras plantas. Para un chico que había crecido en el Palacio, se parecía más a la prisión de *Sueños de fuga* que a un bloque de apartamentos. Y Liz supo de inmediato que nunca conseguiríamos entrar ni en el portal, y mucho menos en casa de Kenneth Therriault. El lugar era un hervidero de policías. En medio de la calle, mirones y curiosos se agolpaban junto a las vallas que bloqueaban el paso y sacaban fotos. Las camionetas de las cadenas de televisión estaban estacionadas a ambos lados de la manzana, con las antenas arriba y cables serpenteando por el suelo. Había incluso un helicóptero de Canal 4 suspendido por encima de nuestras cabezas.

—Mira... —dije—. ¡Es Stacy-Anne Conway! ¡Sale en la NY1!

—Pregúntame si me importa una mierda, anda —dijo Liz.

No le pregunté.

Habíamos tenido suerte de no tropezarnos con periodistas en Central Park ni en el City of Angels, y me di cuenta de que la única razón era que todos se encontraban allí. Miré a Liz y vi que le resbalaba una lágrima por la mejilla.

—Tal vez podríamos ir al funeral —sugerí—. A lo mejor aparece allí.

—Lo más probable es que lo incineren. Sin público. Los gastos correrán a cargo de la ciudad. No tenía parientes; los sobrevivió a todos. Voy a llevarte a casa, campeón. Perdona por haberte arrastrado hasta aquí.

—No pasa nada —dije, y le di una palmadita en la mano. Sabía que a mamá no le gustaría, pero mamá no estaba.

Liz hizo un cambio de sentido y se dirigió de regreso al puente de Queensboro. A una manzana del Frederick Arms, eché una mirada a una pequeña tienda en la acera de mi lado y dije:

—Mierda. Está ahí.

Ella me miró de pronto con los ojos abiertos como platos.

—¿Estás seguro? ¿Estás *seguro*, Jamie?

Me incliné hacia delante y vomité entre los tenis. Era la única respuesta que necesitaba.

24

No sabría decir si estaba tan mal como el hombre de Central Park, había pasado mucho tiempo desde entonces. Quizá estuviera peor. Una vez que ves lo que puede ocurrirle a un cuerpo humano que ha sufrido a un acto de violencia —un accidente, un suicidio, un asesinato—, quizá ni siquiera importe. Kenneth Therriault, alias Tambor, estaba mal, ¿de acuerdo? Pero mal de verdad.

Había bancos a ambos lados de la puerta de la tienda, para que la gente pudiera sentarse a comer lo que comprara, supongo. Therriault estaba sentado en uno, con las manos apoyadas en los muslos de unos pantalones caqui. La gente pasaba por delante de él, de camino a dondequiera que se encaminasen. Un chico negro con una patineta debajo del brazo entró en la tienda. Una mujer salió con un café humeante en un vaso para llevar. Ninguno desvió la mirada hacia el banco en el que estaba sentado Therriault.

Debía de haber sido diestro, porque ese lado de la cabeza no presentaba tan mal aspecto. Tenía un orificio en la sien, tal vez del tamaño de una moneda de diez centavos, tal vez menor, rodeado por una aureola oscura que podía haber sido un moretón o un residuo de pólvora. Es probable que fuese pólvora. Dudo que el cuerpo hubiera tenido tiempo de acumular la sangre suficiente para producir un hematoma.

El verdadero daño estaba en el lado izquierdo, por donde había salido la bala. El boquete en ese lado era casi tan grande como un platillo de postre y estaba rodeado de colmillos irregulares de hueso. La carne de la cabeza estaba hinchada, como afectada por una infección titánica. El ojo izquierdo había sido desplazado violentamente a un lado y sobresalía de la órbita. Lo peor de todo: la sustancia gris que le chorreaba por la mejilla. Aquello era su cerebro.

—No te pares —dije—. Sigue adelante. —Sentía un fuerte picor en la nariz por el hedor a vómito, y su regusto me inundaba la boca, toda viscosa—. Por favor, Liz, no puedo hacerlo.

Ella, sin embargo, dio un volantazo hacia la acera y se detuvo delante de un hidrante, cerca de la esquina.

—Tienes que hacerlo. Lo necesito. Lo siento, campeón, pero necesitamos saber. Vamos, recupera la compostura para no llamar la atención y que la gente no crea que te estoy maltratando.

Pero me estás maltratando, pensé. *Y no pararás hasta que consigas lo que quieres.*

El regusto que tenía en la boca era de los raviolis que había comido en la cafetería de la escuela. En cuanto me di cuenta, abrí la puerta, me incliné hacia fuera y vomité un poco más. Igual que el día que vi al hombre de Central Park, cuando no llegué a ir a la fiesta de cumpleaños de Lily en la ricachona Wave Hill. Fue un *déjà vu* del que bien podría haber prescindido.

—¿Campeón? *¡Campeón!*

Me incorporé y ella estaba tendiéndome un puñado de Kleenex (qué mujer no lleva pañuelos de papel en el bolso).

—Límpiate la boca y luego baja del auto. Procura actuar con normalidad. Vamos, acabemos con esto.

Noté que hablaba en serio; no íbamos a marcharnos hasta que Liz consiguiera lo que quería.

Compórtate como un hombre, pensé. *Puedo hacerlo. Tengo que hacerlo, porque hay vidas en juego.*

Me limpié la boca y salí del auto. Liz colocó su cartelito en el tablero —la versión policial de la tarjeta del Monopoly que te libra de la cárcel—, bajó y se acercó hasta donde yo, en la acera, observaba a una mujer que doblaba ropa en una lavandería. No es que me pareciera interesante, pero al menos evitaba que se me fueran los ojos hacia el despojo de hombre sentado calle arriba. Por el momento, al menos. Pronto no tendría opción. Peor —ay, Dios—: tendría que hablar con él. Si es que él *podía* hablar.

Alargué la mano sin pensar. Con trece años, probablemente ya no tenía edad para ir de la mano de una mujer que los transeúntes con los que nos cruzábamos tomarían por mi madre (si se molestaban en dedicarnos un pensamiento), pero, cuando me la tomó, me sentí agradecido. Lo agradecí una barbaridad.

Nos encaminamos hacia la tienda. Ojalá hubiéramos tenido que andar kilómetros, pero no era más que media manzana.

—¿Dónde está exactamente? —preguntó ella en voz baja.

Arriesgué una mirada para asegurarme de que no se había movido. Nada de nada. Seguía en el banco, y entonces pude fijarme en el cráter que una vez había alojado sus pensamientos. No había perdido la oreja, pero la tenía retorcida, y me sorprendí recordando un Señor Cara de Papa que me habían regalado cuando tenía cuatro o cinco años. Se me encogió el estómago.

—Cálmate, campeón.

—Deja de llamarme así —logré decir—. No lo soporto.

—Tomo nota. ¿Dónde está?

—Sentado en el banco.

—¿El de este lado de la puerta o…?

—El de este lado, sí.

Volvía a mirarlo, ya estábamos tan cerca que no había forma de evitarlo, y advertí una cosa interesante. Un hombre salió de la tienda con un periódico bajo el brazo y un perrito caliente en una mano. El perrito estaba envuelto en papel de aluminio pues se supone que mantiene el calor (si te crees eso, también te creerás que la luna es una bola de queso fresco).

Hizo ademán de sentarse en el otro banco mientras sacaba el perrito del envoltorio. Entonces se detuvo, miró en nuestra dirección, a Liz y a mí, o al otro banco, y siguió caminando calle abajo para comerse el tentempié en otra parte. No vio a Therriault —de ser así, habría salido corriendo, lo más probable que gritando a todo pulmón—, pero creo que *sintió* su presencia. No, no es solo que lo crea, lo sé. Ojalá hubiera prestado más atención en aquel momento, pero me encontraba muy alterado, como seguro que entenderás. Y si no lo entiendes, eres idiota.

Therriault giró la cabeza. Fue un alivio porque el movimiento dejó oculto lo peor de la herida de salida. Y no fue un alivio porque tenía el rostro con una mitad normal y la otra hinchada y desfigurada, como el villano Dos Caras de las historietas de Batman. Lo peor de todo: estaba mirándome.

Yo los veo y ellos lo saben. Siempre ha sido así.

—Pregúntale dónde está la bomba —dijo Liz. Hablaba por la comisura de los labios, como un espía de una comedia.

Por la acera se acercaba una mujer que llevaba un niño pequeño en una mochila portabebés. Me dirigió una mirada recelosa, quizá porque yo tenía una pinta rara o quizá porque olía a vómito. Quizá por las dos cosas. Para entonces, ya había llegado a un punto en que todo me daba igual. Lo único que quería era terminar con lo que Liz Dutton pretendía que hiciera, para eso me había llevado allí, y luego largarme a toda prisa. Esperé hasta que la mujer con el bebé entró en la tienda.

—¿Dónde está la bomba, señor Therriault? ¿Dónde está la última bomba?

Al principio no respondió y pensé: *Bien, se voló los sesos, está aquí pero no puede hablar, fin de la historia.* Y entonces habló. Las palabras no coincidían exactamente con el movimiento de la boca y se me ocurrió que provenían de otro sitio. Como si llegaran con retraso desde el infierno. Me asusté muchísimo. Si hubiera sabido que fue entonces cuando algo monstruoso se le metió dentro y se adueñó de él, me habría asustado todavía más. Pero ¿acaso lo sé *ahora*? O sea, ¿con certeza? No, pero casi.

—No quiero decírtelo.

Me quedé mudo, petrificado. Nunca había recibido una respuesta semejante de una persona muerta. Mi experiencia era limitada, es cierto, pero hasta entonces habría jurado que estaban obligados a decir la verdad desde el primer momento y en todo momento.

—¿Qué dijo? —preguntó Liz. Seguía hablando por la comisura de los labios.

La ignoré y le repetí la pregunta a Therriault. No había nadie cerca, de modo que alcé la voz, pronunciando cada palabra como cuando uno habla con una persona sorda o que flojea en comprensión oral.

—¿Dónde… está… la… última… bomba?

También habría jurado que los muertos no experimentan dolor, que lo han dejado atrás, y Therriault, desde luego, no parecía sufrir por la catastrófica herida autoinfligida en la cabeza, pero aquel rostro medio abotargado se retorció como si, en lugar de haberle hecho una simple pregunta, le hubiera quemado o le hubiera apuñalado la barriga.

—¡No quiero *decírtelo*!

—¿Qué ha…? —empezó a decir Liz, pero en ese momento la mujer del portabebés salió de la tienda.

Llevaba un boleto de lotería en la mano. El niño tenía un Kit-Kat con el que se embadurnaba la cara. Entonces se volvió hacia el banco en el que estaba sentado Therriault y rompió a llorar. La mamá debió de pensar que su hijo me miraba a mí, porque lanzó otra mirada, *mega*recelosa esta vez, y se alejó a paso ligero.

—Campeón… Perdona, Jamie…

—Cállate —le dije. Y luego, como mi madre se habría disgustado si me hubiera oído hablarle así a un adulto, añadí—: Por favor.

Volví a mirar a Therriault. La mueca de dolor convertía sus facciones devastadas en un rostro más devastado aún, y de repente decidí que me daba igual. Había mutilado a suficientes personas para llenar un ala de hospital entera, había matado a gente, y, si la nota que llevaba prendida en la camisa no mentía, había muerto intentando matar a más. *Esperaba* que estuviera sufriendo.

—¿Dónde… está…, cabrón… hijo de puta?

Se apretó el vientre con las manos, se dobló como si tuviera calambres, gimió. Y por fin se rindió.

—King Kullen. El supermercado King Kullen de Eastport.

—¿Por qué?

—Me pareció apropiado terminar donde empecé —dijo, y trazó un círculo en el aire con un dedo—. Para completar el círculo.

—Eso no. ¿Por qué lo hiciste? ¿Por qué pusiste todas esas bombas?

Sonrió, ¿y la forma en que eso pareció succionarle el lado hinchado de la cara? Aún hoy veo esa imagen, jamás seré capaz de borrarla de mi mente.

—Porque sí —dijo.

—¿Porque sí qué?

—Porque quise.

25

Cuando le conté a Liz lo que había dicho Therriault, se entusiasmó y nada más. Lo entendí, al fin y al cabo ella no estaba viendo a un hombre que prácticamente se había volado por completo un lado de la cara. Me dijo que tenía que entrar en la tienda a buscar unas cosas.

—¿Y piensas dejarme aquí con *él*?

—No, ve hasta la esquina y espérame junto al auto. No tardo más que un minuto.

Therriault seguía allí sentado, observándome con un ojo más o menos normal y con otro del todo deformado. Sentía su mirada. Me hizo pensar en aquella vez que fui de acampada y me infesté de pulgas y tuve que usar un champú apestoso como unas cinco veces para que desaparecieran.

Ningún champú disiparía la sensación que Therriault me producía, lo único que serviría sería alejarme de él, así que obedecí a Liz. Llegué hasta la lavandería y me quedé observando a la mujer que seguía doblando ropa. Ella me vio y me saludó con la mano, lo que me trajo el recuerdo de la niña del agujero en la garganta, *su* manera de agitar la mano, y durante un instante terrible pensé que la mujer de la lavandería también estaba muerta. Solo que los muertos no doblan ropa, se limitan a andar por ahí sin hacer nada. O a sentarse por ahí sin hacer nada, como Therriault. Así que le devolví el saludo. Incluso traté de sonreír.

Entonces me volví hacia la tienda. Me dije que solo quería ver si Liz salía ya, pero ese no era el verdadero motivo. Quería ver si Therriault seguía mirándome. Y ahí estaba. Levantó una mano, con la palma hacia arriba, tres dedos apretados, uno apuntándome. Lo curvó hacia dentro, una vez, dos veces. Muy despacio. *Ven aquí, muchacho.*

Empecé a andar hacia él, mis piernas parecían moverse con voluntad propia. No quería, pero parecía incapaz de evitarlo.

—A ella no le importas —dijo Kenneth Therriault—. Ni un *comino*. Te está utilizando, muchacho.

—Jódete, estamos salvando vidas.

En ese momento no pasaba nadie, aunque, de haber habido alguien cerca, tampoco me habría oído. Él me había robado toda la voz menos un susurro.

—Lo que está salvando ella es su trabajo.

—Eso no lo sabes, no eres más que un psicópata cualquiera. —Solo un susurro aún, y tuve la sensación de que estaba a punto de mearme encima.

No pronunció palabra, se limitó a dirigirme una mueca burlona. Esa fue su respuesta.

Liz salió. Llevaba una de esas bolsas de plástico baratas que por aquel entonces te daban en las tiendas de ese estilo. Miró hacia el banco, donde estaba sentado el hombre con la cara devastada al que no podía ver, y luego me miró a mí.

—¿Qué estás haciendo aquí, ca... Jamie? Te dije que me esperaras en el auto. —No me dio tiempo a responder. Rápida y dura, como si yo fuera un malhechor en la sala de interrogatorios de una serie de policías, me preguntó : ¿Te dijo algo más?

Que solo te preocupa salvar tu trabajo, pensé en responderle. *Pero eso yo ya lo sospechaba.*

—No —le dije—. Quiero irme a casa, Liz.

—Enseguida. Enseguida. En cuanto haga una cosa más. Dos, para ser exactos, porque hay que limpiar el regalito que me dejaste en el auto.

Me rodeó los hombros con el brazo (como haría una buena madre) y pasamos por delante de la lavandería. Habría saludado de nuevo a la mujer que doblaba ropa, pero estaba de espaldas.

—Tengo algo planeado. No me imaginaba que tendría ocasión de ponerlo en práctica, pero gracias a ti...

Cuando llegamos junto al auto, sacó un móvil con tapa de la bolsa. Seguía en su envoltorio. Me apoyé en el escaparate de una zapatería y la observé mientras manipulaba el aparato hasta que lo hizo funcionar. Eran ya las cuatro y cuarto. Si mamá iba a tomar algo con Barbara, a lo mejor conseguía estar en casa antes de que ella volviera…, pero ¿sería capaz de guardarme las aventuras de esa tarde para mí? No lo sabía, y en ese momento no me parecía tan importante. Me habría gustado que Liz al menos hubiera doblado la esquina con el auto, pensé que bien podría haber soportado el olor de mi vómito durante un rato después de lo que yo había hecho por ella, pero estaba demasiado nerviosa. Además, había una bomba de por medio. Me acordé de todas las películas que había visto, del reloj que cuenta hacia atrás, desgranando segundos y acercándose a cero, ese típico héroe que duda entre cortar el cable rojo o el azul.

Liz estaba llamando por teléfono.

—¿Colton? Sí, soy… Cállate y escucha. Es hora de que hagas tu parte. Me debes un favor, uno bien grande, así que no protestes. Voy a dictarte exactamente lo que tienes que decir. Grábalo y luego… *¡que te calles, dije!*

Sonaba tan fiera que retrocedí. Nunca había oído a Liz hablar en un tono tan agresivo, y comprendí que estaba contemplando por primera vez su otra vida. La vida de policía, la vida en la que se veía obligada a lidiar con escoria.

—Lo grabas, lo escribes y me llamas. Deprisa.

Esperó. Lancé una mirada furtiva a la tienda. Los dos bancos estaban vacíos. Debería haber sido un alivio, pero por alguna razón no me sentí nada aliviado.

—¿Listo? Bien. —Liz cerró los ojos, tratando de abstraerse de todo menos de lo que quería decir. Habló despacio y con cuidado—: «Si es verdad que Ken Therriault era Tambor…». Aquí te interrumpiré y diré que quiero grabarlo. Espera hasta que diga «adelante, empieza desde el principio». ¿Está claro? —Escuchó hasta que Colton, quienquiera que fuese, confirmó que lo tenía claro—. Dices: «Si es verdad que Ken Therriault era Tambor, siempre comentaba que acabaría donde empezó. Te llamo porque hablamos en 2008 y guardé tu tarjeta». ¿Lo tienes? —Otra pausa. Liz asintiendo—. Bien. Te preguntaré quién eres, y entonces cuelgas. No pierdas ni un segundo, es urgente. Y como la cagues, te joderé pero bien jodido. Sabes que puedo.

Colgó y se paseó con impaciencia por la acera. Me arriesgué a echar otro vistazo hacia los bancos. Vacíos. Tal vez Therriault —o cualquier vestigio que persistiera de él— estuviera de camino a casa para presenciar la escena que se desarrollaba en el viejo Frederick Arms.

La intro de batería de «Rumor Has It» brotó del bolsillo de la chaqueta de Liz. Sacó el móvil, el suyo auténtico, y contestó con un hola. Escuchó y luego dijo:

—Un momento, que quiero grabarlo. —Cuando estuvo lista, añadió—: Adelante, empieza desde el principio.

Una vez interpretada la farsa, colgó y se guardó el teléfono.

—No ha quedado tan convincente como esperaba —dijo—. Pero ¿les importará?

—Les dará igual si encuentran la bomba.

Liz dio un respingo y me di cuenta de que solo había hablado para sí misma. Ya había conseguido lo que quería, así que yo no era más que un lastre.

En la bolsa llevaba también un rollo de papel de cocina y un bote de ambientador. Limpió el vómito, arrojó el papel sucio en la alcantarilla (la multa por tirar basura era de cien dólares, me enteré después) y luego roció el auto con algo que olía a flores.

—Sube —me ordenó.

Me había puesto de espaldas para no tener que mirar los restos de los raviolis de la comida (en lo que respectaba a limpiar aquella porquería, pensé que Liz me lo debía), pero cuando me di la vuelta para montar en el auto, vi a Kenneth Therriault de pie junto al maletero. Tan cerca que le habría bastado alargar el brazo para tocarme. Seguía sonriendo con aquella mueca burlona. Habría gritado, pero me atrapó entre una respiración y la siguiente, y mis pulmones no parecían capaces de expandirse para tomar aire. Era como si se me hubieran adormecido todos los músculos.

—Volveremos a vernos —dijo Therriault. La sonrisa se ensanchó y alcancé a verle una masa de sangre coagulada entre los dientes y la mejilla—. *Campeón*.

26

No habíamos avanzado más que tres manzanas cuando Liz volvió a parar. Sacó el teléfono (el suyo auténtico, no el desechable), luego me miró y se percató de que estaba temblando. Tal vez me habría venido bien un abrazo en ese momento, pero lo único que me dio fue unas palmadas en el hombro, en un supuesto gesto de comprensión.

—Reacción tardía. Las conozco bien. Se te pasará.

Acto seguido, hizo una llamada. Se identificó como la inspectora Dutton y preguntó por Gordon Bishop. Debieron de decirle que estaba trabajando, porque Liz dijo:

—Como si está en Marte. Pásame con él. Esto tiene máxima prioridad.

Esperó, tamborileando con los dedos de la mano libre en el volante. Se irguió de repente.

—Gordon, aquí Dutton… Sí, ya sé que no, pero tienes que oír esto. He recibido un chivatazo sobre Therriault de alguien a quien interrogué cuando *sí* estaba en el equipo… No, no sé quién es. Tienen que revisar el King Kullen de Eastport… Sí, donde empezó, correcto. Si lo piensas, en cierta medida tiene sentido. —Escuchó. Luego—: No fastidies, ¿a cuántas personas interrogamos en aquella época? ¿Cien? ¿Doscientas? Escucha, te voy a poner el mensaje. Lo grabé, suponiendo que no me haya fallado el móvil.

Ella sabía que funcionaba perfectamente; se había cerciorado durante el breve trayecto de tres manzanas. Lo reprodujo y, cuando terminó, dijo:

—¿Gordon? ¿Lo has…? Mierda. —Cortó la llamada—. Me colgó. —Liz me dirigió una sonrisa amarga—. No puede verme ni en pintura, pero lo comprobará. Sabe que, si no, la culpa recaerá sobre él.

El inspector Bishop lo comprobó, porque para entonces ya habían dispuesto de tiempo para empezar a excavar en el pasado de Kenneth Therriault y habían descubierto una pepita de oro que destacaba a la luz del «chivatazo anónimo» de Liz. Tiempo antes de hacer carrera en la construcción y de su posjubilación como celador en el City of Angels, Therriault había crecido en Westport, un pueblo que, naturalmente, se encuentra pegando a Eastport. Durante su último año de bachillerato, trabajó como empaquetador y reponedor en el supermercado King Kullen, donde lo atraparon hurtando. La primera vez, Therriault recibió una amonestación. La segunda, lo echaron a la calle. Pero robar, por lo visto, era un hábito difícil de abandonar. Después, al hacerse mayor, se pasó a la dinamita y los detonadores. Encontraron después un buen botín en un trastero de Queens. Todo antiguo, todo de Canadá. Me imagino que los controles fronterizos no eran tan minuciosos en aquellos días.

—¿Podemos irnos ya a casa? —le pregunté a Liz—. Por favor.

—Sí. ¿Vas a contárselo a tu madre?

—No lo sé.

Esbozó una sonrisa.

—Era una pregunta retórica. Claro que se lo contarás. Y no hay problema, no me importa en lo absoluto. ¿Sabes por qué?

—Porque nadie se lo creería.

Me dio una palmadita en la mano.

—Muy bien, campeón. Lo has clavado.

27

Liz me dejó en la esquina y se marchó a toda velocidad. Eché a andar hacia nuestro edificio. Al final, mi madre y Barbara no habían ido a tomar algo. Barbara estaba resfriada y dijo que se iría directa a casa al salir de la oficina. Mamá estaba en la escalera de la entrada con el teléfono en la mano.

Voló escalones abajo cuando me vio acercarme y me estrujó en un abrazo fruto del pánico que me dejó sin aire.

—¿Dónde carajos estabas, James? —Solo empleaba ese nombre cuando estaba muy enfadada, cosa que ya habrás adivinado—. ¿Cómo pudiste ser tan inconsciente? Llamé a *todo el mundo*, empezaba a creer que te habían secuestrado, hasta pensé en llamar…

Dejó de abrazarme y me agarró con los brazos extendidos. Vi que había estado llorando y que las lágrimas volvían a agolparse en sus ojos y me sentí fatal, aunque yo no hubiera tenido la culpa de nada. Creo que solo tu madre puede hacer que de verdad te sientas como hundido en el fondo de un pozo de mierda.

—¿Fue Liz? —Y sin esperar una respuesta—: Claro, ¿quién si no? —Luego, en voz baja y sepulcral—. Esa *cabrona*.

—Tenía que ir con ella, mamá —dije—. De verdad que sí.

Y entonces yo también me eché a llorar.

28

Subimos a casa. Mamá preparó café y me dio una taza. Era mi primera vez, y desde entonces me encanta ese brebaje. Se lo conté casi todo. Que Liz me estaba esperando a la salida de la escuela. Que me dijo que había vidas que dependían de que se encontrase la última bomba de Tambor. Que fuimos al hospital y al edificio de Therriault. Incluso le describí su horripilante aspecto, con media cabeza reventada y media retorcida. No le conté que lo había visto detrás del auto de Liz cuando me di la vuelta para entrar, lo bastante cerca para agarrarme del brazo…, si es que los muertos *pueden agarrar*, cosa que no quería averiguar jamás, ni en un sentido ni en otro. Y tampoco le conté lo que me había dicho, pero esa noche, al acostarme, resonó en mi cabeza como una campana resquebrajada: «Volveremos a vernos…, *campeón*».

Mamá no dejaba de repetir «bien» y «lo entiendo», con una voz que sonaba cada vez más angustiada. Sin embargo, necesitaba saber qué estaba pasando en Long Island, y yo también. Encendió la tele y nos sentamos en el sofá a ver las noticias. Lewis Dodley, de la NY1, informaba en directo desde una calle bloqueada mediante vallas.

«La policía parece estar tomándose muy en serio este soplo —decía en ese instante—. Según una fuente del Departamento de Policía del Condado de Suffolk…».

Me acordé del helicóptero de la televisión que sobrevolaba el edificio Frederick Arms y supuse que habría tenido tiempo de sobra para plantarse de un salto en Long Island, así que agarré el control remoto del regazo de mi madre y cambié a Canal 4. Y ahí, como sospechaba, apareció el tejado del supermercado King Kullen. El estacionamiento estaba repleto de patrullas policiales. Frente a las puertas había una camioneta enorme que por lógica tenía que pertenecer a la Brigada de

Explosivos. Vi a dos oficiales con casco que se disponían a entrar con una pareja de perros sujetos con arneses. El helicóptero estaba a demasiada altura y no se distinguía si los artificieros llevaban chaleco antibalas y antifragmentos además del casco, pero estoy seguro de que sí. Sin embargo, los perros no estaban protegidos. Si la bomba de Tambor estallaba mientras se encontraban dentro, quedarían hechos papilla.

«Nos han informado de que tanto los clientes como el personal del supermercado han sido evacuados sin percances —decía en ese instante el reportero del helicóptero—. Si bien es posible que se trate de otra falsa alarma, ha habido muchas durante el reinado de terror de Tambor —(sip, de verdad dijo eso)—, el curso de acción más prudente siempre exige tomar en serio cualquier indicio. Por ahora solo sabemos que es aquí donde Tambor colocó su primera bomba, pero aún no se han hallado explosivos. Devolvemos la conexión al estudio».

En el plató, una pantalla de croma situada detrás de los presentadores mostraba una foto de Therriault, que quizá habían sacado de su identificación del City of Angels, porque parecía bastante viejo. No era ninguna estrella de cine, pero tenía muchísima mejor pinta que la que ofrecía sentado en aquel banco. La información fabricada por Liz podría haberse descartado de no haber provocado que uno de los inspectores más veteranos del departamento recordara un caso de su infancia, el de George Metesky, apodado por la prensa El Bombardero Loco. Metesky colocó treinta y tres bombas caseras de tubo durante su propio reinado de terror, que se extendió desde 1940 hasta 1956, y que tuvo como germen un resentimiento similar, en su caso contra una compañía eléctrica, la Consolidated Edison.

Algún investigador avispado de la cadena también había establecido la conexión, porque a continuación apareció la cara de Metesky en la pantalla de detrás de los presentadores, pero mamá no se molestó en mirar la foto del viejo…, a quien encontré extrañamente parecido a Therriault con el uniforme de celador. Mamá había cogido el móvil y entró rezongando en su dormitorio a buscar su agenda, porque debía de haber borrado el número de Liz después de la última pelea, que había sido de «notoria importancia».

En ese momento emitieron un anuncio de unas pastillas, así que me acerqué sigilosamente a la puerta del dormitorio para escuchar. De haber tardado más, no habría oído un carajo, porque la llamada no duró mucho.

—Liz, soy Tía. Escúchame y no digas ni media palabra. Voy a guardar el secreto, por razones que deberían resultarte evidentes. Pero si te atreves a molestar a mi hijo otra vez, si él llega a *verte* siquiera, te arruinaré la vida. Sabes que puedo. Bastaría un empujoncito. *No te acerques a Jamie.*

Corrí de vuelta al sofá y fingí estar absorto en el siguiente anuncio. Lo cual resultó tan útil como una bocina en un avión.

—¿Lo escuchaste?

Echaba fuego por los ojos, que me advertían que no mintiera. Asentí con la cabeza.

—Bien. Si la vuelves a ver, corre lo más rápido que puedas. A casa. Y me lo cuentas. ¿Entendido?

Asentí de nuevo.

—Bien bien bien. Voy a pedir la cena. ¿Qué te apetece, pizza o comida china?

29

La policía encontró y desactivó la última bomba de Tambor ese mismo miércoles por la noche, alrededor de las ocho. Mamá y yo estábamos viendo *Vigilados: Person of Interest* en la tele cuando interrumpieron la emisión con un boletín especial. Los perros policía habían rastreado el lugar en repetidas ocasiones y no habían detectado nada, y los adiestradores de la Brigada de Explosivos estaban a punto de retirarlos cuando uno alertó de algo en el desván del hogar. Lo habían registrado varias veces antes y en las estanterías no había donde esconder una bomba, pero uno de los oficiales levantó la vista por casualidad y reparó en un panel del techo que estaba ligeramente mal encajado. Allí es donde se encontraba la bomba, entre el techo y el tejado. Estaba atada a una viga maestra con una cuerda elástica de color naranja, del estilo de las que usan los saltadores de *puenting*.

Esa vez Therriault realmente lo había dado todo: dieciséis cartuchos de dinamita y una docena de detonadores. Atrás habían quedado los despertadores; la bomba estaba conectada a un reloj digital muy parecido a los que se veían en las películas que me habían venido a la cabeza (uno de los oficiales tomó una foto después de que la desactivaran y salió publicada en el *New York Times* del día siguiente). La había programado para explotar a las cinco de la tarde del viernes, cuando más concurrido estaba el supermercado. El día siguiente, en la NY1 (retornamos a la cadena favorita de mamá), un sujeto de la Brigada de Explosivos dijo que habría derrumbado todo el tejado. Cuando le preguntaron cuánta gente podría haber muerto en tamaña explosión, se limitó a menear la cabeza.

Ese jueves por la noche, mientras cenábamos, mi madre dijo:

—Has hecho una buena acción, Jamie. *Ejemplar*. Y Liz también, independientemente de cuáles hayan sido sus motivos. Me recuerda a algo que dijo Marty una vez. —Se refería al señor Burkett, el profesor Burkett, para ser exactos, aún emérito y resistiendo.

—¿Qué dijo?

—«A veces Dios utiliza una herramienta rota». Era de uno de esos escritores ingleses antiguos de los que hablaba en sus clases.

—Siempre me pregunta qué me enseñan en clase —dije— y siempre mueve la cabeza como si pensara que no estoy recibiendo una buena educación.

Mamá se echó a reír.

—He ahí a un hombre que *desborda* educación y que aún conserva toda su agudeza y lucidez. ¿Te acuerdas de la Navidad que cenamos con él?

—¡Claro! ¡Sándwiches de pavo con salsa de arándanos, superricos! ¡Y chocolate caliente!

—Sí, fue una noche estupenda. Me dará mucha pena cuando nos deje. Vamos, termínate la cena, hay tarta de manzana de postre. La horneó Barbara. Y... Jamie...

La miré.

—¿Podríamos no volver a hablar de esto nunca más? ¿Algo así como... hacer borrón y cuenta nueva?

Tuve la impresión de que no se refería solo a Liz, ni a Therriault; se refería también a mi facultad para ver gente muerta. Era lo que nuestro profesor de informática habría llamado «una solicitud global», y me pareció genial. Más que genial, de hecho.

—Claro.

En ese momento, mientras comía pizza sentado en nuestro rincón bien iluminado de la cocina, realmente creí que podríamos olvidarnos de todo. Solo que me equivocaba.

No volví a ver a Liz Dutton hasta dos años después, y en ese tiempo apenas pensé en ella, pero vi a Ken Therriault esa misma noche.

Como dije al principio, esta es una historia de terror.

30

Estaba casi dormido cuando dos gatos se pusieron a maullar como locos y me desperté sobresaltado. Vivíamos en un quinto piso, y es posible que no lo hubiera oído —ni el estrépito que siguió al volcarse un cubo de basura— de no ser porque había dejado entreabierta la ventana para que entrara un poco de aire fresco. Me levanté a cerrarla y me quedé paralizado con las manos en el marco de la hoja inferior. Therriault se encontraba apostado al otro lado de la calle, bajo el cono de luz de una farola, y supe en el acto que los gatos no habían maullado porque estuvieran peleándose. Se habían puesto a maullar de miedo. El bebé de la tienda lo había visto; también aquellos gatos. Él los había asustado a propósito. Sabía que me asomaría por la ventana, igual que sabía que Liz me llamaba «campeón».

Sonrió, una mueca burlona en una cabeza medio destrozada.

Me hizo una seña.

Cerré la ventana y por un instante pensé en ir al dormitorio de mi madre y meterme en la cama con ella, solo que ya era demasiado mayor, y habría preguntas. En lugar de eso corrí las cortinas. Volví a la cama y me quedé tumbado, escudriñando la oscuridad. Nunca me había sucedido nada igual. Jamás me había seguido una persona muerta a casa como un maldito perro callejero.

No te preocupes, pensé. *Dentro de tres o cuatro días, habrá desaparecido igual que todos los demás. Una semana, como mucho. Y tampoco es que pueda hacerme* daño.

Pero ¿podía estar seguro de eso? Tumbado allí en la oscuridad, me di cuenta de que no. Que *viera* muertos no implicaba que los *conociera*.

Al final me acerqué de nuevo a la ventana y me asomé por detrás de las cortinas, convencido de que seguiría allí. Quizá me hiciese otra seña. Me apuntaría con un dedo… y luego lo curvaría. *Ven aquí. Ven a mí*, campeón.

No había nadie bajo la luz de la farola. Therriault se había ido. Regresé a la cama, pero tardé mucho tiempo en conciliar el sueño.

31

Volví a verlo el viernes a la salida de clase. Había varios padres esperando a sus hijos —los viernes siempre hay alguno, seguramente porque se van a algún lugar a pasar el fin de semana— y, aunque no veían a Therriault, debían de sentir su presencia, porque evitaban el sitio en el que estaba. No había nadie empujando un carrito de bebé, pero, de haber sido el caso, sabía que la criatura estaría mirando un punto vacío en la acera y berreando a todo pulmón.

Entré de nuevo en el instituto y me quedé mirando unos carteles junto a la secretaría, preguntándome qué hacer. Suponía que tendría que hablar con él, averiguar qué quería, y me decidí a hacerlo de inmediato, mientras hubiera gente cerca. No creía que pudiera hacerme daño, pero no lo *sabía*.

Antes corrí al baño, porque de repente me habían entrado unas ganas tremendas de mear, pero cuando estuve delante del urinario no fui capaz de echar ni gota. Así que salí, sujetando la mochila por la correa en lugar de colgármela. Ninguna persona muerta me había rozado nunca, ni una sola vez, ni siquiera sabía si *podían* hacerlo, pero si Therriault intentaba tocarme —o agarrarme—, pensaba golpearlo con un fardo de libros.

Solo que ya no estaba.

Transcurrió una semana, luego dos, y me relajé, pues supuse que ya había pasado su fecha de caducidad.

En aquella época yo estaba en el equipo de natación juvenil del YMCA, y un sábado de finales de mayo tenía la última sesión de entrenamiento antes de un encuentro que se iba a celebrar en Brooklyn el fin de semana siguiente. Mamá me dio diez dólares para que comiera algo al acabar y me dijo —como siempre— que tuviera cuidado con cerrar la taquilla para que no me robaran el dinero o el reloj (aunque no tengo ni idea de por qué querría alguien hurtar un Timex de pobre). Le pregunté si iría al encuentro. Levantó la mirada del manuscrito que estaba leyendo y dijo:

—Por cuarta vez, Jamie, *sí*. Voy a ir al encuentro. Lo tengo apuntado en la agenda.

Era solo la segunda vez que se lo preguntaba (bueno, puede que la tercera), pero no se lo mencioné, me limité a darle un beso en la mejilla y enfilé el pasillo hacia el ascensor. Cuando las puertas se abrieron, Therriault estaba dentro, sonriendo con una mueca y mirándome fijamente con el ojo bueno y el deformado. Tenía un trozo de papel pegado a la camisa. En él estaba escrita la nota de suicidio. La nota que siempre estaba ahí, salpicada de sangre que siempre estaba fresca.

—Tu madre tiene cáncer, campeón. Por culpa del tabaco. Estará muerta en menos de seis meses.

Me quedé paralizado con la boca abierta.

Las puertas del ascensor se cerraron. Dejé escapar alguna clase de sonido —un chillido, un gemido, no sé— y apoyé la espalda en la pared para no desplomarme.

Tienen que decir la verdad, pensé. *Mi madre se va a morir.*

Pero entonces se me aclaró un poco la mente y se me ocurrió una idea esperanzadora. Me aferré a ella como un hombre que se ahoga se aferra a un trozo de madera a la deriva. *A lo mejor solo tienen que decir la verdad si les haces preguntas.*

Si no, a lo mejor pueden soltarte cualquier patraña de mierda que se les ocurra.

Después de eso no quería ir al entrenamiento de natación, pero, si no iba, el entrenador seguro que llamaba a mamá para preguntarle dónde estaba. Y entonces *ella* querría saber dónde había estado, ¿y qué iba a decirle? ¿Que tenía miedo de que Tambor me estuviera esperando en la esquina? ¿O a la entrada de la piscina? ¿O —por alguna razón esto era lo más horrible— en las duchas, sin ser visto por chicos desnudos limpiándose el agujero?

¿Iba a decirle que tenía *cáncer*?

De modo que acudí al entrenamiento y, como habrás adivinado, nadé terrible. El entrenador me reprendió duramente y tuve que pellizcarme la axila para no estallar en lágrimas. Y me pellizqué con fuerza.

Cuando llegué a casa, mamá seguía enfrascada en su manuscrito. No la había visto fumar desde que se había ido Liz, pero sabía que a veces bebía cuando yo no estaba —con sus autores y distintos editores—, así que aspiré por la nariz al darle un beso y no olí más que un poco de perfume. O tal vez fuese crema facial, puesto que era sábado. Alguna sustancia, en cualquier caso.

—¿Estás incubando un resfriado, Jamie? Te secarás bien al salir del agua, ¿no?

—Sí. Mamá, tú ya no fumas, ¿verdad?

—Ah, conque se trata de *eso*. —Dejó a un lado el manuscrito y se desperezó—. No, ni uno desde que Liz se marchó.

Desde que la echaste, pensé.

—¿Has ido al médico últimamente? ¿Te has hecho un chequeo?

Me miró con curiosidad.

—¿A qué viene esto? Te ha salido esa arruga entre las cejas.

—Bueno —dije—, eres la única familia que tengo. Si te pasara algo, creo que no podría irme a vivir con el tío Harry, ¿verdad?

Al oír eso, puso una cara divertida, luego se rio y me abrazó.

—Estoy bien, cariño. De hecho, fui al médico hace dos meses. Y superé la revisión anual con honores.

Y parecía sana. Como una manzana, dicen algunos. No había perdido más peso, al menos que yo viera, ni tosía hasta lastimarse la barriga. Claro que el cáncer no tenía por qué ser de garganta o de pulmón. Eso lo sabía.

—Bueno…, genial. Me alegro.

—Pues ya somos dos. Y ahora, ¿por qué no le preparas una taza de café a tu madre y me dejas terminar este manuscrito?

—¿Es bueno?

—La verdad es que sí.

—¿Mejor que las novelas de Roanoke del señor Thomas?

—Mucho mejor, pero, por desgracia, no tan comercial.

—¿Puedo tomarme una taza de café yo también?

Lanzó un suspiro.

—Media taza. Y ahora, déjame leer.

32

Mientras hacía el último examen de matemáticas de ese año, miré por la ventana y vi a Kenneth Therriault en la cancha de baloncesto. Ejecutó su ritual: sonrisa-mueca-seña. Volví a centrarme en la hoja de papel, luego levanté la mirada de nuevo. Allí seguía, más cerca. Giró la cabeza, de modo que me ofreció una buena visión del cráter negro violáceo, junto con aquellos colmillos óseos que sobresalían a su alrededor. Bajé la vista al examen y, cuando volví a levantarla por tercera vez, había desaparecido. Pero sabía que regresaría. No era como los otros. No tenía *nada* que ver con los otros.

Para cuando el señor Laghari nos indicó que entregáramos el examen, aún me faltaban por resolver los últimos cinco problemas. Obtuve una mala calificación, y en la parte superior de la hoja había una nota: «Qué decepción, Jamie. Necesitas mejorar. ¿Qué digo al menos una vez en cada clase?». Lo que decía era que si te quedabas atrás en matemáticas, nunca lograrías ponerte al día.

Pese a lo que pudiera considerar el señor Laghari, desde esa perspectiva las matemáticas no eran tan especiales. Lo mismo valía para la mayoría de las asignaturas. Como para recalcar dicho argumento, más tarde ese día reprobé un examen de historia. No porque Therriault estuviera en la pizarra o algo parecido, sino porque no dejaba de imaginarme que *podría* estar.

Se me ocurrió que lo que *quería* era que fallara en los exámenes. Tú ríete, pero, como suele decirse, no cuenta como paranoia si es verdad. Unos cuantos exámenes pésimos no iban a impedir que lo aprobara todo, no a esas alturas del año, y luego llegarían las vacaciones de verano, pero ¿qué pasaría el año siguiente si continuaba acechándome?

Además, ¿y si se estaba haciendo más fuerte? No quería creer eso, pero el mero hecho de que no se hubiera esfumado como el resto apuntaba a que podía ser cierto. A que probablemente era cierto.

Quizá me viniera bien contárselo a alguien, y mamá era la elección lógica, ella me creería, pero no quería asustarla. Bastante se había agobiado ya cuando estaba convencida de que la agencia se iría a pique y que no sería capaz de ocuparse de mí y de su hermano. El hecho de haberla ayudado a salir de aquel problema quizá hiciera que se sintiera culpable por ese en el que estaba metido yo entonces. Para mí no tenía sentido, pero para ella tal vez sí. Además, quería olvidarse de todo el rollo de ver a los muertos. Y he aquí la cuestión: si *llegaba* a contárselo, ¿qué podría hacer ella? Culpar a Liz por involucrarme con Therriault en su momento, pero nada más.

Me planteé fugazmente hablar con la señora Peterson, que era la orientadora de la escuela, pero ella daría por sentado que sufría alucinaciones, quizá una crisis nerviosa. Se lo contaría a mi madre. Hasta me planteé acudir a Liz, pero ¿qué podría hacer ella? ¿Sacar la pistola y dispararle? Buena suerte, ya estaba muerto. Además, yo había terminado con Liz, o eso pensaba. Estaba solo, y este es un sitio aislado y aterrador en el que estar.

Mi madre asistió al encuentro de natación, y nadé terriblemente en todas y cada una de las pruebas. De camino a casa, me dio un abrazo y me dijo que cualquiera tenía un día malo y que la próxima vez lo haría mejor. Estuve a punto de desembucharlo todo en ese instante, hasta el miedo —que para entonces me parecía razonablemente justificado— de que Kenneth Therriault trataba de arruinarme la vida por haber arruinado lo de su última bomba, la más potente. Si no hubiéramos ido en taxi, se lo habría contado. Como íbamos en uno, apoyé la cabeza en su hombro como cuando era pequeño y creía que mi mano-pavo era la obra de arte más grandiosa desde la *Mona Lisa*. Te diré una cosa: la peor parte de crecer es cómo te hace callar.

33

El último día de clase, cuando salí del apartamento, Therriault estaba de nuevo en el ascensor. Sonreía y me indicaba con el dedo que me acercara. Probablemente esperaba que retrocediera encogido de miedo, como la primera vez que me lo encontré allí dentro, pero no fue así. Estaba asustado, sí, pero no *tanto*, porque me iba acostumbrando a él, de la misma forma que uno se acostumbra a un bulto o a una marca de nacimiento en la cara, por fea que sea. En esta ocasión yo estaba más furioso que asustado, porque no le daba la puta gana de dejarme en paz.

En lugar de achantarme, me lancé hacia delante y alargué el brazo para evitar que las puertas del ascensor se cerraran. No tenía intención de entrar con él —¡ni loco!—, pero tampoco pensaba dejar que las puertas se cerraran sin obtener respuestas.

—¿Es verdad que mi madre tiene cáncer?

Una vez más, contrajo el rostro como si yo le hiciera daño y, una vez más, deseé que estuviera sufriendo.

—¿*Mi madre tiene cáncer?*

—No lo sé. —La forma en que me clavó los ojos..., ¿has oído aquello de «si las miradas mataran»?

—Y entonces ¿por qué lo dijiste?

Había retrocedido hasta el fondo de la cabina, apretándose el pecho con las manos, como si estuviera asustándolo *yo* a *él*. Giró la cabeza, con lo que me mostró la descomunal herida de salida, pero si creía que con eso conseguiría que soltara la puerta y retrocediera, se equivocaba. Por horrible que fuera, me había acostumbrado a ella.

—¿*Por qué lo dijiste?*

—Porque te odio —dijo Therriault, y exhibió los dientes.

—¿Por qué sigues aquí? ¿Cómo es *posible*?

—No lo sé.

—Lárgate.

No dijo nada.

—¡*Que te largues!*

—No pienso irme a ninguna parte. No pienso irme nunca.

Aquello me asustó muchísimo, y el brazo se me cayó a un costado, como si hubiera ganado peso.

—Volveremos a vernos, *campeón*.

Las puertas se cerraron, pero el ascensor no se movió, porque no había nadie que pulsara los botones de dentro. Cuando apreté el que estaba a mi lado, las puertas se abrieron a una cabina vacía, pero bajé por las escaleras de todos modos.

Me acostumbraré a él, pensé. *Me he acostumbrado al agujero que tiene en la cabeza y me acostumbraré también a él. Tampoco es que pueda hacerme daño.*

Sin embargo, en algunos sentidos ya me había hecho daño: el examen de matemáticas reprobado y la pifia en el encuentro de natación solo eran dos ejemplos. Dormía fatal (mamá ya había hecho algún comentario sobre mis ojeras) y me sobresaltaba con cualquier ruidito (un libro caído en el aula de estudio o cosas así). No dejaba de imaginar que abriría el armario para agarrar una camiseta y él estaría dentro, mi coco particular. O debajo de la cama. ¿Y si, mientras dormía, me agarraba la muñeca o el pie que colgaba por el borde? No creía que pudiera agarrar nada, pero tampoco estaba seguro, sobre todo si estaba volviéndose más fuerte.

¿Y si me despertaba y estaba tumbado en la cama conmigo? ¿Quizá incluso agarrándome los huevos?

Esa era una idea que, una vez concebida, no se podía *des*concebir.

Y había algo más, algo todavía peor. ¿Y si seguía atormentándome —porque, hablemos claro, es lo que era— cuando tuviera veinte años? ¿O cuarenta? ¿Y si seguía allí cuando muriera a los ochenta y nueve, esperando a darme la bienvenida a la vida de ultratumba, en la que continuaría rondándome aun después de mi muerte?

Si así es como se recompensan las buenas acciones, pensé una noche, asomado a la ventana y observando a Tambor bajo su farola al otro lado de la calle, *no quiero hacer otra jamás.*

34

A finales de junio, mamá y yo hicimos nuestra visita mensual al tío Harry. Casi había dejado de hablar y apenas pisaba la sala común. Aún no había cumplido los cincuenta y ya tenía el pelo blanco como la nieve.

—Jamie te ha traído unos rugelach de Zabar's, Harry. ¿Te apetecen?

Le extendí la bolsa desde donde estaba (junto a la puerta, no tenía muchas ganas de entrar), sonriendo y con la ligera sensación de ser como una modelo de *El precio justo.*

El tío Harry dijo «*gii*».

—¿Eso es un sí? —preguntó mamá.

El tío Harry dijo «*goo*» y agitó las dos manos en mi dirección. No hacía falta ser telépata para entender el significado: *aleja las galletas.*

—¿Quieres ir afuera? Hace un día precioso.

No estaba seguro de que el tío Harry supiera muy bien por aquel entonces lo que era «afuera».

—Te ayudaré a levantarte —dijo mamá, y lo tomó del brazo.

—¡No! —exclamó el tío Harry. Ni «*goo*», ni «*gii*», ni «*gog*». No. Alto y claro. Se le habían agrandado los ojos, y empezaban a inundársele de lágrimas. Luego, también alto y claro, añadió—: ¿Quién es ese?

—Es Jamie. Conoces a Jamie, Harry.

Pero no me conocía, ya no, ni tampoco estaba mirándome. Miraba un punto a mi espalda. No me hacía falta girarme para saber qué iba a encontrar; aun así, giré la cabeza.

—Lo que tiene es hereditario —dijo Therriault— y se manifiesta en la línea masculina. Acabarás como él, campeón. Acabarás como él antes de que te des cuenta.

—¿Jamie? —preguntó mamá—. ¿Te pasa algo?

—No, estoy bien —respondí, sin apartar la vista de Therriault—. Perfectamente.

Pero no era cierto, y la mueca de Therriault indicaba que él también lo sabía.

—¡Lárgate! —exclamó el tío Harry—. ¡Lárgate, lárgate, lárgate!

Así que nos largamos.

Los tres.

35

Ya había decidido, más o menos, que se lo contaría todo a mi madre —necesitaba desahogarme, aunque la asustara y entristeciera— cuando, como se suele decir, intervino el destino. Esto fue en julio de 2013, unas tres semanas después de la visita al tío Harry.

Una mañana temprano, mi madre recibió una llamada cuando se preparaba para ir a la oficina. Yo estaba en la cocina, sentado a la mesa, devorando unos Cheerios con un ojo cerrado. Ella salió del dormitorio mientras se subía la cremallera de la falda.

—Marty Burkett sufrió un pequeño accidente anoche. Se tropezó con algo, de camino al cuarto de baño, me imagino, y tiene una distensión en la cadera. Dice que está bien, y quizá sea verdad, pero quizá solo intente hacerse el machote.

—Sí —dije, más que nada porque siempre es más prudente no discrepar de mi madre cuando anda con prisas y trata de hacer como tres cosas distintas al mismo tiempo.

En mi fuero interno, pensaba que el señor Burkett era un poco viejo para ir de *macho man*, aunque me hizo gracia imaginármelo como protagonista de alguna película en plan *El Exterminador: La era de la jubilación*. Blandiendo el bastón y proclamando: «Volveré». Me llevé el tazón a los labios y empecé a sorber la leche de forma ruidosa.

—Jamie, ¿cuántas veces tengo que decirte que no hagas eso?

No recordaba si me lo había dicho alguna vez, porque un montón de mandamientos maternos, en especial aquellos relativos a los modales en la mesa, tenían tendencia a resbalarme.

—¿Entonces cómo lograré terminármelo todo?

Ella lanzó un suspiro.

—Da igual. Había hecho pastel de carne para cenar, pero podemos apañarnos con unas hamburguesas. Es decir, si puedes interrumpir tu ocupada agenda y dejar de ver la tele o jugar con el móvil el tiempo suficiente para llevárselo a Marty. A mí me es imposible, tengo la agenda llena. ¿Te importaría ir tú? ¿Y llamarme luego para decirme qué tal está?

Al principio no contesté. Me sentía como si me hubieran pegado un martillazo en la cabeza. Con algunas ideas pasa eso. Además, me sentía como un completo idiota. ¿Por qué no había pensado en el señor Burkett antes?

—¿Jamie? Tierra llamando a Jamie.

—Claro —dije—. Me encantaría.

—¿En serio?

—En serio.

—¿Estás enfermo? ¿Tienes fiebre?

—Ja, ja. Me parto de lo graciosa que eres.

Tomó su bolso.

—Te daré dinero para un taxi.

—No hace falta. Mete el pastel en una bolsa. Iré caminando.

—¿En serio? —repitió, con cara de sorpresa—. ¿Hasta Park Avenue?

—Sí, claro. Me vendrá bien hacer ejercicio. —No era del todo verdad. Lo que necesitaba era tiempo para decidir si mi idea era una buena idea y, en ese caso, cómo contar mi historia.

36

De aquí en adelante, voy a empezar a referirme al señor Burkett como profesor Burkett, porque aquel día me enseñó cosas. Me enseñó muchas cosas. Pero, antes de enseñármelas, *escuchó*. Como ya he dicho, sabía que necesitaba hablar con alguien, pero ignoraba qué alivio supondría desahogarme hasta que realmente lo hice.

Se acercó a la puerta cojeando, apoyado no en un bastón, que ya le había visto utilizar, sino en dos. Se le iluminó la cara al verme, por lo que me imagino que se alegraba de tener compañía. Los jóvenes suelen estar bastante ensimismados en sus cosas (como estoy seguro de que sabrás si fuiste adolescente alguna vez, ja, ja) y solo después comprendí que debía de haber sido un hombre solitario, muy solitario, en los años que siguieron a la muerte de Mona. Tenía aquella hija en la costa Oeste, pero, si iba a visitarlo, yo nunca llegué a verla; mira la afirmación de arriba sobre los jóvenes y el egocentrismo.

—¡Jamie! ¡Vienes cargado de regalos!

—Solo un pastel de carne —dije—. De castor, creo.

—Me parece que quieres decir pastel del *pastor*. Seguro que está delicioso. ¿Serías tan amable de meterlo en el refrigerador? Yo con estos… —Despegó los dos bastones del suelo y durante un instante terrible pensé que se caería de bruces delante de mí, pero volvió a apoyarlos a tiempo.

—Claro —dije, y me dirigí a la cocina.

Me parecía genial que se refiriera a la nevera como refrigerador y a los autos como automóviles. El hombre era totalmente de la vieja escuela. Ah, y al teléfono lo llamaba bocina. Esa palabra me gustaba tanto que terminé adoptándola yo también. Y sigo usándola.

Meter el pastel de mamá en el refrigerador dio cero problemas, porque dentro no había casi nada. El profesor entró pesadamente detrás de mí y me preguntó cómo me iba. Cerré la puerta, me volví hacia él y dije:

—No muy bien.

Enarcó las pobladas cejas.

—¿No? ¿Cuál es el problema?

—Es una historia bastante larga —dije—, y seguramente pensará que estoy loco, pero tengo que contársela a alguien y supongo que usted es el elegido.

—¿Tiene que ver con los anillos de Mona?

Me quedé boquiabierto, y el profesor Burkett sonrió.

—Nunca acabé de creerme que tu madre los encontrara en el armario por casualidad. Todo muy fortuito. *Extremadamente* fortuito. Se me pasó por la cabeza la posibilidad de que ella los pusiera allí, pero toda acción humana deriva de un motivo y una oportunidad, y tu madre no tenía ni lo uno ni lo otro. Además, aquella tarde me encontraba demasiado disgustado para reflexionar al respecto.

—Porque acababa de perder a su mujer.

—En efecto. —Levantó un bastón lo suficiente para tocarse con el dorso de la mano el pecho, donde se alojaba el corazón. Me dio pena—. Entonces ¿qué sucedió, Jamie? Supongo que a estas alturas ya es agua pasada, pero como eterno lector de novelas de detectives, quiero conocer la respuesta a tales enigmas.

—Me lo dijo su mujer.

Se quedó mirándome desde el otro lado de la cocina.

—Veo a los muertos —dije.

Tardó tanto rato en responder que me asusté.

—Creo que necesito algo con cafeína —dijo por fin—. Creo que los dos lo necesitamos. Luego podrás contarme todo lo que te ronda por la cabeza. Ansío oírlo.

37

El profesor Burkett era tan de la vieja escuela que no tenía bolsas de té, sino té en hojas desmenuzadas que guardaba en una lata. Mientras esperábamos a que hirviera el agua, me indicó dónde encontrar lo que llamó «infusor» y me enseñó cuántas hojas de té debía introducir. Hacer una infusión era un proceso interesante. Siempre preferiré el café, pero a veces una tetera sienta de maravilla. De algún modo, prepararlo da una sensación de *formalidad*.

El profesor Burkett me explicó que el té tenía que permanecer sumergido en agua recién hervida durante cinco minutos, ni uno más ni uno menos. Ajustó el temporizador, me indicó dónde estaban las tazas y se dirigió renqueante a la sala de estar. Oí el suspiro de alivio que dejó escapar al sentarse en su butaca favorita. Y también un pedo. No un toque de trompeta, más bien de oboe.

Serví el té en dos tazas y las coloqué en una bandeja junto con la azucarera y la leche semidesnatada del refrigerador (que ninguno de los dos probó; una suerte, seguro, porque llevaba un mes caducada). El profesor Burkett se tomó el suyo solo y se relamió los labios tras el primer sorbo.

—Enhorabuena, Jamie. Perfecto al primer intento.

—Gracias.

Yo añadí azúcar al mío con generosidad. Mi madre habría puesto el grito en el cielo a la tercera cucharada llena, pero el profesor Burkett no dijo ni pío.

—Bien, cuéntame tu historia. No tengo sino tiempo.

—¿Usted me cree? ¿Sobre lo de los anillos?

—Bueno —dijo—, creo que tú lo crees. Y *sé* que los anillos aparecieron; están en una caja de seguridad del banco. Dime, Jamie, si le preguntara a tu madre, ¿corroboraría ella tu versión?

—Sí, pero, por favor, no le diga nada. He decidido hablar con usted porque no quiero hablar con ella. Se llevaría un disgusto.

Dio un sorbo al té y noté que le temblaba un poco la mano. Luego dejó la taza en la mesa y me miró. O quizá miró incluso *dentro* de mí. Aún veo esos ojos azul claro observándome bajo las cejas greñudas.

—Habla conmigo, pues. Convénceme.

Había ensayado el relato durante la caminata por la ciudad, de manera que logré mantener más o menos el hilo. Empecé por Robert Harrison —el hombre de Central Park, ¿te acuerdas?— y continué con el día en que vi a la señora Burkett, luego todo lo demás. Me llevó un rato. Cuando terminé, el té ya estaba tibio (quizá tirando a frío), pero de todos modos bebí un trago, porque tenía la garganta seca.

El profesor Burkett reflexionó.

—¿Quieres ir a mi dormitorio, Jamie, y traerme el iPad? —dijo al fin—. Está encima de la mesita de noche.

La habitación olía un poco como la residencia del tío Harry. Percibí también un aroma punzante que imaginé que era medicamento para la cadera lesionada. Tomé el iPad y volví a la sala de estar. El profesor Burkett no tenía iPhone, solo un teléfono fijo colgado en la pared de la cocina como algo sacado de una película antigua, pero aquella tableta le encantaba. La encendió en cuanto se la entregué (la pantalla de inicio mostraba la foto de una pareja joven ataviada con trajes de boda y supuse que eran él y la señora Burkett) y se puso a toquetear la pantalla de inmediato.

—¿Está buscando a Therriault?

Negó con la cabeza sin levantar la vista.

—Al hombre de Central Park. ¿Dices que estabas en preescolar cuando lo viste?

—Sí.

—Por tanto, debió de ser en 2003… es posible que en 2004…, ah, aquí está.

Leyó, encorvado sobre el iPad y apartándose el pelo de los ojos de vez en cuando (aún le quedaba un montón). Al fin levantó la mirada.

—Dices que lo viste muerto en el suelo y también de pie al lado de su propio cuerpo. ¿Tu madre también confirmaría *eso*?

—Ella se dio cuenta de que no le estaba mintiendo porque yo sabía qué llevaba puesto de cintura para arriba, aunque esa parte se la habían tapado. Pero de verdad que no querría…

—Entendido, lo entiendo perfectamente. En cuanto al último libro de Regis Thomas. Estaba sin escribir…

—Sí, menos los dos o tres primeros capítulos, creo.

—¿Y tu madre consiguió recabar suficientes detalles para escribir el resto ella misma usándote a ti como médium?

Nunca se me había ocurrido pensar en mí mismo como un médium, pero en cierto sentido no se equivocaba.

—Supongo. Como en *Expediente Warren*. —Y, dada su cara de perplejidad, añadí—: Es una película. Señor Burkett… *profesor*…, ¿cree que estoy loco?

Ya casi ni me importaba, porque el alivio por habérmelo sacado todo de adentro era inmenso.

—No —dijo, pero algo (probablemente mi expresión de alivio) provocó que levantara un dedo en señal de advertencia—. Eso no significa que crea tu historia, al menos sin la corroboración de tu madre, y he decidido no preguntarle. Pero llegaré más lejos: tampoco significa necesariamente que *no* la crea. En buena medida por los anillos, pero también porque, en efecto, ese último libro de Thomas existe. Y no es que lo haya leído. —Hizo una mueca—. Dices que la amiga, *ex*amiga, de tu madre podría corroborar la última parte de tu historia, la más pintoresca.

—Sí, pero…

Levantó la mano, como debía de haber hecho miles de veces en clase para mandar a callar a sus alumnos.

—Tampoco quieres que hable con ella, y lo entiendo. Solo la vi una vez y no me resultó simpática. ¿En serio llevó drogas a tu apartamento?

—Yo no llegué a verlas, pero si lo dijo mamá es que es verdad.

Dejó el iPad a un lado y acarició su bastón preferido, que tenía un puño blanco y grande en el extremo superior.

—Entonces Tia hizo bien en librarse de ella. Y ese Therriault, que dices que te está atormentando, ¿está aquí ahora?

—No. —Pero miré alrededor para cerciorarme.

—Y quieres librarte de él, claro.

—Sí, pero no sé cómo hacerlo.

Bebió un sorbo de té y observó la taza, como rumiando el asunto; luego la dejó en la mesa y volvió a fijar en mí aquellos ojos azules. El hombre era viejo; sus ojos, no.

—Un problema interesante, especialmente para un caballero anciano que se ha encontrado con toda suerte de criaturas sobrenaturales a lo largo de su vida lectora. La literatura gótica está repleta. El monstruo de Frankenstein y el conde Drácula son los dos que aparecen con más frecuencia en las marquesinas de los cines, pero hay muchas más en la literatura y los cuentos populares europeos. Supongamos, al menos por el momento, que ese Therriault no está solo en tu cabeza. Supongamos que en verdad existe.

Me abstuve de protestar que *sí* existía. El profesor ya sabía que yo lo creía, él mismo lo había dicho.

—Vayamos un paso más allá. Según lo que me has contado sobre los demás avistamientos de personas muertas, incluida mi mujer, todas desaparecen al cabo de unos días. Parten hacia… —agitó una mano— hacia donde sea. Pero ese Therriault no. Sigue rondándote. De hecho, sospechas que quizá esté haciéndose más fuerte.

—Estoy casi seguro, sí.

—En ese caso, tal vez ya no sea el verdadero Kenneth Therriault. Tal vez lo que quedó de Therriault tras su muerte haya sido infestado (ese es el término correcto, no poseído) por un demonio. —Debió de advertir mi expresión, porque se apresuró a añadir—: No estamos más que especulando, Jamie. Voy a serte sincero: creo que es mucho más probable que estés padeciendo un estado disociativo de fuga que te ha causado alucinaciones.

—En otras palabras, que estoy loco. —A esas alturas, aún me alegraba de habérselo contado, pero sus conclusiones eran deprimentes a más no poder, aunque más o menos me lo esperaba.

Agitó una mano.

—Tonterías. En absoluto creo eso. Es evidente que te desenvuelves en el mundo real igual de bien que siempre. Y he de admitir que tu historia está repleta de elementos que resultan difíciles de explicar en términos estrictamente racionales. No dudo que acompañaras a Tia y a su examiga a la casa del difunto señor Thomas. Ni dudo que la inspectora Dutton te llevara al lugar de trabajo de Therriault y al edificio de apartamentos en el que vivía. Si hizo eso (estoy canalizando aquí a Ellery Queen, uno de mis apóstoles de la deducción favoritos), es que *creía* en tus aptitudes mediúmnicas. Lo cual, a su vez, nos conduce de nuevo a la casa del señor Thomas, donde la inspectora Dutton debió de presenciar algo para convencerse.

—Me he perdido —dije.

—No importa. —Se inclinó hacia delante—. Lo único que digo es que, pese a que me decanto por lo racional, lo conocido y lo empírico (nunca he visto un fantasma ni he tenido un destello premonitorio), he de admitir que hay elementos de tu historia que no puedo descartar a la ligera. Así pues, digamos que Therriault, o el ente inmundo que resida en lo que queda de Therriault, realmente existe. La pregunta que formular entonces es: ¿puedes librarte de él?

En ese momento me incliné hacia delante; pensaba en el libro que me había regalado, aquel que recopilaba cuentos de hadas que en el fondo eran historias de terror con muy pocos finales felices. Las hermanastras se cortaron el dedo gordo del pie; la princesa lanzó a la rana contra una pared —¡plaf!— en vez de besarla; Caperucita Roja *animó* al gran lobo feroz a comerse a la abuela para así poder heredar sus propiedades.

—¿Y *puedo*? Usted ha leído todos esos libros, ¡habrá un método en al menos uno de ellos! O… —Me asaltó una nueva idea—. ¡Un exorcismo! ¿Cree que me serviría?

—Sería un fiasco, seguramente —dijo el profesor Burkett—. Creo que un sacerdote optaría por enviarte a un psiquiatra infantil antes que a un exorcista. Si tu Therriault existe, Jamie, quizá no puedas quitártelo de encima.

Lo miré consternado.

—Pero a lo mejor eso es bueno.

—¿Bueno? ¿Cómo va a ser bueno?

Levantó la taza de té, bebió un sorbo y la dejó en la mesa.

—¿Te suena de algo el rito de Chüd?

38

Tengo ahora veintidós años —casi veintitrés, de hecho— y vivo en la tierra del después. Puedo votar, puedo conducir un auto, puedo comprar alcohol y tabaco (que planeo dejar pronto). Entiendo que sigo siendo muy joven y estoy seguro de que cuando eche la vista atrás me sorprenderá (y con suerte no me disgustará) lo ingenuo que era y lo verde que estaba. Aun así, los veintidós están a años luz de los trece. Ahora sé más, pero creo menos. El profesor Burkett hoy habría sido incapaz de ejercer en mí la misma magia que entonces. ¡No es que me queje! Kenneth Therriault —ignoro qué era en realidad, conque nos ceñiremos a ese nombre por el momento— trataba de destruir mi cordura. La magia del profesor la salvó. Quizá hasta me salvara la vida.

Tiempo después, al investigar acerca del tema para un trabajo de antropología de la facultad (en la Universidad de Nueva York, obviamente), descubrí que la mitad de lo que me contó aquel día era cierto, por extraño que parezca. La otra mitad eran tonterías. Pero he de reconocerle la inventiva (rompió la escala, habría dicho Philippa Stephens, una escritora británica de novelas románticas a la que representaba mamá). Fíjate, a ver si captas la ironía: mi tío Harry ni siquiera había cumplido los cincuenta y estaba lelo perdido, mientras que Martin Burkett, aunque octogenario, todavía podía ponerse creativo sobre la marcha… y todo al servicio de un chico agobiado que se había presentado sin que lo invitaran, cargado con un pastel de carne y una historia rara.

El rito de Chüd, había explicado el profesor, lo practicaba una secta de budistas nepalíes y tibetanos. (Verdadero.)

Lo llevaban a cabo para alcanzar una sensación de perfecta vaciedad y el consiguiente estado de serenidad y claridad espiritual. (Verdadero.)

Se consideraba útil también para combatir demonios, tanto aquellos de la mente como los sobrenaturales que invadían desde el exterior. (Zona gris.)

—Es perfecto para ti, Jamie, cubre todas las posibilidades.

—Quiere decir que puede funcionar aunque Therriault no sea real y yo esté demente.

Me lanzó una mirada mezcla de reproche e impaciencia que era probable que hubiera perfeccionado a lo largo de su carrera docente.

—Deja de hablar y procura escuchar, si no es mucho inconveniente.

—Perdón. —Iba por la segunda taza de té y estaba completamente alterado.

Una vez establecidas las bases, el profesor Burkett se adentró en el reino de la fantasía…, no es que yo notara la diferencia. Dijo que el rito resultaba especialmente útil cuando uno de esos budistas de la montaña se encontraba con un yeti, también conocido como «el abominable hombre de las nieves».

—¿Esas cosas son reales? —pregunté.

—Como en el caso de tu señor Therriault, no puedo afirmarlo con rotundidad. Pero, también como contigo y tu señor Therriault, *puedo* afirmar que los tibetanos están convencidos de que sí.

El profesor prosiguió diciendo que, si una persona tenía la desgracia de toparse con un yeti, la criatura la atormentaría durante el resto de su vida. A menos, claro, que pudiera retarla en duelo y vencerla en el rito de Chüd.

Si entiendes algo de esto, sabrás que, si inventarse tonterías fuera un deporte olímpico, todos los jueces habrían dado un 10 al profesor Burkett por esta, pero yo no tenía más que trece años y estaba en un mal momento. O sea, que me la tragué enterita. Si alguna parte de mí intuía lo que tramaba el profesor Burkett —no me acuerdo muy bien—, la desconecté. No olvides lo desesperado que estaba. La idea de que Kenneth Therriault, alias Tambor, me acosara durante el resto de mi vida —me *atormentara*, para usar la palabra del profesor— era lo más aterrador que podía imaginar.

—¿Cómo funciona? —pregunté.

—Ah, esto te va a gustar. Es como uno de los cuentos de hadas sin censura del libro que te regalé. Según los relatos, el demonio y tú deben unirse mordiendo cada uno la lengua del otro.

Lo dijo con cierto deleite, y pensé: *¿Me va a gustar? ¿Cómo va a gustarme eso?*

—Una vez consumada la unión, el demonio y tú librarán una batalla de voluntades. Se entablaría de forma telepática, supongo, ya que resultaría complicado hablar en plena… hummm… mordida de lengua mutua. El primero que se retire pierde todo poder sobre el vencedor.

Me quedé mirándolo con la boca abierta. Me habían enseñado a ser educado, en especial con los clientes y conocidos de mi madre, pero estaba demasiado asqueado para preocuparme por las sutilezas sociales.

—Si piensa usted que voy a… ¿qué? … ¿darle un beso con lengua a ese tipo?, ¡se ha vuelto loco! Para empezar, está *muerto*, ¿no lo entiende?

—Sí, Jamie, me parece que lo he entendido.

—Aparte, ¿cómo voy a conseguir que él haga eso? ¿Qué voy a decirle, Ken, cariño, ven aquí y méteme un poco la lengua?

—¿Ya terminaste? —preguntó con amabilidad el profesor Burkett, y me hizo sentir de nuevo como el alumno más despistado de la clase—. Creo que ese aspecto de morderse la lengua se supone que es simbólico. Del mismo modo que los trozos de oblea y los sorbos de vino pretenden simbolizar la última cena de Jesús con sus discípulos.

No capté del todo la referencia, dado que yo no era mucho de ir a misa, así que mantuve la boca cerrada.

—Escúchame, Jamie. Escucha con mucha atención.

Lo escuché como si mi vida dependiera de ello. Porque pensaba que así era.

39

Me disponía a marcharme (mis buenos modales habían aflorado y le di las gracias, como correspondía) cuando el profesor me preguntó si su mujer había dicho algo más. O sea, además de dónde estaban los anillos.

Juraría que a los trece años que ya se te han olvidado la mayor parte de las cosas que te pasaron a los seis —a ver, ¡hace más de media vida!—, pero no me costó nada recordar aquel día. Podría haberle contado cómo había criticado la señora Burkett mi pavo verde, pero imaginé que no le interesaría. Quería saber si ella había dicho algo sobre *él*, no lo que me había dicho a mí.

—Usted estaba abrazando a mi madre y ella dijo que le iba a quemar el pelo con el cigarrillo. Y se lo quemó. Me imagino que habrá dejado de fumar, ¿no?

—Me permito tres al día. Supongo que podría fumarme alguno más, no me acortará la juventud, pero con tres me basta, por lo visto. ¿Dijo algo más?

—Ejem…, que saldría usted a comer con una mujer al cabo de un mes o dos. Me parece que se llamaba Debbie o Diana, algo así…

—¿Dolores? ¿Era Dolores Magowan?

Me miraba con nuevos ojos, y de repente me arrepentí de no haber empezado la conversación por esa parte. Habría ayudado mucho a establecer mi credibilidad.

—Sí, es posible.

Negó con la cabeza.

—Mona siempre creyó que me gustaba esa mujer, Dios sabe por qué.

—Dijo algo de que se frotaba las manos con una crema de oveja…

—Lanolina —puntualizó—. Para la hinchazón de las articulaciones. Cómo me aqueja.

—Y hubo una cosa más. Que siempre se saltaba la trabilla de atrás de los pantalones. Me parece que dijo: «¿Quién le ayudará ahora?».

—Dios santo —susurró con un hilo de voz—. Ay, Dios santo, Jamie.

—Ah, y le dio un beso. En la mejilla.

Había ocurrido hacía años, pero aquel leve beso terminó de sellar el acuerdo entre nosotros. Porque él también quería creer, supongo. Si no en todo, al menos en ella. En aquel beso. Quería creer que ella había estado allí.

Me retiré mientras iba ganando.

40

De camino a casa, estuve pendiente de si aparecía Therriault —a esas alturas se había convertido en un acto reflejo—, pero no lo vi. Lo cual era genial, aunque había renunciado a esperar que se hubiera esfumado para siempre. Era como una mala hierba, siempre volvía a aparecer. Solo confiaba en estar preparado para cuando lo hiciera.

Esa noche recibí un email del profesor Burkett. «Investigué un poco y encontré varios resultados curiosos», decía. «Pensé que también te interesarían». Había tres archivos adjuntos; los tres eran reseñas del último libro de Regis Thomas. El profesor había resaltado las líneas que le habían parecido interesantes; quería que sacara mis propias conclusiones. Cosa que hice.

Del *Times Book Review* dominical: «El canto de cisne de Regis Thomas es el habitual cúmulo de sexo y aventuras empantanadas, pero su prosa se antoja más estilizada que de costumbre; aquí y allá se perciben destellos de auténtica calidad».

Del *Guardian*: «Pese a que el largamente anunciado Misterio de Roanoke no tomará por sorpresa a los lectores de la saga (que sin duda lo veían venir), la voz narrativa de Thomas suena más viva de lo que cabría esperar a tenor de los volúmenes anteriores, donde las descripciones ampulosas se alternaban con tórridos encuentros sexuales en ocasiones ridículos».

Del *Miami Herald*: «Los diálogos son ágiles, el ritmo es impecable y, por una vez, la relación lésbica entre Laura Goodhugh y Purity Betancourt llega a conmover y parece auténtica en lugar de una broma lasciva o una fantasía masturbatoria. Thomas dejó lo mejor para el final».

No podía mostrarle esas reseñas a mi madre —habrían suscitado demasiadas preguntas—, pero estaba casi seguro de que debía de haberlas leído, y me imagino que se alegraría tanto como yo. No solo se había salido con la suya, sino que había sacado brillo a la reputación tristemente empañada de Regis Thomas.

En las semanas y meses que siguieron a mi primer encuentro con Kenneth Therriault, hubo muchas noches en que me metí en la cama con miedo y sintiéndome desdichado. Aquella noche no fue una de ellas.

41

No estoy seguro de cuántas veces lo vi a lo largo de aquel verano, lo que debería indicarte algo. De no ser así, ahí va en cristiano: me estaba acostumbrando a él. Algo impensable el día en que me di la vuelta y lo vi plantado junto al maletero del auto de Liz Dutton, lo suficientemente cerca como para tocarme. Algo impensable el día en que se abrió el ascensor y allí estaba él, para contarme que mi madre tenía cáncer sin dejar de sonreír como si fuera la mejor noticia de la historia. Pero la confianza da asco, según dicen, y en este caso el dicho acertaba de pleno.

Sin duda fue de agradecer que nunca se me apareciera en el armario o debajo de la cama (lo cual habría sido peor, porque cuando era pequeño estaba convencido de que ahí había un monstruo esperando a agarrarme un brazo o un pie que colgara del borde). Aquel verano leí *Drácula* —de acuerdo, no el libro original, sino una novela gráfica estupenda que compré en Forbidden Planet—, y Van Helsing decía que un vampiro no podía entrar en tu casa a menos que lo invitaras. Si eso valía para los vampiros, parecía lógico pensar (al menos a mi yo de trece años se lo parecía) que también valdría para otras criaturas sobrenaturales. Como la que habitaba dentro de Therriault, que le impedía desaparecer al cabo de unos días, como todos los demás muertos. Consulté la Wikipedia para ver si el señor Stoker lo había inventado, pero resultó que no. Formaba parte de un montón de leyendas de vampiros. Ahora (¡después!) veo que hay en ello un sentido simbólico. Si tenemos libre albedrío, el mal solo puede entrar si lo invitas.

He aquí algo más: ya casi había dejado de señalarme y curvar el dedo para que me acercara. Durante la mayor parte de aquel verano, se limitó a observarme desde lejos. La única vez que *lo vi* llamándome con aquel gesto tuvo su gracia. Si es que tiene algún sentido decir que ese hijo de puta no-muerto era gracioso, claro.

Mamá consiguió entradas para ver el partido de los Mets contra los Tigres de Detroit el último domingo de agosto. Los Mets perdieron por mucho, pero tampoco me importó, porque mamá había conseguido unos asientos fabulosos gracias a una de sus amigas editoras (en contra de la creencia popular, los agentes literarios *sí* tienen amigos). Estábamos en la grada de tercera base, a solo dos filas del campo. Fue durante el descanso de la séptima entrada, mientras los Mets, mantenían el empate, cuando vi a Therriault. Yo estaba buscando al vendedor de perritos calientes y, cuando volví a mirar hacia el campo, Tambor estaba allí, cerca del área del entrenador de tercera base. Los mismos pantalones caquis. La misma camisa empapada de sangre que salpicaba la nota de suicidio. La cabeza abierta como si le hubieran encendido un petardo dentro. Sonriendo. Y, sí, llamándome con el dedo.

Los Tigres estaban lanzándose la pelota unos a otros y, justo después de que viera a Therriault, el torpedero mandó al defensor de tercera base una bola curva que salió descontrolada. El público empezó a chiflar, a reírse y a vociferar, los insultos de siempre —«vaya tiro, cabrón, mi abuela lanza mejor»—, pero yo me quedé sentado con los puños tan apretados que me clavé las uñas en las palmas. El torpedero no había visto a Therriault (en tal caso, habría salido corriendo a gritos hacia el jardín), pero *sintió* su presencia. Lo sé.

Y algo más: el entrenador de tercera base hizo ademán de ir a por la pelota, pero de pronto retrocedió y dejó que rodara hasta el banquillo. Si hubiera intentado atraparla, se habría arrimado demasiado a la cosa que solo yo veía. ¿Notó una bolsa de aire frío, como en una película de fantasmas? No lo creo. Creo que sintió, durante apenas un segundo o dos, que el mundo que lo rodeaba se estremecía. Que vibraba como una cuerda de guitarra. Tengo razones para pensarlo.

—¿Te pasa algo, Jamie? —me preguntó mamá—. No te estará dando una insolación, ¿no?

—Estoy bien —dije y, tanto si apretaba los puños como si no, en general lo estaba—. ¿Ves al de los perritos calientes?

Estiró el cuello, miró alrededor y agitó la mano para llamar la atención del vendedor más cercano. Aquello me dio la oportunidad de mostrarle el dedo del medio a Kenneth Therriault. Su sonrisa se transformó en una mueca feroz, un gruñido con el que enseñó todos los dientes. Luego se metió en el banquillo de los visitantes, donde los jugadores que no estaban en el campo sin duda se movieron para dejarle sitio, sin tener ni idea de por qué hacían eso.

Me recosté con una sonrisa. Aún no estaba listo para pensar que lo había vencido —ni con una cruz ni con agua bendita, solo mostrándole el dedo—, pero la idea se coló con sigilo en mi mente.

La gente empezó a abandonar el estadio en la primera mitad de la novena entrada, después de que los Tigres anotaran siete carreras y sentenciaran el partido. Mamá me preguntó si quería quedarme y bajar al campo a recorrer las bases con la mascota de los Mets y dije que no con la cabeza. Eso era una actividad estrictamente para niños pequeños. Había participado una vez; antes de Liz; antes de que el cabrón de James Mackenzie nos robara el dinero con su esquema de Ponzi; antes incluso del día en que Mona Burkett me dijera que los pavos no eran verdes. Antes, cuando era un niño pequeño y tenía el mundo a mis pies.

Parecía haber pasado una eternidad.

42

Tal vez te estés preguntando algo que yo nunca me pregunté en aquellos días: *¿Por qué yo? ¿Por qué Jamie Conklin?* Me lo he planteado desde entonces, y no lo sé. Solo puedo especular. Creo que se debía a que yo era diferente, y eso —eso que habitaba en el cascarón vacío de Therriault— me odiaba por ello y quería hacerme daño, incluso destruirme si le era posible. Llámame loco si quieres, pero creo que lo *ofendí* de algún modo. Y quizá hubiera algo más. Creo que quizá —y solo quizá— el rito de Chüd ya había comenzado.

Creo que, una vez que empezó a joderme, no podía parar.

Como te digo, solo estoy especulando. Sus motivos podrían haber sido completamente distintos, tan incognoscibles como lo era eso para mí. E igual de monstruosos. Como te dije, esta es una historia de terror.

Aún tenía miedo de Therriault, pero ya no pensaba que me acobardaría si se presentaba la ocasión de poner en práctica el ritual del profesor Burkett. Solo necesitaba prepararme. Para el momento en que Therriault se acercara, en otras palabras, y no se limitara a quedarse al otro lado de la calle o cerca de la tercera base del Citi Field.

Mi oportunidad llegó un sábado de octubre. Tenía planeado ir a Grover Park para jugar fútbol con un grupo de amigos de la escuela. Mamá me había dejado una nota para decirme que se había quedado levantada hasta tarde leyendo la última obra de Philippa Stephens y que dormiría hasta bien entrada la mañana. Que desayunara sin hacer ruido y que no tomara más de media taza de café. Que me divirtiera con mis amigos y que no volviera a casa con una conmoción cerebral o un brazo roto. Que tenía que estar de vuelta a las dos a más tardar. Me había dejado dinero para comer; doblé los billetes con cuidado y me los metí en el bolsillo. Había una posdata: «¿Pierdo el tiempo si te pido que comas algo verde, aunque sea una hoja de lechuga en una hamburguesa?».

Probablemente, mamá. Probablemente, me dije mientras me servía un tazón de Cheerios y me los comía (sin hacer ruido).

Cuando salí del apartamento, no tenía a Therriault en la cabeza. Él pasaba cada vez menos tiempo allí, y yo destinaba parte del espacio que había quedado disponible a pensar en otras historias, sobre todo en chicas. Y en concreto, en Valeria Gómez, a quien no me quitaba de la cabeza mientras enfilaba el pasillo hacia el ascensor. ¿Decidió Therriault acercarse aquel día porque tenía una especie de ventana abierta a mi mente y sabía que lo había alejado de mis pensamientos? ¿Como una especie de telepatía de baja intensidad? Eso también lo ignoro.

Llamé al ascensor preguntándome si Valeria iría al partido. Era muy posible, porque jugaba su hermano Pablo. Estaba fantaseando con que atrapaba un pase a la carrera, esquivaba a todos los rivales y alcanzaba la zona de anotación con el balón en alto, pero, aun así, di un paso atrás cuando llegó el ascensor; se había convertido en una reacción instintiva. La cabina estaba vacía. Pulsé el botón del vestíbulo. El ascensor llegó abajo y se abrió. Había un tramo corto de pasillo y luego una puerta, con el cerrojo pasado por dentro, que daba a un pequeño portal. La puerta de la calle no estaba cerrada, para que el cartero pudiera entrar y meter el correo en los buzones. Si Therriault hubiera estado fuera, en el portal, no podría haber hecho lo que hice. Pero no estaba en el portal. Estaba dentro, al final del pasillo, sonriendo como si lo fueran a prohibir al día siguiente.

Empezó a decir algo, tal vez una de sus profecías de mierda, y si hubiera estado pensando en él y no en Valeria, probablemente me habría quedado paralizado en el sitio o habría entrado a trompicones en el ascensor, golpeando el botón de CERRAR PUERTA con todas mis fuerzas. Pero me molestó que hubiera interrumpido mi fantasía y lo único que recuerdo haber pensado fue en lo que explicó el profesor Burkett el día que le llevé el pastel de carne.

«En el rito de Chüd, morderse las lenguas solo es un gesto ceremonial que precede al duelo con el enemigo —dijo—. Los hay de muchos tipos. Los maoríes bailan una danza de guerra para intimidar a sus adversarios. Los pilotos kamikazes brindaban unos por otros y por las fotografías de sus objetivos con lo que creían que era sake mágico. En el antiguo Egipto, los miembros de casas rivales se golpeaban unos a otros en la frente antes de sacar las espadas, las lanzas y los arcos. Los luchadores de sumo se dan palmadas en los hombros. Todo se reduce al mismo concepto: "Nos enfrentaremos en combate hasta que uno se alce sobre el otro". En definitiva, Jamie, no te molestes en sacar la lengua. Tú agarra a tu demonio y, por lo que más quieras, no lo sueltes».

No me quedé paralizado ni me amedrenté, sino que, sin pensarlo, me arrojé hacia delante con los brazos extendidos, como si me dispusiera a abrazar a un amigo que llevara largo tiempo ausente. Gritaba, aunque creo que solo en mi cabeza, porque ninguno de los vecinos de la planta baja se asomó a ver qué estaba pasando. La sonrisa de Therriault —la que siempre exhibía aquella masa amorfa de sangre muerta entre los dientes y la mejilla— desapareció, y vi una cosa tan sorprendente como maravillosa: me tenía miedo. Se encogió contra la puerta que daba al portal, pero esta se abría hacia dentro y quedó inmovilizado. Lo sujeté.

Soy incapaz de describir cómo se desarrolló todo. Creo que ni un escritor con más talento que yo sería capaz, pero lo intentaré lo mejor que pueda. ¿Recuerdas lo que dije sobre que el mundo se estremecía, que vibraba como una cuerda de guitarra? Pues era eso lo que parecía estar pasando fuera de Therriault y a su alrededor. Lo sentía haciéndome rechinar los dientes y sacudiéndome los globos oculares. Solo que había algo más, algo en el *interior* de Therriault. Algo que lo estaba utilizando como receptáculo y que le impedía continuar su viaje a dondequiera que vayan los muertos cuando su conexión con nuestro mundo se acaba.

Era una cosa maligna, que me gritaba que la soltara. O que soltara a Therriault. Quizá no existiera diferencia. Estaba furiosa conmigo, y asustada, pero sobre todo sorprendida. Que la sujetara así era lo último que esperaba.

Forcejeó, y se habría zafado si Therriault no hubiera estado inmovilizado contra la puerta, estoy convencido. Yo era un chico flacucho, Therriault me sacaba fácilmente diez o quince centímetros y, de haber estado vivo, habría pesado al menos cincuenta kilos más que yo, pero estaba muerto. La cosa en su interior *estaba* viva, y yo estaba casi seguro de que había entrado en Therriault cuando lo obligué a responder a mis preguntas frente a aquella tienda.

Las vibraciones empeoraron. Ascendían desde el suelo. Descendían desde el techo. La lámpara temblaba y proyectaba sombras líquidas. Las paredes parecían arrastrarse primero hacia un lado y luego hacia el otro.

—Suéltame —dijo Therriault, y hasta la voz le vibraba. Sonaba como cuando pones papel parafinado en un peine y soplas. Desplegó los brazos como si fueran alas, me envolvió en ellos y me golpeó la espalda con las manos abiertas. De pronto me costó respirar—. Suéltame y te soltaré.

—No —dije, y lo abracé más fuerte.

Ya está, recuerdo que pensé. *Esto es Chüd. He entrado en combate mortal con un demonio aquí mismo, en la entrada de mi edificio, en pleno Nueva York.*

—Entonces te estrangularé hasta que te falte el aire —dijo eso.

—No puedes —dije, confiando en que no me equivocara.

Aún podía respirar, pero las bocanadas eran cortas y potentes. Me pareció que empezaba a ver *dentro* de Therriault. Quizá fuera una alucinación provocada por las vibraciones y la sensación de que el mundo estaba a punto de estallar como una delicada copa de vino, pero no lo creo. No eran sus entrañas lo que estaba contemplando, sino una luz. Era brillante y oscura al mismo tiempo. Era algo que no pertenecía a este mundo. Era aterradora.

¿Cuánto tiempo permanecimos allí abrazados? Podrían haber sido cinco horas o tan solo noventa segundos. Dirás que es imposible que hubieran pasado cinco horas, que habría aparecido alguien, pero creo… casi *sé*… que estábamos fuera del tiempo. Una cosa que puedo asegurar con certeza es que las puertas del ascensor no se cerraron, y eso que están programadas para hacerlo cinco segundos después de que hayan salido sus ocupantes. Veía el reflejo del ascensor por encima del hombro de Therriault, y las puertas se mantuvieron abiertas todo el rato.

—Suéltame y no volveré jamás —dijo por fin.

Era una idea apetitosa, como seguro entenderás, y podría haber accedido si el profesor no me hubiera preparado también para eso.

«Intentará negociar —había dicho—. No se lo permitas». Y luego me explicó lo que debía hacer, probablemente pensando que lo único con lo que tendría que lidiar sería con alguna neurosis o complejo o cualquier otro problema psicológico que quieras nombrar.

—No es suficiente —dije, y seguí apretando.

Cada vez alcanzaba a ver mejor el interior de Therriault, y me di cuenta de que *era* un fantasma de verdad. Es probable que todos los muertos lo sean y yo solo los viera en forma sólida. Cuanto más insustancial se volvía él, más brillante resplandecía esa luz oscura, un fuego fatuo. No tengo ni idea de qué era. Solo sabía que lo tenía atrapado, y hay un viejo dicho que dice «quien agarre a un tigre por la cola no debe soltarlo». La cosa dentro de Therriault era muchísimo peor que cualquier tigre.

—¿Qué quieres? —Jadeaba. No tenía respiración, habría sentido su aliento en la mejilla y el cuello de haber respirado, pero aun así jadeaba. En peor estado que yo, tal vez.

—No me basta con que dejes de atormentarme.

Tomé aire y pronuncié lo que el profesor Burkett me había indicado que dijera si lograba desafiar a mi némesis en el rito de Chüd. Y aunque el mundo temblaba a mi alrededor, aunque esa cosa me apresaba en un abrazo mortal, esas palabras me produjeron placer. Un tremendo placer. El placer del *guerrero*.

—Ahora te atormentaré yo a *ti*.

—¡No! —Se aferró con más fuerza.

Me estrechó contra Therriault aun cuando Therriault ya no era más que un holograma sobrenatural.

—Sí. —El profesor Burkett me había indicado que dijera algo más si tenía oportunidad. Después me enteré de que era el título modificado de un famoso cuento de fantasmas, que encajaba a la perfección—. Ah, silbaré y acudirás a mí, muchacho.

—¡No! —La cosa forcejeó.

Esa luz pulsante e inmunda me revolvía el estómago, pero contuve las arcadas.

—Sí. Te atormentaré cuanto quiera y cuando quiera, y si no aceptas, te retendré hasta que mueras.

—¡Yo no puedo morir! ¡Pero tú sí!

Eso era sin duda cierto, pero nunca me había sentido más fuerte. Además, Therriault, que era quien servía de anclaje a ese fuego fatuo para penetrar en nuestro mundo, se desvanecía por momentos.

No dije nada. Solo me aferré a él. Y Therriault se aferró a mí. El duelo continuó de ese modo. Estaba sintiendo frío, perdiendo la sensibilidad en los pies y las manos, pero aguanté aferrado a él. Estaba resuelto a resistir toda la eternidad si era necesario. Eso que habitaba dentro de Therriault me aterrorizaba, pero lo tenía apresado. Y eso me tenía apresado a mí también, naturalmente; tal era la esencia del rito. Si yo me soltaba, eso ganaba.

—Acepto tus condiciones —dijo por fin.

Aflojé el agarre, pero solo un poco.

—¿Me estás mintiendo? —Una pregunta estúpida, dirás, pero de estúpida no tenía nada.

—No puedo. —Sonaba algo irritado—. Ya lo sabes.

—Repítelo. Di que aceptas.

—Acepto tus condiciones.

—¿Sabes que puedo atormentarte?

—Lo sé, pero no te tengo miedo.

Palabras atrevidas, aunque, como ya había averiguado, Therriault podía hacer todas las afirmaciones falsas que él —que eso— quisiera. Esas afirmaciones no eran respuestas a ninguna pregunta. Y cualquiera que necesite *decir* que no tiene miedo miente. No me hizo falta esperar hasta después para enterarme, lo supe a los trece.

—¿Me tienes miedo?

Volví a observar aquella expresión crispada en el rostro de Therriault, como si hubiera mordido algo de sabor agrio y desagradable. La misma sensación, probablemente, que a ese miserable hijo de puta le producía verse obligado a decir la verdad.

—Sí. No eres como los demás. Tú *ves*.

—Sí ¿qué?

—*¡Sí te tengo miedo!*

¡Jódete!

Lo solté.

—Lárgate de aquí, seas lo que seas, y vete a dondequiera que vayas. Tan solo recuerda que, si te llamo, *acudirás a mí*.

Giró sobre sus talones, ofreciéndome una última visión del cráter en el hemisferio izquierdo de la cabeza. Asió el tirador de la puerta. La mano lo atravesó, pero *no* lo atravesó. Ambas cosas al mismo tiempo. Sé que parece una locura, una paradoja, pero sucedió. Yo lo vi. El tirador giró y se abrió la puerta. En el mismo instante, la luz del techo se apagó y los cristales de las bombillas se hicieron añicos. Había una docena de buzones en el portal y la mitad se abrieron de golpe. Therriault me dedicó una última mirada de odio por encima del hombro ensangrentado y se marchó sin cerrar la puerta de la calle. Lo vi bajar los escalones, más que corriendo lanzándose en picada. Un tipo que pasaba en bici a toda velocidad, probablemente un mensajero, perdió el equilibrio, se cayó y quedó despatarrado en la calle, soltando un aluvión de maldiciones.

Sabía que los muertos podían causar un impacto en los vivos, no era ninguna sorpresa. Lo había visto antes, pero el efecto siempre había sido *pequeño*. El profesor Burkett había percibido el beso de su esposa. Liz había percibido el soplo de Regis Thomas en la cara. Sin embargo, lo que acababa de presenciar —las luces apagándose y estallando, el tirador vibrando y girando, el mensajero cayéndose de la bici— estaba en un nivel completamente distinto.

Aunque la cosa a la que llamo fuego fatuo casi había perdido a su anfitrión mientras me aferraba a ella, al soltarla no solo recuperó a Therriault, sino que se hizo más fuerte. Y esa fuerza debía de proceder de mí, pero yo no me sentía más débil (no como la pobre Lucy Westenra, a la que el conde Drácula había utilizado a modo de despensa personal). De hecho, me sentía mejor que nunca, renovado y vigorizado.

Bien, eso era más fuerte, ¿y qué? Me había adueñado de ello, lo había convertido en mi maldito esclavo.

Por primera vez desde el día en que Liz me había ido a buscar al salir de clase y me había arrastrado a la caza de Therriault, volvía a sentirme bien. Como alguien que ha padecido una grave enfermedad y empieza a recuperarse.

44

Volví a casa sobre las dos y cuarto, un poco tarde, pero no tanto como para que mi madre se pusiera en plan «dónde-has-estado-me-tenías-muy-preocupada». Tenía un arañazo en el brazo y me había rasgado los pantalones a la altura de las rodillas cuando uno de los chicos de la escuela me interceptó y me di un buen golpe, pero de todos modos me sentía fenomenal. Al final Valeria no había ido, pero sí dos amigas suyas. Una de ellas me dijo que yo le gustaba a Valeria, y la otra que debería hablar con ella, tal vez sentarme con ella a la hora de comer.

¡Cuántas posibilidades, Dios!

Entré y vi que alguien —seguramente el señor Provenza, el portero del edificio— había cerrado los buzones que se habían abierto cuando Therriault se marchó. O, para ser precisos, cuando huyó del campo de batalla. El señor Provenza también había recogido los cristales rotos y había puesto un cartel delante del ascensor que rezaba: FUERA DE SERVICIO TEMPORALMENTE. Me acordé del día en que mamá y yo volvimos a casa de la escuela, yo sin soltar mi pavo verde, y nos encontramos con que el ascensor de Park Palace no funcionaba.

«Jodido ascensor», había dicho mamá. Y luego: «Tú no has oído nada, cariño».

Qué tiempos…

Subí por las escaleras, entré y descubrí que mamá había arrastrado la silla de su oficina en casa hasta la ventana de la sala, donde estaba leyendo y tomando café.

—Estaba a punto de llamarte —dijo, y añadió al bajar la vista—: ¡Por Dios, esos pantalones son nuevos!

—Lo siento —dije—. A lo mejor puedes arreglarlos.

—Tengo muchas habilidades, pero coser no figura entre ellas. Se los llevaré a la señora Abelson, de la tintorería Dandy. ¿Qué comiste?

—Una hamburguesa. Con lechuga y tomate.

—¿Eso es verdad?

—No sé mentirte —dije, y, obvio, me acordé de Therriault y me entraron escalofríos.

—Deja que te mire el brazo. Ven aquí para que lo vea bien. —Me acerqué y le mostré la herida de guerra—. No hace falta ponerte una bandita, supongo, pero tendrás que echarte Neosporin.

—¿Y después podré ver ESPN?

—Podrías si hubiera electricidad. ¿Por qué crees que estoy leyendo en la ventana y no en mi oficina?

—Ah. Será por eso que no funciona el ascensor.

—Tu capacidad de deducción me asombra, Holmes. —Este era uno de los chistes literarios de mi madre. Tiene decenas. Tal vez cientos—. Es solo en nuestro edificio. El señor Provenza dice que algo ha hecho saltar todos los fusibles. Una especie de subida de tensión. Dice que nunca ha visto nada igual. Va a procurar tenerlo arreglado para esta noche, pero ya me hice a la idea de que nos tocará sacar velas y linternas cuando oscurezca.

Therriault, pensé, pero claro que no había sido él. Había sido esa criatura de fuego fatuo que habitaba en Therriault. Al huir, había volado la lámpara, había abierto varios buzones y, de propina, había quemado los fusibles.

Fui al cuarto de baño a buscar el Neosporin. Estaba bastante oscuro dentro, así que le di al interruptor de la luz. La fuerza de la costumbre es cabrona, ¿eh? Me senté en el sofá para esparcir la sustancia pegajosa del antibiótico sobre el arañazo, mirando la pantalla en negro de la tele y preguntándome cuántos fusibles habría en un edificio de apartamentos del tamaño del nuestro y cuánta energía se necesitaría para fundirlos todos.

Podría invocar a esa cosa. Si silbara, ¿acudiría al muchacho llamado Jamie Conklin? Era mucho poder para un jovencito que no podría obtener su licencia de conducir hasta dentro de tres años.

—¿Mamá?

—¿Qué?

—¿Crees que ya tengo edad para tener novia?

—No, querido. —No levantó la vista del manuscrito.

—¿Y cuándo la tendré?

—¿Qué te parece a los veinticinco?

Se echó a reír, y yo me reí con ella. Se me ocurrió que quizá, cuando tuviera veinticinco años o así, invocaría a Therriault y le pediría que me trajera un vaso de agua. Aunque, pensándolo bien, cualquier cosa que *eso* me diera podría estar envenenada. Quizá, solo por reírme un poco, le pediría que se pusiera cabeza abajo, que hiciera un *split*, quizá que caminara por el techo. O podría liberarlo. Ordenarle: «Hasta nunca, cabeza dura». Bueno, no necesitaba esperar hasta los veinticinco, podría hacerlo en cualquier momento. Pero es que no quería. Quería que fuera *mi* prisionero una temporada. Reducir esa luz inmunda y aterradora a poco más que una luciérnaga en un frasco. A ver qué tal le parecía eso.

La luz volvió a las diez en punto, y en el mundo todo era dicha.

45

El domingo, mamá propuso ir a visitar al profesor Burkett para ver cómo estaba y recuperar la bandeja del pastel de carne.

—Además, podríamos llevarle unos cruasanes de Haber's.

Le dije que me parecía bien. Lo llamó y el profesor se mostró encantado, así que fuimos caminando a la panadería y luego paramos un taxi. Mi madre se negó a pedir un Uber. Decía que no tenían nada que ver con Nueva York. Los *taxis* eran Nueva York.

Supongo que el milagro de la curación no cesa cuando eres viejo, porque el profesor Burkett se había deshecho de uno de los dos bastones y se movía con cierta soltura. No estaba para volver a correr el maratón de Nueva York (si es que había participado alguna vez), pero abrazó a mamá en la puerta y, cuando me dio la mano, no temí que fuera a caerse de bruces. Me dirigió una mirada perspicaz, le respondí con una inclinación leve de la cabeza y sonrió. Nos entendíamos el uno al otro.

Mamá se entretuvo sacando los cruasanes y las porciones de mantequilla y los tarritos de mermelada que venían con ellos. Comimos en la cocina, con los rayos del sol de media mañana colándose dentro. Una maravilla. Cuando terminamos, mamá transfirió a un *tupper* los restos del pastel de carne (del que había sobrado la mayor parte; me imagino que los viejos no comen mucho) y fregó la bandeja. La puso a secar y luego se excusó para ir al baño.

En cuanto se marchó, el profesor Burkett se inclinó sobre la mesa.

—¿Qué ha ocurrido?

—Therriault estaba en el portal ayer, cuando salí del ascensor. Y ni lo pensé, me lancé hacia él y lo agarré.

—¿Estaba allí? ¿Ese Therriault? ¿Lo viste? ¿Lo *sentiste*?

—Aún estaba medio convencido de que todo era producto de mi imaginación, ya ves. Se le notaba en la cara y, bueno, ¿quién iba a culparlo?

—Sí. Aunque no es Therriault, ya no. La cosa en su interior es una luz, intentó escapar, pero aguanté. Tenía miedo, pero sabía que, si lo soltaba, me pasaría algo malo. Al final, cuando eso vio que Therriault se estaba desvaneciendo, se...

—¿Desvaneciendo? ¿Qué quieres decir?

Se oyó el ruido del agua descargada en el retrete. Mamá se lavaría las manos antes de volver, pero no tardaría mucho.

—Le dije lo que usted me recomendó, profesor. Que si silbaba, tenía que acudir a mí. Que me tocaba a mí atormentarlo. Aceptó. Lo obligué a decirlo en voz alta.

Mi madre regresó antes de que pudiera preguntarme nada, pero noté que parecía preocupado y que seguía pensando que toda la confrontación había tenido lugar únicamente en mi cabeza. Eso lo entendía, pero igual me molesté un poco —a ver, él ya *conocía* algunas cosas, lo de los anillos y el libro del señor Thomas—, aunque, al mirarlo en retrospectiva, lo entiendo. Las creencias son un gran obstáculo que superar y diría que para la gente inteligente se vuelve incluso gigantesco. Porque la gente inteligente sabe mucho y eso quizá les lleve al convencimiento de que lo saben todo.

—Deberíamos irnos, Jamie —dijo mamá—. Tengo que terminar de leer un manuscrito.

—Tú siempre tienes que terminar de leer algún manuscrito —repliqué, lo que le arrancó una carcajada, porque era cierto. Tanto en la oficina de la agencia como en la de casa, había una pila de libros pendientes de lectura, y ninguna de las dos paraba de crecer—. Antes de irnos, cuéntale al profesor lo que pasó ayer en el edificio.

Se volvió hacia el profesor Burkett.

—Fue extrañísimo, Marty. Saltaron todos los fusibles del edificio. ¡Todos a la vez! El señor Provenza, el portero, dijo que debía de haberse producido algún tipo de sobrecarga eléctrica. Dijo que nunca había visto algo igual.

El profesor pareció sobresaltarse.

—¿Solo en su edificio?

—Solo en el nuestro —dijo ella—. Vamos, Jamie. Vámonos para que Marty pueda descansar.

La salida fue casi una repetición exacta de la entrada. El profesor Burkett me dirigió una mirada perspicaz y yo le respondí con una inclinación leve de la cabeza.

Nos entendíamos el uno al otro.

46

Esa noche recibí un mensaje suyo, enviado desde el iPad. Era la única persona de mi entorno que incluía un saludo cuando utilizaba el correo electrónico y escribía todas las letras en lugar de usar abreviaturas en plan «nsvms dsp?», «WTF» o «EMHO».

Querido Jamie:

Después de que tu madre y tú se marcharan esta mañana, he investigado un poco sobre el hallazgo de la bomba en el supermercado de Eastport, algo que debería haber hecho antes. He encontrado detalles interesantes. Elizabeth Dutton no ocupaba un lugar destacado en ninguna noticia. La Brigada de Explosivos se llevó la mayor parte del mérito (sobre todo los perros, porque la gente adora a los perros; creo que hasta el alcalde entregó una medalla a uno). A ella solo la mencionan como «una inspectora que recibió un chivatazo de una antigua fuente». Me pareció curioso que no participara en la rueda de prensa posterior a la desactivación de la bomba y que no recibiera ninguna felicitación oficial. Sin embargo, logró conservar su puesto de trabajo. Puede que esa fuera la única recompensa que deseaba y que sus superiores consideraron que merecía.

Teniendo en cuenta mi investigación sobre este asunto, y si le sumamos el extraño corte de energía en tu edificio en el momento de tu confrontación con Therriault, además de diversas cuestiones de las que me hiciste tomar conciencia, me veo incapaz de no creer en las cosas que me has contado.

Debo añadir una advertencia. Me ha preocupado la expresión de confianza que has puesto cuando dijiste que ahora te tocaba a ti atormentar a eso, o que podrías llamarlo con un silbido y acudiría a ti. Tal vez sea así, pero TE INSTO A QUE NO LO INTENTES. A veces los equilibristas se caen. Los domadores de leones pueden acabar mutilados por felinos que creían completamente amaestrados. En determinadas circunstancias, incluso el mejor de los perros puede morder a su amo.

Mi consejo, Jamie, es que dejes a esa cosa en paz.

Con mis mejores deseos, tu amigo,

Prof. MARTIN BURKETT (MARTY)

PD: Tengo mucha curiosidad por conocer los detalles exactos de tu extraordinaria experiencia. Si pudieras venir a verme, la escucharía con sumo interés. Supongo que no querrás abrumar a tu madre con esta historia, ya que parece que el problema ha alcanzado una conclusión satisfactoria.

Le contesté enseguida. Mi respuesta fue mucho más corta, pero me esforcé por redactarla con el mismo estilo, como una carta de correo ordinario.

Estimado profesor Burkett:

Me encantaría, pero hasta el miércoles no puedo, porque el lunes tenemos una excursión al Museo Metropolitano de Arte, y el martes un partido de voleibol en la escuela, chicos contra chicas. Si el miércoles le parece bien, iré después de clase, sobre las 15:30, pero no podré quedarme más de una hora. Le diré a mi madre que solo quería ir a verlo, lo cual es cierto.

Atentamente, su amigo,

JAMES CONKLIN

El profesor Burkett debía de tener el iPad en el regazo (me lo imaginaba sentado en la sala de estar, rodeado de todas aquellas fotos enmarcadas de los viejos tiempos), porque respondió en el acto.

Querido Jamie:

El miércoles es perfecto. Te espero a las tres y media, y tendré galletas con pasas. ¿Qué prefieres para acompañarlas, té o un refresco?

Atentamente,

MARTY BURKETT

Esta vez no me molesté en que mi respuesta se pareciera a una carta tradicional, me limité a teclear: «No me importaría tomar una taza de café». Tras pensarlo un momento, añadí: «Mi madre me deja», lo cual no era del todo mentira, y él hasta me sorprendió enviándome un emoticono: un pulgar hacia arriba. Me dije que estaba en la onda.

Volví a hablar con el profesor Burkett, pero no hubo bebidas ni galletas. Ya no necesitaba esas cosas, porque estaba muerto.

166

47

El martes por la mañana, me llegó otro mensaje suyo. A mi madre le llegó el mismo, igual que a varias personas más.

Queridos amigos y colegas:

He recibido una mala noticia. Anoche, David Robertson, un viejo amigo, colega y antiguo jefe de departamento, sufrió un derrame cerebral en su residencia de Cayo Siesta, Florida, y está ingresado en el Hospital Memorial de Sarasota. No se espera que sobreviva, ni siquiera que recupere la conciencia, pero conozco a Dave y a su encantadora esposa Marie desde hace más de cuarenta años y debo partir de viaje, por poco que me agrade, aunque solo sea para ofrecer consuelo a su esposa y asistir al funeral, llegado el caso. A mi regreso reprogramaré las citas que tenga pendientes.

Durante mi estancia allí, me alojaré en el hotel Bentley's Boutique (¡qué nombre!), en Osprey. Pueden localizarme allí, pero la mejor forma de ponerse en contacto conmigo es por correo electrónico. Como la mayoría de ustedes saben, no tengo teléfono móvil. Disculpen las molestias.

Atentamente,

Prof. Martin F. Burkett (emérito)

—Es de la vieja escuela —le dije a mamá mientras desayunábamos: toronja y yogur para ella, Cheerios para mí.

Mi madre asintió.

—Sí, ya no quedan muchos como él. Acude corriendo a la cabecera de un amigo moribundo a su edad… —Meneó la cabeza—. Es extraordinario. Admirable. ¡Y ese email!

—El profesor Burkett no escribe emails —dije—. Escribe cartas.

—Cierto, pero no es en eso en lo que estaba pensando. En serio, ¿cuántas citas y visitas programadas crees que tiene a su edad?

Bueno, tenía una, pensé, pero me callé.

48

Ignoro si el viejo amigo del profesor murió o no. Solo sé que el profesor sí. Sufrió un ataque al corazón durante el vuelo y lo hallaron muerto en su asiento cuando aterrizó el avión. Tenía otro viejo amigo que era su abogado —uno de los destinatarios del último email del profesor— y fue él quien recibió la llamada. El abogado se encargó del traslado del cadáver, pero después fue mi madre quien se ofreció para ocuparse de todo. Cerró la oficina y organizó el funeral. Me sentí orgulloso de ella. Lloró y estaba triste porque había perdido a un amigo. Yo también estaba triste, porque su amigo se había convertido en el mío. Sin Liz, él había sido mi único amigo adulto.

El funeral tuvo lugar en la iglesia presbiteriana de Park Avenue, la misma en la que había tenido lugar el de Mona Burkett hacía siete años. Mi madre estaba indignada porque la hija —la que estaba en la costa Oeste— no asistió. Después, solo por curiosidad, busqué ese último email del profesor Burkett y vi que ella no figuraba entre los destinatarios. Las únicas tres mujeres que lo habían recibido eran mi madre, la señora Richards (una anciana con la que mantenía amistad y que también vivía en el Palacio, pero en el cuarto piso) y Dolores Magowan, la mujer a la que el marido viudo de la señora Burkett, según la errónea predicción de esta, no tardaría en invitar a comer.

Busqué al profesor en la iglesia, imaginando que, si su mujer había asistido al servicio religioso, quizá él hiciera lo mismo. No estaba allí, pero en esa ocasión también fuimos al cementerio y lo vi sentado en una lápida a siete u ocho metros de los dolientes, una distancia suficiente para oír lo que se decía. Durante la plegaria, levanté la mano y le dirigí un saludo discreto. Solo moví un poco los dedos, pero él lo vio, sonrió y me devolvió el saludo. Era un muerto normal, no un monstruo como Kenneth Therriault, y rompí a llorar.

Mi madre me rodeó con el brazo.

49

Eso fue un lunes, así que no llegué a ir al Museo Metropolitano de Arte con mi clase. Me dieron el día libre para asistir al funeral, y cuando volvimos a casa le dije a mi madre que quería salir a dar un paseo. Que necesitaba pensar.

—No me parece mal…, si estás bien. ¿*Estás* bien, Jamie?

—Sí —le dije, y le dediqué una sonrisa para demostrárselo.

—Vuelve antes de las cinco o empezaré a preocuparme.

—Descuida.

Llegué hasta la puerta antes de oír la pregunta que llevaba un rato esperando.

—¿Lo viste?

Había pensado en mentir, como si quizá con eso fuera a ahorrarle algún sufrimiento, pero quizá, al contrario, la hiciera sentir mejor.

—Sí. En la iglesia no, pero sí en el cementerio.

—¿Cómo… cómo estaba?

Le dije que tenía buen aspecto, y era verdad. Siempre van vestidos con la ropa que llevaban al morir, que en el caso del profesor Burkett era un traje café que le quedaba un poco grande, pero aun así tenía buen aspecto, en mi humilde opinión. Me gustó que se hubiera puesto traje para viajar en avión, porque también en eso era de la vieja escuela. Y no llevaba el bastón, posiblemente porque no lo tenía en la mano cuando murió o porque se le cayó cuando le sobrevino el ataque al corazón.

—¿Jamie? ¿Podrías darle un abrazo a tu anciana madre antes de salir a pasear?

Me quedé abrazándola un buen rato.

50

Fui caminando hasta el Palacio, mucho mayor y más alto que el niño que un día de otoño había vuelto a casa de la escuela tomando por un lado la mano a su madre y por el otro su pavo verde. Mayor, más alto, y quizá hasta más sabio, pero aún la misma persona. Cambiamos y no cambiamos. Me resulta imposible explicarlo. Es un misterio.

No podía entrar en el edificio, no tenía las llaves, pero no me hizo falta, porque el profesor Burkett estaba sentado en los escalones de la entrada con su traje café de viaje. Me senté a su lado. Pasó una anciana con un perrito lanudo. El perro miró al profesor. La anciana, no.

—Hola, profesor.

—Hola, Jamie.

Habían transcurrido cinco días desde que murió en el avión, y la voz hacía esa cosa de atenuarse, se desvanecía. Como si me hablara desde lejos y se alejara por momentos. Y aunque parecía tan amable como de costumbre, también parecía un poco…, no sé, desconectado. Casi todos tienen ese aire. Hasta la señora Burkett, pese a que ella era más parlanchina que la mayoría (y algunos no hablan ni una palabra, a menos que les hagas una pregunta). ¿Porque están viendo el desfile en lugar de marchar en él? Se acerca bastante, pero no es del todo correcto. Es como si tuvieran cosas más importantes en la cabeza, y por primera vez me di cuenta de que mi voz también debía de estar apagándose para él. El mundo entero debía de estar desvaneciéndose.

—¿Está usted bien?

—Sí.

—¿Le dolió? El ataque al corazón, digo.

—Sí, pero duró poco. —Miraba hacia la calle, no a mí. Como si estuviera almacenándolo todo.

—¿Necesita que haga algo por usted?

—Solo una cosa. Nunca invoques a Therriault. Porque Therriault se ha ido. Lo que vendría es la cosa que lo poseyó. Creo que en la literatura ese tipo de entidades se llaman «intrusos» o «visitantes».

—No lo haré, se lo prometo. Profesor, ¿por qué pudo eso poseer a Therriault? ¿Es porque Therriault ya era malvado desde un principio? ¿Es esa la razón?

—No lo sé, pero parece probable.

—¿Aún quiere escuchar lo que pasó cuando lo retuve? —Me acordaba de su email . ¿Los detalles?

—No. —Me decepcionó su respuesta, pero no me sorprendió. Los muertos pierden interés en la vida de los vivos—. Tú recuerda lo que te dije.

—Descuide, lo recordaré.

Un ligero tono de irritación le ensombreció la voz.

—Quién sabe. Has mostrado una valentía increíble, pero también tuviste una suerte increíble. No lo entiendes porque solo eres un niño, pero confía en mi palabra. Esa cosa proviene de fuera del universo. Allí existen horrores que ningún hombre es capaz de concebir. Si bregas con eso, te arriesgas a la muerte o a la locura o a la destrucción del alma misma.

Entendí lo esencial, aunque creo que nunca había oído a nadie usar la expresión «bregar con algo»; imagino que era otra de esas cosas de la vieja escuela del profesor, como decir «refrigerador» en lugar de «nevera». Y si pretendía asustarme, lo había conseguido. ¿La destrucción de mi alma? ¡Santo Dios!

—No quiero volver a saber nada de él —dije—. De verdad que no.

No respondió. Se limitó a mirar la calle con las manos apoyadas en las rodillas.

—Lo echaré de menos, profesor.

—Entiendo. —Su voz se debilitaba por momentos. Muy pronto no sería capaz de oírle en absoluto, tan solo vería sus labios moviéndose.

—¿Puedo preguntarle una cosa más? —Qué estupidez. Cuando preguntas, tienen que responder, aunque no siempre te guste lo que oyes.

—Sí.

Formulé mi pregunta.

51

Cuando llegué a casa, mi madre estaba preparando salmón al estilo que nos gusta, envuelto en papel de cocina húmedo y cocido al vapor en el microondas. Nunca dirías que algo tan sencillo puede estar tan rico, pero así es.

—Justo a tiempo —dijo—. Hay una bolsa de ensalada César. ¿Quieres hacerme el favor de prepararla?

—Claro. —La saqué de la nevera (el refrigerador) y la abrí.

—No olvides lavarla. El paquete dice que viene lavada, pero no está de más. Utiliza el escurridor.

Tomé el escurridor, eché la lechuga dentro y la regué con agua.

—Fui a nuestra antigua casa —dije. Sin mirarla, estaba concentrado en mi tarea.

—Me lo imaginaba. ¿Estaba allí?

—Sí. Le pregunté por qué su hija no iba nunca a visitarlo y ni siquiera fue al funeral. —Cerré la llave—. Está en una institución psiquiátrica, mamá. Dice que pasará allí el resto de su vida. Mató a su bebé y luego intentó suicidarse.

Mi madre se disponía a meter el salmón en el microondas, pero lo puso en la encimera y se dejó caer en uno de los taburetes.

—Válgame Dios. Mona me dijo que era ayudante de investigación en un laboratorio de biología de la Caltech. Parecía muy *orgullosa*.

—El profesor Burkett dijo que estaba cata-algo.

—Catatónica.

—Sí, eso.

Mi madre tenía la mirada fija en nuestra futura cena, la carne rosada del salmón que centelleaba a través de su sudario de papel absorbente. Parecía estar pensando a fondo. Hasta que se le suavizó la arruga vertical entre las cejas.

—O sea que ahora sabemos algo que probablemente no deberíamos saber… Bueno, ya está hecho y no se puede deshacer. Todo el mundo guarda secretos, Jamie. Con el tiempo lo descubrirás por ti mismo.

Gracias a Liz y a Kenneth Therriault, ya estaba enterado de eso. Y también me enteré del secreto de mi madre.

Después.

52

Kenneth Therriault desapareció de las noticias, sustituido por otros monstruos. Y, puesto que había dejado de atormentarme, también desapareció de mi lista de preocupaciones prioritarias. Cuando el otoño se fusionó con el invierno, aún tendía a apartarme de las puertas del ascensor al abrirse, pero para cuando cumplí los catorce, ese pequeño tic también había desaparecido.

Seguía viendo muertos de vez en cuando (y seguramente de algunos ni me percaté, ya que parecían personas normales a menos que te arrimaras o que hubieran muerto por heridas visibles). Te hablaré de uno, aunque no tiene nada que ver con mi relato principal. Era un niño más o menos de la misma edad que tenía yo el día en que vi a la señora Burkett. Estaba plantado en la franja que atraviesa por el centro de Park Avenue, vestido con unos pantalones cortos de color rojo y una camiseta de Star Wars. Estaba pálido como el papel. Tenía los labios azules. Y creo que intentaba llorar, aunque no había lágrimas. Como me resultaba vagamente familiar, crucé los dos carriles y le pregunté qué le pasaba. Bueno, aparte de estar muerto.

—¡No sé cómo volver a casa!

—¿Sabes cuál es la dirección?

—Vivo en la Segunda Avenida, en el número 490, apartamento 16B. —Lo recitó como si fuera una grabación.

—Bien —dije—, está muy cerca. Vamos, amigo. Te llevaré hasta allí.

Era un edificio llamado Kips Bay Court. Cuando llegamos, se sentó en la acera. Ya no lloraba, y empezaba a asomar esa expresión a la deriva que adoptan todos. No me gustaba la idea de dejarlo allí, pero no sabía qué más podía hacer. Antes de marcharme, le pregunté cómo se llamaba y me dijo que Richard Scarlatti. De pronto supe dónde lo había visto. Su foto salía en la NY1. Unos chicos mayores lo habían ahogado en el Lago de los Cisnes, que está en Central Park. Esos chicos lloraban cagados de miedo y decían que solo bromeaban. Quizá fuera cierto. Quizá entienda todas esas cosas después, pero no lo creo, la verdad.

53

Para entonces nos iba tan bien que podría haberme cambiado a una escuela privada. Mi madre me enseñó folletos de la Dalton School y el Friends Seminary, pero elegí seguir en la enseñanza pública, en el instituto Roosevelt, hogar de los Mustangs. No estaba mal. Fueron buenos años para mamá y para mí. Ella consiguió pescar un cliente superimportante que escribía historias sobre troles y elfos de los bosques y caballeros nobles que emprendían búsquedas. Yo conseguí novia, más o menos. Mary Lou Stein, pese a su nombre de chica sencilla, era una especie de intelectual gótica y una gran cinéfila. Íbamos a los cines Angelika prácticamente una vez por semana y nos sentábamos en la última fila a leer subtítulos.

Un día, poco después de mi cumpleaños (había alcanzado la gloriosa edad de quince años), mamá me envió un mensaje y me preguntó si podía pasar por las oficinas de la agencia después de las clases en lugar de ir directamente a casa; nada importante, aseguró, solo una noticia que quería darme en persona.

Cuando llegué, me sirvió una taza de café —algo inusual, pero no inaudito en aquella época— y me preguntó si me acordaba de Jesús Hernández. Dije que sí. Había sido compañero de Liz durante dos o tres años, y un par de veces mamá me ha llevado con ellas cuando quedaban para comer con el inspector Hernández y su mujer. Aunque hacía ya bastante tiempo de aquello, resultaba difícil olvidar a un inspector de metro noventa y cinco llamado Jesús.

—Me encantaban sus rastas —dije—. Eran geniales.

—Me llamó para decirme que Liz perdió el trabajo.

—Hacía años que mamá había roto con Liz, pero aun así

parecía triste—. Al final la agarraron transportando droga. Un montón de heroína, según Jesús.

La noticia me dolió. Liz había terminado siendo una mala influencia para mi madre, y conmigo no había sido siempre genial, pero aun así fue un golpe duro. Recordaba cuando me hacía cosquillas hasta que casi me orinaba en los pantalones, y cuando me sentaba entre ella y mamá en el sofá y nos moríamos de la risa comentando las series de televisión, y la vez que me llevó al zoológico del Bronx y me compró un algodón de azúcar más grande que mi cabeza. Además, no olvides que salvó por lo menos cincuenta vidas, puede que hasta cien, que se habrían perdido si la última bomba de Tambor hubiera explotado. Fuera cual fuese su motivación, noble o no, lo cierto que es que aquellas vidas se salvaron.

Me vino a la cabeza la expresión que había oído durante su última discusión. Agravante de «notoria importancia», había dicho mamá.

—No irá a la cárcel, ¿verdad?

—Bueno, Jesús me dijo que ahora está en libertad bajo fianza, pero al final… Creo que tiene pocas opciones de librarse, cariño.

—Mierda. —Me imaginé a Liz con un traje naranja, como las mujeres de esa serie de Netflix que a veces veía mi madre.

Me tomó de la mano.

—Sí sí sí.

54

Liz me secuestró dos o tres semanas después. Podrías decir que ya lo había hecho con Therriault, pero ese cabría considerarse un «secuestro blando». Esta vez fue un secuestro en toda regla. No me obligó a subir a su auto dando gritos y patadas, pero aun así me obligó. Y, en lo que a mí respecta, eso lo convierte en un secuestro.

Estaba en el equipo de tenis y volvía a casa tras unos cuantos partidos de entrenamiento (a los que nuestro entrenador se refería como «eliminatorias», por alguna razón estúpida). Llevaba la mochila a la espalda y la bolsa deportiva en una mano. Me dirigía hacia la parada del autobús y vi a una mujer apoyada en un Toyota destartalado pendiente de su móvil. Pasé por delante de ella sin mirarla dos veces. Ni se me pasó por la cabeza que aquella señora escuálida —pelo pajizo agitándose en torno al cuello de un abrigo sin abrochar, sudadera gris muy grande, botas camperas desgastadas que desaparecían bajo unos pantalones de mezclilla holgados— fuera la antigua amiga de mi madre. La antigua amiga de mi madre prefería los pantalones de vestir ajustados de colores oscuros y las blusas de seda de escote pronunciado. La antigua amiga de mi madre se peinaba hacia atrás con el pelo recogido en una cola de caballo corta y bien apretada. La antigua amiga de mi madre tenía un aspecto saludable.

—Eh, campeón, ¿ni siquiera vas a saludar a una vieja amiga?

Me detuve y me di la vuelta. Tardé unos instantes en reconocerla. Tenía la cara flaca y pálida. Varias manchas, sin rastro de maquillaje, le salpicaban la frente. Las curvas que yo había admirado —a la manera de un niño pequeño, obviamente— habían desaparecido. La sudadera ancha debajo del abrigo no mostraba más que una insinuación de lo que habían sido unos pechos generosos. A ojo, yo diría que pesaba diez o incluso quince kilos menos, y parecía veinte años mayor.

—¿Liz?

—La misma que viste y calza.

Me dedicó una sonrisa, que acto seguido ocultó limpiándose la nariz con el dorso de la mano. *Drogada*, pensé. *Está drogada.*

—¿Cómo estás?

Puede que no fuera la pregunta más inteligente, pero fue la única que se me ocurrió dadas las circunstancias. Y tuve la prudencia de mantenerme a la que consideré una distancia segura de ella, para que me diera tiempo a escapar si intentaba algo raro. Cosa que me parecía posible, porque su *aspecto* era raro. No como los actores que fingen ser drogadictos en la televisión, sino como los drogadictos de verdad que de vez en cuando ves tirados en los bancos de los parques o en los portales de los edificios abandonados. Supongo que Nueva York está mucho mejor que antes, pero los adictos siguen siendo un elemento recurrente del paisaje.

—¿A ti qué te parece? —Luego rompió a reír, aunque sin rastro de alegría—. No contestes. Pero, oye, una vez hicimos una buena obra, ¿verdad? Me merecía más reconocimiento del que me dieron, pero, qué diablos, salvamos un montón de vidas.

Pensé en todo lo que yo había tenido que pasar por su culpa. Y no era solo por Therriault. También le había jodido la vida a mi madre. Liz Dutton nos había fastidiado a los dos, y ahí estaba otra vez. Una mala hierba que siempre aparecía cuando menos te lo esperabas. Me enfadé.

—No te merecías *ningún* reconocimiento. Fui yo quien lo hizo hablar. Y he pagado por ello. No quieras saber qué precio.

Ladeó la cabeza.

—Claro que sí. Cuéntame qué precio has pagado, campeón. ¿Unas cuantas pesadillas con el agujero que Therriault tenía en la cabeza? Si quieres pesadillas, algún día echa un vistazo a tres criaturas crujientes como los cereales en un todoterreno quemado, una de ellas apenas un bebé en una sillita de viaje. A ver, ¿qué precio pagaste?

—Da igual —dije, y eché a andar de nuevo.

Estiró la mano y agarró el asa de la bolsa deportiva.

—No tan rápido. Te necesito otra vez, campeón, así que vámonos.

—Ni lo sueñes. Y suelta mi bolsa.

No lo hizo, así que tiré. Se había quedado en nada y cayó de rodillas al suelo; soltó un gritito y el asa se le escapó de los dedos.

Un hombre que pasaba por allí se paró y me miró como los adultos miran a los adolescentes cuando los ven hacer algo malo.

—Eso no se le hace a una mujer, chico.

—Lárgate —le espetó Liz mientras se ponía de pie—. Soy policía.

—Bien, bien —contestó el hombre, y reanudó la marcha. No volvió la vista atrás.

—Ya no eres policía —le dije—, y no pienso ir a ninguna parte contigo. Ni siquiera quiero hablar contigo, así que déjame en paz.

Aun así, me sentía un poco mal por haber tirado tan fuerte que se hubiera caído de rodillas. La recordé también de rodillas en nuestro apartamento, pero porque estaba jugando con los autos Matchbox conmigo. Pese a que intenté decirme que eso había ocurrido en otra vida, no funcionó, porque no era otra vida. Era mi vida.

—Ah, *por supuesto* que vas a venir conmigo. A menos que quieras que todo el mundo se entere de quién escribió en realidad el último libro de Regis Thomas. ¿El gran superventas que libró a Ti de la bancarrota en el último momento? ¿El superventas *póstumo*?

—No harías algo así. —Luego, cuando la conmoción de lo que acababa de decir se disipó un poco—: No *puedes* hacer algo así. Sería tu palabra contra la de mi madre. La palabra de una traficante de drogas. Además de adicta, por el aspecto que tienes. ¿Quién iba a creerte? ¡Nadie!

Se había guardado el teléfono en el bolsillo trasero. Entonces volvió a sacarlo.

—Tia no fue la única que grabó aquel día. Escucha esto.

Lo que oí hizo que se me encogiera el estómago. Era mi voz —la de cuando era mucho más pequeño, pero mi voz— diciéndole a mamá que Purity encontraría la llave que había estado buscando debajo de un tocón podrido en el camino que llevaba al lago Roanoke.

Mamá: ¿Cómo sabe cuál es el tocón?

Silencio.

Yo: Martin Betancourt le dibujó una cruz con tiza.

Mamá: ¿Qué hace con ella?

Silencio.

Yo: Se la lleva a Hannah Royden. Entran juntas en el pantano y encuentran la cueva.

Mamá: ¿Hannah hace el Fuego de la Búsqueda? ¿Eso por lo que estuvo a punto de que la colgaran por bruja?

Silencio.

Yo: Eso es. Y dice que George Threadgill las sigue a escondidas. Y dice que mirar a Hannah pone a George tumefacto. ¿Qué es eso, mamá?

Mamá: Da ig…

Liz paró ahí la grabación.

—Tengo mucho más. No todo, pero como mínimo una hora. No hay duda, campeón: eres tú contándole a tu madre el argumento del libro que *ella* escribió. Y *tú* serías una parte fundamental de la historia: James Conklin, Niño Médium.

Me quedé mirándola, congelado.

—¿Por qué no me pusiste esta grabación la otra vez, cuando salimos a buscar a Therriault?

Me miró como si fuera tonto. Seguramente porque lo era.

—No me hizo falta. En aquel entonces no eras más que un niño bueno que quería hacer lo correcto. Ahora tienes quince años, edad suficiente para ser un grano en el culo. Como adolescente, supongo que tienes todo el derecho, pero ese debate es para otro día. Ahora mismo la pregunta es la siguiente: ¿te subes en el auto y vienes a dar una vuelta conmigo o recurro a un periodista del *Post* al que conozco y le concedo una jugosa exclusiva acerca de la agente literaria que falsificó el último libro de su cliente muerto con la ayuda de su hijo con percepción extrasensorial?

—¿Ir a dar una vuelta adónde?

—Es un paseo misterioso, campeón. Sube y descúbrelo.

No vi otra alternativa.

—De acuerdo, pero una cosa: deja de llamarme «campeón» como si fuera tu caballo.

—De acuerdo, campeón. —Sonrió—. Era broma, era broma. Sube, Jamie.

Subí.

55

—¿Con qué muerto se supone que tengo que hablar esta vez? Sea quien sea y sepa lo que sepa, no creo que impida que vayas a la cárcel.

—Ah, no voy a ir a la cárcel —respondió—. No creo que me gustara la comida, y mucho menos la compañía.

Pasamos por delante de una señal del puente Cuomo, que todo el mundo en Nueva York sigue llamando el Tappan Zee o Tap a secas. Aquello no me gustó.

—¿Adónde vamos?

—Renfield.

El único Renfield que conocía era al ayudante que comía moscas en *Drácula*.

—¿Dónde está eso, en Tarrytown?

—No. Es una ciudad pequeña justo al norte de New Paltz. Tardaremos dos o tres horas, así que ponte cómodo y disfruta del viaje.

Me quedé mirándola, más que alarmado, casi horrorizado.

—¡Supongo que bromeas! ¡Tengo que estar en casa para la *cena*!

—Pues parece que Tia va a cenar en esplendorosa soledad esta noche.

Se sacó un frasquito de polvos de color amarillo blanquecino del bolsillo del abrigo, de esos que llevan una cucharita dorada sujeta al tapón. Lo desenroscó con una sola mano, le dio unos golpecitos para que le cayera un poco de polvo en el dorso de la mano con la que iba conduciendo y lo inhaló. Volvió a enroscar el tapón —aún con una sola mano— y se guardó de nuevo el frasco en el bolsillo. La destreza y rapidez del proceso denotaban mucha práctica.

Vio mi expresión y sonrió. Los ojos le brillaban de una forma nueva.

—¿Nunca habías visto a nadie hacerlo? Qué vida tan protegida has tenido, Jamie.

Había visto a chicos fumar hierba, incluso yo mismo la había probado, pero ¿las sustancias más duras? Me habían ofrecido éxtasis en un baile de la escuela y lo había rechazado.

Se pasó otra vez la palma de la mano por la nariz, un gesto nada atractivo.

—Te ofrecería un poco, soy de las que comparten, pero es mi mezcla especial de la casa: dos partes de cocaína y una de heroína, con una pizca de fentanilo. Yo he desarrollado tolerancia. A ti te reventaría la cabeza.

Puede que hubiera desarrollado tolerancia, pero me di cuenta cuándo le hizo efecto. Se sentó más erguida y empezó a hablar más rápido, aunque al menos seguía conduciendo recto y respetando el límite de velocidad.

—A ver, esto es culpa de tu madre. Durante años, me limité a transportar droga del punto A, que normalmente era el puerto deportivo de la calle Setenta y nueve o el Aeropuerto Stewart International, al punto B, que podía estar en cualquier rincón de los cinco distritos. Al principio era sobre todo cocaína, pero los tiempos cambiaron debido a la oxicodona. Esa mierda engancha a la gente enseguida, en plan *bum*. Cuando los médicos dejaron de suministrársela, los adictos empezaron a comprarla en la calle. Después el precio subió y se dieron cuenta de que podían conseguir más o menos el mismo resultado con heroína, y más barato. Así que recurrieron a eso. Es lo que suministraba el hombre al que vamos a ver.

—El que está muerto.

Frunció el ceño.

—No me interrumpas, chico. Querías saberlo y te lo estoy contando.

Lo único que recordaba haberle preguntado era adónde íbamos, sin embargo, no dije nada. Estaba intentando no tener miedo. Me funcionaba un poco porque aquella seguía siendo Liz, pero no mucho porque esa Liz no se parecía en nada a la que yo había conocido.

—No te drogues con tu propia mercancía, es lo que se dice, es el mantra, pero cuando Tia me echó, empecé a coquetear un poquito con ello. Solo para evitar estar demasiado deprimida. Luego empecé a coquetear mucho. Un tiempo después, ya no podía llamarse coquetear. Estaba consumiendo.

—Mamá te echó porque llevaste cocaína a casa —dije—. Fue culpa tuya.

Seguro que quedarme callado habría sido más inteligente, pero no pude contenerme. Que intentara echarle a mamá la culpa de aquello en lo que se había convertido volvió a enfadarme. De todas maneras, me ignoró.

—Sin embargo, te diré una cosa, Camp... Jamie. Nunca me he pinchado. —Lo dijo con una especie de orgullo desafiante—. Ni una sola vez. Porque, cuando inhalas, tienes alguna posibilidad de desintoxicarte. Si te inyectas, ya no vuelves jamás.

—Te está sangrando la nariz.

Era solo un hilillo que le bajaba por la nariz hasta el labio superior.

—¿Sí? Gracias. —Se limpió otra vez con el dorso de la mano y luego se volvió hacia mí un segundo—. ¿Me la he quitado toda?

—Ajá. Y ahora mira la carretera.

—Sí, don Copiloto Entrometido, señor —dijo y solo durante un instante volvió a parecer la Liz de antes; aquello no me rompió el corazón, pero me lo estrujó un poco.

Continuamos avanzando. No había demasiado tráfico para ser una tarde de entre semana. Pensé en mi madre. En aquel momento todavía estaría en la agencia, pero no tardaría en llegar a casa. Al principio no se preocuparía. Después se preocuparía un poco. Luego se preocuparía mucho.

—¿Puedo llamar a mamá? No le diré dónde estoy, solo que estoy bien.

—Claro, adelante.

Me saqué el móvil del bolsillo y entonces desapareció. Liz me lo arrebató a la velocidad de un lagarto que caza un insecto. Ni siquiera había entendido del todo lo que estaba ocurriendo cuando ella ya había bajado la ventanilla y había tirado el teléfono a la autopista.

—¿Por qué hiciste eso? —grité—. ¡Era mío!

—Menos mal que me has recordado lo del móvil. —Para entonces íbamos siguiendo los carteles de la I-87, la autopista de peaje—. Se me había olvidado por completo. Por algo lo llaman ir colgada, claro.

Y se echó a reír. Le propiné un puñetazo en el hombro, el auto dio un bandazo y después se enderezó. Nos pitaron. Liz me lanzó otra mirada rápida, y esta vez no sonreía. Tenía la expresión que seguramente adoptaba cuando estaba leyendo sus derechos a alguien. Ya sabes, a un delincuente.

—Vuelve a pegarme, Jamie, y te daré tal puñetazo en los huevos que terminarás vomitando. Bien sabe Dios que no sería la primera vez que alguien vomita en este puto trasto.

—¿Quieres intentar pelear conmigo mientras conduces?

En ese momento volvió la sonrisa, y los labios se le separaron lo justo para que se le viera la parte superior de los dientes.

—Ponme a prueba.

No lo hice. No intenté nada, tampoco (por si te lo estás preguntando) llamar a gritos a la criatura que habitaba a Therriault, a pesar de que en teoría estaba a mis órdenes («silbaré y acudirás a mí, muchacho», ¿te acuerdas de eso?). La verdad es que ni se me pasó por la cabeza llamarlo... llamar a *eso*. Lo había olvidado, igual que Liz había olvidado quitarme el teléfono al principio, y yo ni siquiera tenía una nariz llena de droga a la que culpar. Puede que no lo hubiera hecho de todos modos. ¿Quién sabía si vendría de verdad? Y si venía... Bueno, Liz me daba miedo, pero aquella criatura de fuego fatuo me daba aún más. «La muerte, la locura, la destrucción del alma misma», había dicho el profesor.

—Piénsalo, chico. Si llamaras y dijeras que estás bien, pero dando un paseíto en auto con tu vieja amiga Lizzy Dutton, ¿crees que tu madre diría «Entiendo, Jamie, muy bien, dile que te compre algo para cenar»?

No dije nada.

—Llamaría a la policía. Pero eso no es lo peor. Debería haberme librado de tu móvil de inmediato, porque tu madre puede rastrearlo.

Abrí los ojos como platos.

—¡Vaya tontería!

Liz asintió, sonriendo de nuevo, con la mirada fija de nuevo en la carretera mientras adelantábamos un camión de remolque doble.

—Instaló una aplicación de localización en el primer teléfono que te regaló, cuando tenías diez años. Fui yo quien le dijo cómo ocultarla para que no la encontraras y te enfadaras.

—Hace dos años que tengo uno nuevo —masculllé.

Notaba el escozor de las lágrimas en las comisuras de los ojos, no sé por qué. Me sentía… No sé expresarlo. Un momento, a lo mejor sí sé. *Doblemente atrapado.* Así me sentía, doblemente atrapado.

—¿Y crees que en ese no la instaló? —Liz soltó una carcajada estridente—. ¿Bromeas? Eres lo primero y lo único para ella, su principito. Seguirá rastreándote dentro de diez años, cuando estés casado y cambiándole los pañales a tu primer hijo.

—Puta mentirosa —dije, pero hablándole a mi regazo.

Una vez que salimos de la ciudad, inhaló un poco más de su mezcla especial, con los mismos movimientos ágiles y expertos, aunque esta vez el auto *sí* hizo unas cuantas eses y recibimos otro bocinazo reprobador. Pensé en la posibilidad de que nos parara la policía, y al principio creí que sería algo bueno, que pondría fin a la pesadilla, pero a lo mejor no era tan bueno. En el estado de tensión en que se encontraba Liz en aquellos momentos, podría intentar escapar de un agente e ingeniárselas para matarnos a los dos. Pensé en el hombre de Central Park. Le habían tapado la cara y el tronco con una chaqueta para que los curiosos no vieran lo peor, pero yo lo había visto.

Liz volvió a animarse.

—Serías un maravilloso inspector, Jamie. Con esa habilidad especial, serías el rey. No se te escaparía ni un solo asesino, porque podrías hablar con las víctimas.

Lo cierto es que había pensado en ello un par de veces. James Conklin, Inspector de los Muertos. O quizá *para* los Muertos. Nunca acababa de decidir cuál de las dos sonaba mejor.

—Pero no en el Departamento de Policía de Nueva York —continuó—. Que se jodan esos cretinos. Vete a lo privado. Casi veo tu nombre en la puerta.

Levantó un momento ambas manos del volante, como para enmarcarlo.

Otro bocinazo.

—Conduce el maldito auto —dije intentando no parecer alarmado. Seguramente no funcionó, porque *sí* estaba alarmado.

—No te preocupes por eso, campeón. En la vida serás tan bueno conduciendo como yo ahora.

—Te está sangrando la nariz otra vez —dije.

Se la limpió con el dorso de la mano, que luego se limpió en la sudadera. Y no por primera vez, a juzgar por cómo estaba.

—Me he quedado sin tabique —dijo—. Pienso arreglármelo. En cuanto esté limpia.

Después de eso guardamos silencio durante un rato.

56

Cuando entramos en la autopista de peaje, Liz se sirvió otro tirito de su mezcla especial. Diría que estaba empezando a asustarme, pero ya habíamos superado ese punto con creces.

—¿Quieres saber cómo hemos llegado tú y yo hasta aquí, Holmes y Watson rumbo a otra aventura?

«Aventura» no era la palabra que yo habría escogido, pero no se lo dije.

—Por la cara que pones, ya veo que no. No pasa nada. Es una historia larga y no muy interesante, pero la vas a oír: ningún chico ha dicho jamás que de mayor querría ser vagabundo, decano de una universidad o policía corrupto. O recoger basura en el condado de Westchester, que es a lo que se dedica ahora mi cuñado.

Rompió a reír, aunque entonces no supe dónde estaba la gracia en lo de ser basurero.

—Aquí va algo que *quizá* sí te interese. He movido mucha droga del punto A al punto B y me han pagado por ello, pero la coca que tu madre encontró en el bolsillo de mi abrigo aquella vez era una muestra gratuita para un amigo. Es irónico, si lo piensas. Para entonces Asuntos Internos ya me tenía echado el ojo. No estaban seguros, pero casi. Me daba un miedo horrible que Ti descubriera el pastel. Habría sido el momento de dejarlo, pero ya no podía. —Se quedó callada, pensando en ello—. O no quería. A toro pasado es difícil saberlo. Pero me recuerda a algo que Chet Atkins dijo una vez. ¿Has oído hablar de Chet Atkins?

Negué con la cabeza.

—Qué pronto se olvida a los grandes. Búscalo en Google cuando vuelvas. Un guitarrista excelente, a la altura de Clapton y Knopfler. Estaba hablando de lo mal que se le daba afinar el instrumento, y dijo: «Para cuando me di cuenta de que esa parte del trabajo no se me daba bien, era demasiado rico para dejarlo». A mí me pasó lo mismo con mi carrera de mula. Y te diré otra cosa, ya que estamos matando el tiempo en nuestra querida autopista de Nueva York: ¿crees que tu madre fue la única que salió mal parada cuando la economía se fue al carajo en 2008? No es verdad. Yo tenía una cartera de acciones, pequeñita, pero era mía, y de repente hizo puf.

Adelantó otro camión de remolque doble, y fue lo bastante prudente para activar el intermitente antes de cambiar de carril y volver a incorporarse después. Teniendo en cuenta la cantidad de droga que se había metido, aquello me dejó perplejo. Y agradecido. No quería estar con ella, pero menos aún quería morir con ella.

—Pero lo peor fue lo de mi hermana Bess. Se casó con un tipo que trabajaba para una de las grandes empresas de inversiones. Seguro que has oído hablar de Bear Stearns tanto como de Chet Atkins, ¿no?

No sabía si asentir o negar con la cabeza, así que me limité a permanecer inmóvil.

—Danny, mi cuñado, el que ahora se está especializando en gestión de residuos, acababa de entrar en Bear Stearns cuando Bess se casó con él, pero tenía una gran trayectoria por delante. El futuro era tan brillante que tenía que ponerse gafas de sol, si se me permite versionar una vieja canción. Se compraron una casa en Tuckahoe Village. Una hipoteca considerable, pero todo el mundo les aseguró, incluida yo, vaya mierda, que el valor de la vivienda en esa zona no podía hacer más que aumentar. Como el mercado bursátil. Contrataron una *au pair* para su hija. Se hicieron socios júnior del club de campo. ¿Se extralimitaron? Demonios, sí. ¿Podía Bessie mirar por encima del hombro mis insignificantes setenta mil al año? Totalmente. Pero ¿sabes lo que decía mi padre?

¿Cómo voy a saberlo?, pensé.

—Decía que si intentas escapar de tu propia sombra, estás destinado a caerte de bruces. Danny y Bess estaban hablando de construir una piscina cuando el mercado se vino abajo. La especialidad de Bear Stearns eran los valores hipotecarios, y de repente los papeles que tenían en su poder no eran más que papeles.

Se quedó dándole vueltas mientras pasábamos un cartel que decía: NEW PALTZ 95 POUGHKEEPSIE 112 y RENFIELD 125. Estábamos a poco más de una hora de nuestro destino final, y solo de pensarlo me daban escalofríos, porque *Destino final* era una película de terror especialmente gore que había visto con mis amigos. No tanto como las pelis de *Saw*, pero aun así muy asquerosa.

—¿Bear Stearns? Vaya chiste. Una semana sus acciones se estaban vendiendo por más de ciento setenta dólares cada una, y a la siguiente estaban a diez. JP Morgan Chase recogió los pedazos. Hubo más empresas que se fueron al garete. Los tipos de arriba superaron el bache sin problema, como siempre. Los jovencitos y las jovencitas, no tanto. Métete en You-Tube, Jamie, y encontrarás vídeos de gente saliendo de su elegante edificio de oficinas del centro con toda su carrera profesional metida en cajas de cartón. Danny Miller fue uno de esos. Seis meses después de inscribirse en el club de campo Green Hills, iba montado en un camión de basura de la empresa de reciclaje Greenwise. Y él fue de los que tuvieron suerte. En cuanto a su casa, hipoteca sumergida. ¿Sabes lo que significa eso?

Esta vez sí sabía la respuesta.

—Les quedaba por pagar más de lo que valía.

—Sobresaliente, camp… Jamie. Ponte una medalla. Pero era el único activo que tenían, por no decir el único lugar donde Bess, Danny y mi sobrina Francine podían acostarse por la noche sin que les lloviera encima. Bess me contó que tenía amigos que dormían en autocaravanas. ¿Quién crees que puso el dinero para que pudieran seguir pagando ese pozo sin fondo de cuatro habitaciones?

—Deduzco que tú.

—Exacto. Bess dejó de mirar por encima del hombro mis setenta mil al año, te lo aseguro. Pero ¿podía yo haberlo hecho solo con mi salario y todas las horas extras que consiguiera? Imposible. ¿Y con el trabajo a tiempo parcial que conseguí como guardia de seguridad en un par de clubes? *Más* imposible. Pero allí conocí a gente, hice contactos, recibí ofertas. Ciertos tipos de trabajo son a prueba de recesiones. Las funerarias siempre salen bien paradas. Y las empresas de embargos y los agentes de fianzas. Las licorerías. Y el negocio de las drogas. Porque, corran buenos o malos tiempos, la gente va a querer drogarse. Y, lo admito, me gustan las cosas bonitas. No voy a disculparme por ello. Las cosas bonitas son un consuelo para mí, y sentía que me las merecía. Era yo quien mantenía a la familia de mi hermana bajo su techo, después de tantos años en los que Bess se había creído superior a mí porque era más bonita, más lista y fue a una universidad de renombre en lugar de a una pública. Y, por supuesto, porque ella era *hetero*.

Liz casi gruñó esto último.

—¿Qué pasó? —le pregunté—. ¿Cómo te quedaste sin trabajo?

—Asuntos Internos me atrapó por sorpresa con un análisis de orina para el que no estaba preparada. No es que no lo supieran desde el principio, era solo que no podían librarse de mí justo después de que arrimara el hombro con Therriault. No habría quedado bien. Así que esperaron, supongo que inteligentemente, y luego, cuando me tuvieron acorralada, o al menos eso pensaban ellos, intentaron convertirme. Obligarme a llevar un micrófono y toda esa basura estilo *Serpico*. Pero aquí va otro dicho, y este no lo aprendí de mi padre: en boca cerrada no entran moscas. Y no sabían que tenía un as en la manga.

—¿Qué as?

Puedes pensar que fui tonto, si quieres, pero lo cierto es que fue una pregunta sincera.

—Tú, Jamie. Tú eres mi as. Y desde lo de Therriault supe que llegaría el momento en que tendría que jugarlo.

57

Atravesamos el centro de Renfield, que debía de tener una gran población universitaria, a juzgar por la cantidad de bares, librerías y restaurantes de comida rápida que había en la única calle principal. Al otro lado, la carretera giraba hacia el oeste y comenzaba a subir hacia las Catskills. Unos cinco kilómetros después, llegamos a una zona de picnic con vistas al río Wallkill. Liz entró y apagó el motor. Allí no había nadie más. Sacó su frasquito de mezcla especial y parecía a punto de desenroscar el tapón, pero entonces volvió a guardarlo. Se le abrió el abrigo y vi más manchas de sangre seca en la sudadera. Recordé lo de que se había quedado sin tabique. Pensar que el polvo que inhalaba le estaba royendo la carne era peor que cualquier película de *Destino final* o *Saw*, porque era real.

—Hora de decirte por qué te he traído hasta aquí. Tienes que saber lo que te espera, y qué espero yo de ti. No creo que hoy nos despidamos siendo amigos, pero quizá podamos hacerlo en términos relativamente buenos.

Lo dudo fue otra de las cosas que no dije.

—Si quieres saber cómo funciona el mundo de las drogas, tienes que ver *The Wire*. Está ambientada en Baltimore en lugar de en Nueva York, pero el negocio de las drogas no varía mucho de un sitio a otro. Es una pirámide, como cualquier otra organización de mucho valor. En la base tienes a los traficantes callejeros principiantes, y la mayoría de ellos son principiantes en todos los sentidos, así que cuando los atrapan, los juzgan como a menores de edad. Un día en el juzgado de familia y de vuelta a su esquina al día siguiente. Luego tienes a los traficantes experimentados, que dan servicio en los clubes (donde me reclutaron a mí) y a los peces gordos que ahorran comprando a granel.

Se echó a reír, y tampoco entendí dónde estaba la gracia.

—Subes un poco y tienes a los proveedores, a los ejecutivos, que hacen que las cosas funcionen bien, a los contadores, a los abogados, y después a los chicos de arriba. Está todo compartimentado, o al menos se supone que lo está. La gente de abajo sabe a quién tiene justo por encima, pero nada más. Los del medio conocen a todos los que tienen por debajo, pero, por encima, conocen solo al siguiente. Yo era distinta. Estaba fuera de la pirámide. Fuera de…, hum, la jerarquía.

—Porque eras una mula. Como en esa película de Jason Statham.

—Sí, más o menos. Se supone que las mulas solo tenemos que conocer a dos personas: a la que nos hace la entrega en el punto A y a la que pasamos la carga en el punto B. Los del punto B son los distribuidores experimentados que comienzan a mover la droga pirámide abajo hacia su destino final, los consumidores.

Destino final, ahí estaba otra vez.

—Solo que yo, como policía (corrupta, pero aun así policía), presto atención, ¿entiendes? No hago muchas preguntas, porque eso es peligroso, pero escucho. Además, tengo, o al menos tenía, acceso a las bases de datos del Departamento de Policía de Nueva York y la DEA. No me costó rastrear a toda la pirámide hasta arriba del todo. Hay alrededor de una decena de personas que importan a Nueva York y a los territorios de Nueva Inglaterra tres clases principales de droga, pero para la que yo trabajaba vive aquí, en Renfield. Vivía, mejor dicho. Se llamaba Donald Marsden, y cuando presentaba sus declaraciones de impuestos anotaba «constructor» como su antigua ocupación y «jubilado» como la actual. Jubilado sí que está.

Vivía, mejor dicho. Jubilado.

Otra vez la misma historia que con Kenneth Therriault.

—El muchacho se hace una idea —dijo Liz—. Fantástico. ¿Te molesta si fumo? No debería inhalar más hasta que acabe esto. Entonces me daré el capricho de uno doble. Para revolucionar al máximo la presión arterial.

No esperó a que le diera permiso, encendió el cigarrillo sin más. Pero al menos bajó la ventanilla para que saliera el humo. O gran parte de él.

—Donnie Marsden era conocido entre sus compañeros, entre su *banda*, como Donnie Bigs, y por un buen motivo. Era un gordo asqueroso, perdona la incorrección política. Ciento cincuenta kilos no son nada, cariño… Prueba más bien con doscientos. Se lo estaba buscando, y ayer lo encontró. Hemorragia cerebral. Se voló los sesos y ni siquiera necesitó una pistola.

Dio una calada profunda y expulsó el aire por la ventanilla. La claridad del día todavía era intensa, pero las sombras comenzaban a alargarse. La luz no tardaría en empezar a desvanecerse.

—Una semana antes de que le diera el derrame, me enteré por medio de dos antiguos contactos, unos tipos del punto B de los que seguía siendo amiga, de que Donnie había recibido un cargamento de China. Un cargamento *enorme*, me dijeron. No era polvo, sino pastillas. Oxicodona de imitación, gran parte de ella para que Donnie Bigs la vendiera personalmente. Puede que fuera una especie de prima. O al menos eso imagino, porque en realidad no *hay* cúspide de la pirámide, Jamie. Hasta el jefe tiene jefes.

Me recordó a algo que mamá y el tío Harry recitaban a veces. Lo habían aprendido de pequeños, supongo, y el tío

Harry seguía recordándolo a pesar de que todo lo importante había desaparecido. «Las pulgas tienen sobre el lomo pulguitas que las muerden, y las pulguitas tienen pulgas más pequeñas, y así *ad infinitum*». Imaginé que podría recitárselo a mis hijos. Si es que alguna vez llegaba la oportunidad de tenerlos, claro.

—¡Pastillas, Jamie! ¡Pastillas! —Parecía extasiada, lo cual daba un miedo tremendo—. Fáciles de transportar y más fáciles aún de vender. «Enorme» podría significar dos o tres mil, puede que incluso *diez* mil. Y Rico, uno de mis amigos del punto B, dice que son de cuarenta. ¿Tú sabes a cuánto están las de cuarenta en la calle? Da igual, ya sé que no. A ochenta la pastilla. Y olvídate de lo de sudar corriendo con la heroína metida en bolsas de basura; las pastillas podría llevarlas en un puto maletín.

El humo serpenteó entre sus labios y lo observó mientras se dispersaba hacia la valla de protección y el cartel que rezaba MANTÉNGASE ALEJADO DEL BORDE.

—Vamos a obtener esas pastillas, Jamie. Vas a descubrir dónde las guardó. Mis colegas me pidieron que los metiera en el asunto si me enteraba de dónde estaban, y por supuesto les dije que sí, pero este negocio es mío. Además, puede que no haya diez mil piezas. Puede que solo haya ocho mil. U ochocientas.

Ladeó la cabeza, después la sacudió. Como si discutiera consigo misma.

—Habrá un par de miles. Un par de miles como mínimo, eso es. Seguro que más. La prima que recibió Donny por hacer un buen trabajo proveyendo a su clientela de Nueva York. Pero si empiezas a dividirlo, al final terminas con una miseria, y yo no soy tonta. Tengo un problemilla con las drogas, pero eso no me convierte en una estúpida. ¿Sabes qué voy a hacer, Jamie?

Negué con la cabeza.

—Largarme a la costa Oeste. Desaparecer de esta parte del mundo para siempre. Ropa nueva, color de pelo nuevo, nueva yo. Por ahí encontraré a alguien que quiera hacer un trato con la oxi. Puede que no saque ochenta por pastilla, pero sacaré mucho, porque la oxi sigue siendo muy valorada, y la mierda china es tan buena como la auténtica. Luego conseguiré una nueva identidad, a juego con la ropa y el cabello nuevos. Ingresaré en una clínica y me desintoxicaré. Encontraré un trabajo, quizá un empleo en el que pueda empezar a compensar el pasado. Expiación lo llaman los católicos. ¿Qué te parece?

Un sueño imposible, pensé.

Se me debió de notar en la cara, porque la sonrisa de felicidad que ella había mostrado hasta entonces se le heló en los labios.

—¿No me crees? Bien. Ya lo verás.

—No quiero verlo —contesté—. Lo que quiero es estar lo más lejos posible de ti.

Levantó una mano, y yo me encogí en mi asiento pensando que iba a golpearme, pero se limitó a suspirar y limpiarse la nariz otra vez.

—No puedo reprochártelo, la verdad. Vamos, manos a la obra. Vamos a ir con el auto hasta su casa, que es la última de Renfield Road y está más sola que la una, y vas a preguntarle dónde se encuentran ahora mismo esas pastillas. Yo diría que en su caja fuerte personal. Si es así, le pedirás la combinación. Tendrá que decírtela, porque los muertos no pueden mentir.

—Eso no lo sé con seguridad —dije, una mentira que demostraba que aún estaba vivo—. Tampoco es que haya interrogado a cientos de muertos. Por lo general, ni siquiera hablo con ellos. ¿Por qué iba a hacerlo? Están muertos.

—Pero Therriault te dijo dónde estaba la bomba a pesar de que no quería hacerlo.

No había forma de discutírselo, aunque cabía otra posibilidad.

—¿Y si ese tipo no está en su casa? ¿Y si está dondequiera que se hayan llevado su cadáver? O, yo qué sé, puede que esté visitando a sus padres en Florida. A lo mejor una vez que están muertos pueden teletransportarse a cualquier sitio.

Pensé que quizá aquello la desconcertara, pero no pareció afectarle en absoluto.

—Thomas estaba en su casa, ¿no?

—¡Eso no quiere decir que *todos* hagan lo mismo, Liz!

—Estoy casi segura de que Marsden estará allí. —Parecía muy segura de sí misma. No comprendía que los muertos pueden resultar impredecibles—. Vamos allá. Después te concederé tu mayor deseo: no tendrás que volver a verme nunca.

Lo dijo con tristeza, como si tuviera que sentir pena por ella, pero no la sentí. El único sentimiento que me provocaba era miedo.

58

La carretera ascendía trazando una serie de curvas perezosas. Al principio había unas cuantas casas con el buzón junto a la calzada, pero la distancia entre ellas iba aumentando. Los árboles empezaron a agolparse, sus sombras se fundían unas con otras y hacían que pareciera más tarde de lo que era.

—¿Cuántas crees que hay? —preguntó Liz.

—¿Eh?

—Personas como tú, de las que ven a los muertos.

—¿Cómo quieres que lo sepa?

—¿Has coincidido alguna vez con otra?

—No, pero tampoco es algo de lo que te pongas a hablar de buenas a primeras. No se empieza una conversación con: «Oye, ¿tú ves gente muerta?».

—Imagino que no. Pero lo que está claro es que no lo has heredado de tu madre. —Como si hablara de mi color de ojos o de mis rizos—. ¿Qué me dices de tu padre?

—No sé quién es. O era. O lo que sea.

Hablar de mi padre me ponía nervioso, seguramente porque mi madre se negaba a hacerlo.

—¿Nunca has preguntado?

—Claro que sí. No me contesta. —Me volví en el asiento para mirarla—. ¿A ti tampoco te ha hablado nunca de ello… de él?

—Pregunté y conseguí lo mismo que tú: chocar contra un muro. Nada propio de Ti.

Más curvas, ya más cerradas. El Wallkill corría mucho más abajo y destellaba bajo el sol de media tarde. Aunque tal vez de última hora de la tarde. Había olvidado el reloj de pulsera en casa, en la mesita de noche, y el reloj del tablero decía que eran las 8:15, así que estaba estropeado. Entretanto, la calidad de la carretera iba empeorando. El auto de Liz traqueteaba sobre el terreno deteriorado y aullaba entre los baches.

—A lo mejor estaba tan borracha que no se acuerda. O puede que la violaran. —Ninguna de las dos ideas se me había pasado nunca por la cabeza, y me estremecí—. No pongas esa cara de susto, solo estoy haciendo suposiciones. Y tienes edad suficiente para, como mínimo, imaginar lo que es posible que haya sufrido tu madre.

No la contradije en voz alta, pero sí en mi cabeza. De hecho, pensé que era una maldita. ¿Alguna vez tienes edad suficiente para preguntarte si tu vida es el resultado de un revolcón inconsciente en el asiento trasero del auto de un desconocido o si a tu madre la acorralaron en un callejón y la violaron? Yo estoy convencido de que no. Que Liz opinara que sí me decía, probablemente, todo lo que necesitaba saber acerca de en quién se había convertido. Tal vez acerca de quién había sido desde el principio.

—Quizá el talento te venga de tu querido papito. Una pena que no puedas preguntárselo.

Pensé que no le preguntaría nada si me lo cruzara. Pensé que solo le metería un puñetazo en la cara.

—Por otro lado, a lo mejor no te viene de ningún sitio. Me crie en un pueblito de Nueva Jersey, y había una familia que vivía en la misma calle que nosotros, los Jones. Marido, mujer y cinco hijos en un remolque que era una pocilga. Los padres eran idiotas, y cuatro de los hijos también. Por el quinto era un genio. Aprendió a tocar la guitarra él solo a los seis años, se saltó dos años en la escuela, acabó el bachillerato a los dieciséis. ¿De dónde heredó *eso*? A ver, dime.

—A lo mejor la señora Jones se acostó con el cartero —contesté.

Era un chiste que había oído en la escuela. A Liz le hizo gracia.

—Eres muy divertido, Jamie. Ojalá pudiéramos seguir siendo amigos.

—En ese caso, quizá tendrías que haberte comportado como tal —dije.

59

El asfalto terminó de forma abrupta, pero en realidad la tierra que había después era mejor: compacta, allanada, lisa. Había un gran cartel naranja que decía CAMINO PRIVADO PROHIBIDO EL PASO.

—¿Y si sus hombres están allí? —pregunté—. Ya sabes, guardaespaldas o algo así.

—Si estuvieran, ahora más que guardaespaldas serían guardacadáveres. Pero el cadáver ya no está, y el tipo al que tenía vigilando la reja tampoco estará. No había nadie más, aparte del jardinero y la señora de la limpieza. Si te estás imaginando una especie de escenario de película de acción, con hombres con traje negro, gafas de sol y semiautomáticas protegiendo al cerebro de la operación, olvídalo. El tipo de la puerta era el único que iba armado y, si resulta que Teddy sigue allí, me conoce.

—¿Y la mujer del señor Marsden?

—No hay mujer del señor Marsden. Se marchó hace cinco años. —Liz chasqueó los dedos—. Se la llevó el viento. Puf.

Tomamos otra curva cerrada. Una montaña toda enmarañada de abetos se alzaba más adelante y ocultaba la mitad occidental del cielo. El sol brillaba a través de un hueco en el valle, pero no tardaría en desaparecer. Delante de nosotros había una reja hecha de estacas de hierro. Cerrada. A un lado había un intercomunicador con un teclado. Al otro, detrás de la reja, una caseta en la que imagino que se resguardaba el portero.

Liz se detuvo, apagó el motor del auto y se guardó las llaves en el bolsillo.

—No te muevas de aquí, Jamie. Esto habrá acabado antes de que te des cuenta.

Tenía las mejillas encendidas y le brillaban los ojos. Un hilillo de sangre le brotó de una fosa nasal y se lo secó. Salió del auto y se acercó al intercomunicador, pero las ventanillas del auto estaban subidas y no me enteré de lo que decía. Después se dirigió al lado de la reja donde estaba la caseta y esta vez *sí* la oí, porque alzó la voz.

—¿Teddy? ¿Estás ahí? Soy tu colega Liz. Quería presentar mis respetos, pero ¡tengo que saber dónde!

No obtuvo respuesta y no salió nadie. Liz volvió al otro lado de la reja. Se sacó un trozo de papel del bolsillo trasero, lo consultó y después apretó unos cuantos botones en el teclado numérico. La reja comenzó a abrirse despacio y con dificultad. Liz regresó al auto sonriendo.

—Parece que tenemos la casa para nosotros solos, Jamie.

Arrancó y cruzó la reja. El camino de entrada era de asfalto, liso como el cristal. Había otra curva suave y, mientras Liz la tomaba, varias lámparas eléctricas se encendieron a ambos lados del camino. Después me enteré de que a ese tipo de luces se les llama «antorchas». O a lo mejor eso solo vale para las que lleva la muchedumbre cuando irrumpe en el castillo en las viejas películas de *Frankenstein*.

—Qué bonito —dije.

—Sí, pero ¡mira ese jodido caserón, Jamie!

Al otro lado de la curva, la casa de Marsden apareció ante nuestros ojos. Era como una de esas mansiones de Hollywood Hills que se ven en las películas: grandes y que sobresalen respecto a la pendiente. La fachada que miraba hacia nosotros era toda de cristal. Me imaginé a Marsden tomándose el café de la mañana y viendo salir el sol. Seguro que tenía vistas hasta Poughkeepsie, e incluso más allá, quizá. Por otro lado... ¿vistas de Poughkeepsie? Tampoco mataría por ellas.

—La casa que construyó la heroína. —Había rabia en la voz de Liz—. Con todos los extras y accesorios, además de un Mercedes y un Boxster en el garaje. La sustancia por la que perdí el trabajo.

Pensé en decirle *haber tomado otra decisión*, que es lo que mi madre me decía a mí siempre que la cagaba, pero mantuve la boca cerrada. Liz estaba programada como una de las bombas de Tambor, y no quería detonarla.

Había una curva más antes de llegar al patio enlosado de delante de la casa. Mientras Liz lo rodeaba con el auto, vi a un hombre de pie delante del garaje doble donde estaban los autos de lujo de Marsden (seguro que no se habían llevado a

Donnie Bigs al depósito de cadáveres en su Boxster). Abrí la boca para decir que debía de ser Teddy, el portero —era un hombre delgado, así que sin duda no era Marsden—, pero luego vi que le faltaba la boca.

—¿El Boxster está ahí? —pregunté, con la esperanza de que mi voz sonara más o menos normal.

Señalé el garaje y al hombre que había delante.

Echó un vistazo.

—Sí, pero si esperabas darte una vuelta, o simplemente acercarte a verlo, te vas a llevar una decepción. Estaremos ocupados.

Liz no lo veía. Solo yo lo veía. Y teniendo en cuenta el agujero rojo donde antes estaba la boca, no había muerto de muerte natural.

Como ya dije, esta es una historia de terror.

60

Liz apagó el motor y salió del auto. Me vio aún sentado en el asiento del pasajero, con los pies plantados en medio de un montón de envoltorios de aperitivos, y me zarandeó.

—Vamos, Jamie, hora de hacer tu trabajo. Luego serás libre.

Bajé y la seguí hasta la puerta principal. Por el camino, lancé otra mirada de soslayo al hombre frente al garaje doble. Debió de darse cuenta de que lo estaba viendo, porque levantó una mano. Me aseguré de que Liz no me estuviera mirando y le devolví el saludo con la mía.

Unos peldaños de pizarra llevaban hasta una puerta alta de madera con una aldaba con forma de cabeza de león. Liz no se molestó en usarla, se sacó el papel del bolsillo y pulsó más números en otro teclado. La luz roja del dispositivo pasó a verde y se oyó un chasquido cuando la puerta se abrió.

¿Marsden había facilitado esos números a una simple mula? No lo creía, y tampoco creía que quienquiera que le hubiera contado a Liz lo de las pastillas los conociera. No me gustaba que los tuviera, y por primera vez pensé en Therriault... o en la cosa que vivía en lo que quedaba de él. La había vencido en el rito de Chüd, y a lo mejor acudía si la llamaba, siempre suponiendo que tuviera que honrar el pacto que habíamos hecho. Pero eso todavía estaba por demostrar. En cualquier caso, solo lo haría como último recurso, porque aquella cosa me aterrorizaba.

—Entra.

Liz se había guardado el papel en el bolsillo trasero, y la mano con la que lo había estado sujetando pasó al bolsillo del abrigo. Eché otro vistazo al hombre —Teddy, suponía— del garaje. Me fijé en el agujero sanguinolento que ocupaba el lugar de su boca y pensé en las manchas de la sudadera de Liz. Puede que fueran de limpiarse la nariz.

O no.

—He dicho que entres. —No era una invitación.

Abrí la puerta. No había vestíbulo ni recepción, solo una enorme estancia principal. En el centro, a un nivel más bajo, una superficie amueblada con sofás y sillones. Después me enteré de que ese tipo de cosa se llama «pozo de conversación». Había más muebles con pinta de caros situados a su alrededor (quizá para que la gente pudiera hacer de espectadora de las conversaciones que se mantenían ahí abajo), una barra de bar que parecía que tuviera ruedas y cosas en las paredes. Digo «cosas» porque no me parecían arte, solo un montón de salpicaduras y garabatos, aunque las salpicaduras estaban enmarcadas, así que supongo que para Marsden sí eran arte. Sobre el pozo de conversación había una lámpara de araña que parecía pesar como mínimo doscientos kilos; no habría querido sentarme debajo de ella. Al otro lado del pozo de conversación, en el extremo más alejado de la sala, había una escalera curva doble. La única remotamente parecida que había visto en la vida real, no en las películas o en la tele, estaba en la tienda Apple de la Quinta Avenida.

—Vaya lugar, ¿eh? —dijo Liz.

Cerró la puerta —*PAM*— y estampó la palma de la mano contra el panel de interruptores de luces que había al lado. Se encendieron más focos, además de la araña. Era una lámpara preciosa y proyectaba una luz preciosa, pero no estaba de humor para disfrutarla. Cada vez tenía más claro que Liz ya había estado allí y que le había disparado a Teddy antes de ir a recogerme.

Si no se entera de que lo he visto, no tendrá que dispararme a mí también, me dije, y aunque tenía cierto sentido, sabía que no podía confiar en la lógica para salir de aquella situación. Liz estaba muy drogada, prácticamente vibraba. Volví a pensar en las bombas de Tambor.

—No me lo has preguntado —dije.

—¿Preguntarte qué?

—Si está aquí.

—¿Está?

No lo preguntó con verdadero interés, sino más bien como para guardar las formas. ¿Qué tramaba?

—No —contesté.

No pareció inquietarse como le había ocurrido cuando buscábamos a Therriault.

—Vamos a echar un vistazo al piso de arriba. A lo mejor está en el dormitorio principal rememorando todos los momentos felices que pasó allí cogiéndose a sus putas. Hubo muchas después de que Madeleine se marchara. Y seguro que antes también.

—No quiero ir arriba.

—¿Por qué no? Esta casa no está *encantada*, Jamie.

—Si él se encuentra ahí arriba, sí lo está.

Liz sopesó mis palabras, después se echó a reír. Seguía con la mano metida en el bolsillo del abrigo.

—Supongo que tienes algo de razón, pero, como es a él a quien estamos buscando, vas a subir. ¡*Vamos, vamos!*

Señalé hacia el pasillo que se alejaba de la enorme estancia por el lado derecho.

—A lo mejor está en la cocina.

—¿Preparándose algo de picar? No creo. Creo que está arriba. Vamos.

Pensé discutir un poco más, o negarme por completo, pero entonces podría haber sacado la mano del bolsillo del abrigo y me hacía una idea bastante aproximada de lo que habría en ella. Así que empecé a subir el tramo de escaleras de la derecha. El pasamanos era de cristal opalescente verde, liso y frío. Los escalones estaban hechos de piedra verde. Había cuarenta y siete en total, los conté, y seguramente cada uno de ellos valdría lo mismo que un Kia.

En la pared del final de aquel tramo de escaleras había un espejo con marco dorado que debía de medir más de dos metros de alto. Había uno idéntico en el otro lado. Me vi ascender en el espejo, con Liz detrás, mirando por encima de mi hombro.

—La nariz —dije.

—Ya lo veo. —Le sangraban las dos fosas nasales. Se limpió la nariz, luego se limpió la mano en la sudadera—. Es el estrés. El estrés provoca eso porque todos los capilares de ahí dentro son frágiles. En cuanto encontremos a Marsden y nos diga dónde están las pastillas, se me pasará el estrés.

¿Te sangró cuando le disparaste a Teddy?, pregunté para mis adentros. *¿Cuánto te estresó eso, Liz?*

El pasillo que había en la parte de arriba era en realidad un balcón circular, casi una pasarela, con un pasamanos que llegaba a la altura de la cintura. Asomarme me hizo sentir un hormigueo en el estómago. Si te cayeras —o te empujaran—, tomarías un atajo directo hasta el centro del pozo de conversación, cuya colorida alfombra no serviría de mucho para amortiguar el duro suelo de piedra que había debajo.

—Gira a la izquierda, Jamie.

Lo cual significaba que me alejara del balcón, y eso era bueno. Recorrimos un pasillo largo con todas las puertas a la izquierda, para que quienquiera que ocupase esas habitaciones disfrutara de las vistas. La única puerta abierta se hallaba hacia la mitad. Era una biblioteca circular, todas las estanterías estaban atestadas de libros. Mi madre se habría quedado extasiada. Había sillones y un sofá delante de la única pared sin libros. Esa pared era un ventanal, claro, cristal curvado que daba a un paisaje que empezaba a amoratarse con el crepúsculo. Vi el nido de luces que debía de ser la ciudad de Renfield, y habría dado casi cualquier cosa por estar allí.

Liz tampoco me preguntó si Marsden estaba en la biblioteca. Ni siquiera se dignó echarle un vistazo. Llegamos al final del pasillo y utilizó la mano que no llevaba en el bolsillo del abrigo para señalar la última puerta.

—Estoy casi segura de que está ahí. Ábrela.

Obedecí y, en efecto, allí estaba Donald Marsden, despatarrado en una cama tan grande que parecía triple, puede que incluso cuádruple, en lugar de doble. Él también era cuádruple, Liz tenía razón en eso. Para mi mirada infantil, su corpulencia resultaba casi alucinante. Un buen traje podría haber disimulado al menos parte de su gordura, pero no llevaba traje. Llevaba unos bóxers gigantescos y nada más. Tenía una panza inmensa, pechos enormes y brazos fofos, todo ello surcado de cortes superficiales; la cara de luna llena magullada y un ojo cerrado a causa de la hinchazón. Tenía una cosa rara metida en la boca, y después me enteré (en uno de esos sitios web de los que no quieres que tu madre sepa nada) de que era una mordaza de bola. Le habían esposado las muñecas a los postes de la cabecera. Liz debía de haber llevado solo dos pares de esposas, porque los tobillos estaban sujetos a los postes de los pies de la cama con cinta plateada. Debía de haber gastado un rollo para cada uno.

—He aquí el hombre de la casa —dijo Liz.

Donald parpadeó con el ojo bueno. Supongo que piensas que tendría que haberme dado cuenta por las esposas y la cinta plateada. Tendría que haberme dado cuenta porque algunos de los cortes todavía goteaban. Pero no me di cuenta. Estaba conmocionado y no me di cuenta. No hasta ese único parpadeo.

—¡Está vivo!

—Eso puedo arreglarlo —dijo Liz.

Sacó la pistola del bolsillo del abrigo y le pegó un tiro en la cabeza.

61

La sangre y los sesos salpicaron la pared de detrás. Grité y salí corriendo de la habitación, bajé las escaleras, crucé la puerta, dejé atrás a Teddy y bajé la colina. Corrí hasta llegar a Renfield. Todo ello en un segundo. Entonces Liz me rodeó con los brazos.

—Tranquilo, chico, tranqui...

Le propiné un puñetazo en el vientre y la oí exhalar un jadeo de sorpresa. Luego me dio la vuelta y me retorció el brazo a la espalda. Me dolió muchísimo y grité un poco más. De repente, los pies ya no me sostenían. Liz me había sometido y caí de rodillas, gritando a pleno pulmón con el brazo retorcido tan arriba que la muñeca me rozaba el omóplato.

—¡Cállate! —Su voz, poco más que un gruñido, sonó en mi oreja.

Aquella era la mujer que tiempo atrás había jugado con los autos Matchbox conmigo, los dos arrodillados en el suelo mientras mi madre removía la salsa para los espaguetis en la cocina, escuchando viejos éxitos musicales en Pandora.

—¡Deja de berrear así y te suelto!

Lo hice y lo hizo. Estaba a cuatro patas en el suelo, con la mirada clavada en la alfombra, temblando de arriba abajo.

—Ponte de pie, Jamie.

Logré hacerlo, pero seguí mirando la alfombra. No quería ver al hombre gordo sin la parte de arriba de la cabeza.

—¿Está aquí?

Contemplé la alfombra y no dije nada. Tenía el pelo delante de los ojos. Me dolía muchísimo el hombro.

—¿*Está aquí?* ¡Mira alrededor!

Levanté la cabeza y oí que el cuello me crujió al hacerlo. En lugar de mirar directamente a Marsden —aunque lo vi de todas formas, era demasiado grande para no verlo—, miré la mesita que tenía junto a la cama. Había un cúmulo de botes de pastillas encima. También había un emparedado con mucha grasa y una botella de agua mineral.

—*Que si está aquí.* —Me dio un coscorrón.

Recorrí la habitación con la mirada. No había nadie, aparte de nosotros y el cadáver del gordo. Ya había visto a dos hombres con un tiro en la cabeza. Lo de Therriault había sido terrible, pero al menos no había tenido que presenciar su muerte.

—No hay nadie —dije.

—¿Por qué no? ¿Por qué no está aquí?

Parecía desesperada. En aquel momento yo apenas era capaz de pensar, estaba demasiado asustado. No me di cuenta de que Liz estaba dudando de todo el asunto hasta más tarde, mientras revivía aquellos cinco minutos interminables en el dormitorio de Marsden. A pesar de Regis Thomas y su libro, a pesar de la bomba en el supermercado, Liz tenía miedo de que yo en realidad no viese a los muertos y ella hubiera matado a la única persona que sabía dónde estaba escondido aquel montón de pastillas.

—No lo sé. Nunca había estado en el lugar donde ha muerto la persona. A lo mejor… A lo mejor tarda un rato. No lo sé, Liz.

—De acuerdo —dijo—. Esperaremos.

—Aquí no. Por favor, Liz, donde no tenga que verlo.

—Pues entonces en el pasillo. ¿Si te suelto vas a portarte bien?

—Sí.

—¿No vas a intentar escapar?

—No.

—Más te vale, no me gustaría tener que dispararte en el pie o en una pierna. Sería el final de tu carrera como tenista. Sal de espaldas.

Salí de espaldas, y Liz salió conmigo para poder bloquearme si intentaba huir. Cuando llegamos al pasillo, me dijo que volviera a mirar alrededor. Obedecí. Marsden no estaba, y se lo hice saber.

—Mierda. —Y añadió—: Has visto el emparedado, ¿verdad?

Asentí. Un sándwich y una botella de agua para un hombre que estaba atado a su cama gigante. Atado de pies y manos.

—Le encantaba comer —continuó Liz—. Una vez comí con él en un restaurante. Tendría que haber usado una pala en lugar de tenedor y cuchara. Vaya cerdo.

—¿Por qué le dejaste un emparedado que no iba a poder comer?

—Porque quería que lo mirara. Solo que lo mirara. Todo el día, mientras yo iba a buscarte y te traía hasta aquí. Y créeme, ese tiro en la cabeza no ha sido más que lo que se merecía. ¿Tienes idea de a cuántas personas ha matado con su… su veneno feliz?

¿Y quién lo ayudó?, pensé, pero, claro, no lo dije.

—De todas formas, ¿cuánto tiempo más crees que habría vivido? ¿Dos años? ¿Cinco? He estado en su cuarto de baño, Jamie. ¡Tiene un asiento el doble de ancho en la taza del retrete! —Emitió un sonido a medio camino entre una risa y un bufido de asco—. Bien, vamos a acercarnos al balcón. Así veremos si está en el salón. Despacio.

No podría haber ido deprisa aunque hubiera querido; me temblaban las piernas y mis rodillas parecían de gelatina.

—¿Sabes cómo conseguí el código de la reja? El repartidor de UPS de Marsden. El tipo tiene un vicio tremendo con la coca; si hubiera querido, podría haberme acostado con su mujer, y él habría estado encantado de suministrármela siempre y cuando yo siguiera suministrándole a él. El código de la casa me lo dio Teddy.

—Antes de que lo mataras.

—¿Qué querías que hiciera? —Como si yo fuera el tonto de la clase—. Podía identificarme.

Yo también, pensé, y eso me llevó de nuevo a la cosa a la que este muchacho —yo— podía llamar silbando. Tendría que hacerlo, pero seguía sin querer. ¿Porque a lo mejor no funcionaba? Sí, aunque no solo por eso. Frota una lámpara mágica y te sale un genio; bueno, bien por ti. Frótala e invoca a un demonio —un fuego fatuo—, y a lo mejor Dios sabe lo que podría ocurrir, pero yo no.

Llegamos al balcón, con su bajo pasamanos y su caída alta. Me asomé.

—¿Está ahí abajo?

—No.

Me clavó la pistola en la parte baja de la espalda.

—¿Me estás mintiendo?

—¡No!

Exhaló un suspiro áspero.

—No es así como se suponía que pasara.

—No sé cómo se suponía que debía pasar, Liz. Yo qué sé, podría estar fuera hablando con T... —Me quedé callado.

Me agarró por el hombro y me obligó a darme la vuelta. Tenía todo el labio superior cubierto de sangre —debía de tener el estrés por las nubes—, pero sonreía.

¿Has visto a Teddy?

Bajé la vista. Lo cual fue respuesta suficiente.

—Serás zorro. —Se rio con ganas—. Si Marsden no aparece aquí dentro, saldremos y echaremos un vistazo, pero de momento vamos a esperar un poco. Podemos permitírnoslo. Su última puta está en Jamaica, en Barbados o en no sé qué sitio con palmeras visitando a su familia, y entre semana Donald no tiene compañía, últimamente lleva todos sus negocios por teléfono. Estaba ahí tumbado cuando llegué, viendo en la tele ese programa de juicios de *John Law*. Por Dios, habría preferido que al menos llevara puesto el piyama, ¿sabes?

No abrí la boca.

—Me dijo que no había pastillas, pero se le notaba en la cara que estaba mintiendo, así que lo inmovilicé bien y luego le hice unos cuantos cortes. Pensé que eso le soltaría un poco la lengua, ¿y sabes lo que hizo? ¡Se *rio* de mí! Me dijo que sí, que estaba en lo correcto, que había oxi, mucha, pero que jamás me diría dónde estaba. «¿Por qué iba a hacerlo?», me dijo. «Vas a matarme de todas formas». Y ahí fue cuando lo supe. Me parecía increíble que no se me hubiera ocurrido antes. *Muy estúpido.*

Se dio un golpe en un lado de la cabeza con la mano de la pistola.

—Yo —dije—. Yo soy lo que olvidaste.

—En efecto. Así que le dejé un sándwich y una botella de agua que admirar y fui a Nueva York y te recogí y volvimos y no apareció nadie y aquí estamos, así que *¿dónde carajos está Donnie?*

—Ahí —contesté.

—¿Qué? *¿Dónde?*

Señalé. Se dio la vuelta y, por supuesto, no vio nada, pero yo veía por los dos. Donald Marsden, también conocido como Donnie Bigs, estaba de pie en la puerta de su biblioteca circular. No llevaba puesto más que los bóxers, la parte superior de la cabeza había desaparecido casi por completo y tenía los hombros empapados de sangre, pero me miraba fijamente con el ojo que Liz no le había cerrado con un puñetazo de furia y frustración.

Levanté una mano vacilante hacia él. Él me devolvió el saludo con la suya.

62

—¡Pregúntaselo!

Estaba clavándome los dedos en el hombro y echándome el aliento en la cara. Ninguna de las dos cosas era agradable, pero lo peor era el aliento.

—Suéltame y lo hago.

Me acerqué despacio a Marsden. Liz me siguió pisándome los talones. La sentía, *amenazante.*

Me detuve a metro y medio de distancia.

—¿Dónde están las pastillas?

Me contestó sin titubear, hablando como lo hacían todos —a excepción de Therriault, claro—, como si en realidad no importara. ¿Y por qué iba a importarle? Ya no necesitaba pastillas, ni donde estaba ni allí adonde iba. Suponiendo que fuera a ir a algún sitio.

—Hay unas cuantas en la mesita de al lado de la cama, pero la mayoría están en el armario de las medicinas. Topamax, Marinox, Inderal, Pepcid, Flomax…

Y media docena más. Las pronunció todas seguidas con voz monótona, como si fuera la lista de la compra.

—¿Qué te ha…?

—Espera —dije. De momento, yo estaba al mando, aunque sabía que no duraría mucho. ¿Estaría al mando si llamara a la cosa que habitaba en Therriault? Eso no lo sabía—. Me he equivocado al hacerle la pregunta.

Me volví para mirarla.

—Puedo hacérsela bien, pero antes tienes que prometerme que dejarás que me marche una vez que tengas lo que has venido a buscar.

—Claro que sí, Jamie —dijo, y supe que estaba mintiendo.

No estoy del todo seguro de *cómo* lo supe, no fue una deducción lógica, pero tampoco fue pura intuición. Creo que tuvo algo que ver con la forma en que apartó la mirada de la mía cuando pronunció mi nombre.

Entonces supe que tendría que silbar.

Donald Marsden seguía plantado junto a la puerta de la biblioteca. Durante un instante me pregunté si de verdad leía los libros que había allí dentro o eran solo para aparentar.

—No quiere las cosas que te han recetado, quiere la oxi. ¿Dónde está?

Lo que ocurrió a continuación solo me había ocurrido una vez hasta aquel momento: cuando le pregunté a Therriault dónde había puesto su última bomba. Las palabras de Marsden dejaron de encajar con los movimientos de su boca, como si estuviera luchando contra el imperativo de contestar.

—No quiero decírtelo.

Justo lo mismo que había dicho Therriault.

—¡Jamie! ¿Qué...?

—¡Te he dicho que te calles! ¡Dame un poco de margen! —Luego, a él—: ¿Dónde está la oxi?

Cuando lo presioné, Therriault dio la impresión de sentir dolor, y creo —no lo sé, lo *creo*— que fue entonces cuando entró el fuego fatuo. Marsden no parecía experimentar un dolor físico, pero algo emocional estaba sucediéndole a pesar de que estaba muerto. Se tapó la cara con una mano, como un niño que se ha portado mal.

—Habitación del pánico —dijo.

—¿A qué te refieres? ¿Qué es una habitación del pánico?

—Es un sitio al que ir en caso de que entren a robar. —La emoción había desaparecido, tan rápido como había llegado. Marsden había recuperado el tono uniforme de lista de la compra—. Tengo enemigos. Ella era una. Solo que yo no lo sabía.

—¡Pregúntale dónde está! —dijo Liz.

Estaba casi seguro de saberlo, pero lo pregunté de todos modos. Señaló hacia el interior de la biblioteca.

—Es una habitación secreta —dije, aunque, como no era una pregunta, no me respondió—. ¿Es una habitación secreta?

—Sí.

—Enséñamela.

Entró en la biblioteca, que se hallaba envuelta en sombras. Las personas muertas no son exactamente fantasmas, pero cuando Donnie penetró en aquella penumbra, sin duda lo pareció. Liz tuvo que buscar a tientas el interruptor, que encendió la lámpara de techo y otras más, lo cual denotaba que nunca había estado allí dentro, a pesar de que le gustaba leer. ¿Cuántas veces habría pisado realmente esa casa? Puede que una o dos, puede que nunca. Puede que solo la conociera a través de fotografías y de preguntas minuciosas a personas que hubieran estado allí.

Marsden señaló una estantería de libros. Como Liz no lo veía, imité el gesto.

—Esa.

Liz se acercó a ella y jaló. Podría haberme escapado justo en ese momento, si no hubiera sido porque me arrastró con ella. Aunque estaba drogada y muy ansiosa por la emoción, seguía conservando al menos parte de sus instintos de policía. Abrió varios estantes con la mano libre, pero no ocurrió nada. Soltó una maldición y se volvió hacia mí.

Para impedir que volviera a zarandearme o a retorcerme el brazo, hice a Marsden la pregunta obvia:

—¿Hay algún pestillo que la abra?

—Sí.

—¿Qué dice, Jamie? Maldita sea, ¿qué está diciendo?

Además de asustarme mucho, Liz me estaba volviendo loco con sus preguntas. Se había olvidado de limpiarse la nariz, y con la sangre fresca que le corría por el labio superior parecía una de las vampiras de Bram Stoker. Y, en mi opinión, eso era más o menos lo que era.

—Espera un poco, Liz. —Luego le pregunté a Marsden—: ¿Dónde está el pestillo?

—Estante de arriba, a la derecha —respondió.

Se lo dije a Liz, que se puso de puntillas, jaloneó un poco más y entonces se oyó un clic. Esta vez, cuando jaló, la estantería se abrió hacia fuera girando sobre unas bisagras ocultas y dejó al descubierto una puerta de acero, otro teclado numérico y otra lucecita roja encima de los números. Liz no tuvo que decirme qué preguntar a continuación.

—¿Cuál es el código?

Una vez más, Marsden levantó las manos y se tapó los ojos, ese gesto infantil que dice «Si yo no te veo, tú no me ves». Era un gesto triste, pero no podía permitir que me conmoviera, y no solo porque aquel hombre fuera un capo de la droga cuya mercancía había matado indudablemente a cientos de personas, puede que incluso a miles, y enganchado a miles más. Ya tenía suficiente con mis problemas.

—¿Cuál... es... el... código? —Articulé cada palabra por separado, como había hecho con Therriault. Esto era distinto, pero también era igual.

Me lo dijo. Tuvo que hacerlo.

—Siete, tres, seis, uno, dos —repetí.

Liz marcó los números con brusquedad, sin soltarme el brazo. Casi me esperaba un golpe sordo y un silbido, como cuando se abre una cámara sellada en una película de ciencia ficción, pero lo único que sucedió fue que la luz roja pasó a verde. No había ni manija ni tirador, así que Liz empujó la puerta y esta se abrió. La habitación del interior estaba más negra que el culo de un gato.

—Pregúntale dónde están los interruptores de la luz.

Lo hice y Marsden respondió:

—No hay.

Había vuelto a bajar las manos. Su voz ya comenzaba a desvanecerse. En aquel momento pensé que a lo mejor estaba yéndose tan rápido porque, en lugar de haber muerto de muerte natural o tenido un accidente, lo habían asesinado. Después cambié de opinión. Creo que quería marcharse antes de que descubriéramos lo que había allí dentro.

—Prueba a entrar —dije.

Liz dio un paso vacilante hacia la oscuridad, sin soltarme en ningún momento, y se encendieron varias lámparas en el techo. La habitación era austera. En el extremo opuesto había un refrigerador (me vino a la cabeza la voz del profesor Burkett), un hornillo y un microondas. A izquierda y derecha había estanterías llenas de latas de comida baratas, cosas tipo carne en lata Spam, estofado de ternera Dinty Moore y sardinas King Oscar. También había bolsas que contenían más comida (después descubrí que eran lo que el ejército llama «raciones de combate») y paquetes de seis de botellas de agua y cerveza. En uno de los estantes más bajos había un teléfono fijo. En el centro de la sala había una mesa de madera sencilla. Encima de ella había una computadora de escritorio, una impresora, una carpeta gruesa y un neceser con cremallera.

—¿Dónde está la oxi?

Se lo pregunté.

—Dice que está en el estuche de aseo.

Agarró el neceser, abrió la cremallera y le dio la vuelta. Cayeron un puñado de frascos de pastillas, además de dos o tres paquetitos envueltos en plástico transparente. No era lo que se dice una mina.

—¿Qué mierda es *esto*? —gritó.

Apenas la oí. Había abierto la carpeta que había junto a la computadora, sin más razón que el simple hecho de que estuviera allí, y me quedé conmocionado. Al principio fue como si ni siquiera supiera lo que estaba viendo, pero claro que lo sabía. Y también sabía por qué Marsden no quería que entráramos allí dentro, y por qué sentía vergüenza aun estando muerto. No tenía nada que ver con las drogas. Me pregunté si la mujer a la que estaba mirando llevaba la misma mordaza de bola en la boca. Justicia poética, si era así.

—Liz —dije.

Sentía los labios entumecidos, como si me hubieran puesto una inyección de novocaína en el dentista.

—¿Esto es todo? —gritaba ella—. ¡Me lleva el carajo, no te *atrevas* a decirme que esto es todo! —Desenroscó el tapón de uno de los frascos de medicamentos y vació su contenido. Es posible que hubiera unas veinticinco pastillas—. Esto ni siquiera es oxi, ¡son putos analgésicos!

Me había soltado, podría haber echado a correr justo entonces, pero ni siquiera se me ocurrió. Incluso la idea de silbar para llamar a Therriault se me había ido de la cabeza.

—Liz —dije otra vez.

No me hizo caso. Estaba abriendo los frascos, uno detrás de otro. Eran diferentes tipos de pastillas, pero ninguno de los recipientes contenía muchas. Liz tenía la mirada clavada en algunas azules.

—Hay unas cuantas oxis, sí, ¡pero no llegan ni a la *docena*! ¡Pregúntale dónde está el resto!

—Liz, mira esto.

Era mi voz, pero parecía proceder de muy lejos.

—Te he dicho que le preguntes…

Se dio la vuelta y se quedó callada, mirando lo que yo estaba mirando.

Era una fotografía con brillo sobre una pequeña pila de fotografías con brillo. En ella aparecían tres personas: dos hombres y una mujer. Uno de los hombres era Marsden. No llevaba ni los bóxers. El otro hombre también estaba desnudo. Estaban haciéndole cosas a la mujer de la mordaza en la boca. No quiero decir nada, solo que Marsden tenía un soplete pequeño y el otro hombre llevaba uno de esos tenedores de trinchar de dos dientes.

—Mierda —susurró—. Uf, *mierda*. —Ojeó unas cuantas más. Eran insoportables. Cerró la carpeta—. Es ella.

—¿Quién?

—Maddie. Su mujer. Supongo que, después de todo, no se escapó.

Marsden seguía afuera, en la biblioteca, aunque nos daba la espalda. La parte trasera de su cabeza estaba destrozada, como el lado izquierdo de la de Therriault, pero apenas me fijé. Hay cosas peores que las heridas de bala, un detallito que descubrí aquella tarde.

—La torturaron hasta matarla —dije.

—Sí, y además se divirtieron mientras lo hacían. Mira qué sonrisas tan grandes. ¿Sigue dándote pena que lo haya matado?

—No lo mataste por lo que le hizo a su mujer —dije—. No lo sabías. Lo mataste por las drogas.

Se encogió de hombros como si no importara, y a ella era probable que no le importase. Se asomó fuera de la habitación del pánico, a la que Marsden se acercó para mirar sus atroces fotografías, y miró al otro lado de la biblioteca, hacia el pasillo de arriba.

—¿Sigue ahí?

—Sí, en la puerta.

—Al principio dijo que no había pastillas, pero sabía que estaba mintiendo. Luego dijo que había muchas. *¡Muchas!*

—A lo mejor estaba mintiendo cuando dijo eso. Podía hacerlo, porque todavía no estaba muerto.

—¡Pero te dijo que estaban en la habitación del pánico! ¡Y entonces ya estaba muerto!

—No me dijo cuántas había. —Le pregunté a Marsden—: ¿Solo tienes esas?

—Solo esas —contestó.

Su voz empezaba a alejarse.

—¡Le dijiste que tenías muchas!

Encogió los hombros ensangrentados.

—Pensé que, mientras creyera que tenía lo que quería, me mantendría con vida.

—Pero le dieron un chivatazo acerca de que habías recibido un gran cargamento privado...

—Era mentira —dijo—. En este negocio hay muchas mentiras. La gente dice todo tipo de estupideces con tal de sentirse importante.

Liz negó con la cabeza cuando le repetí lo que había dicho, no se lo creía. No *quería* creérselo, porque le arruinaba todos los planes de la costa Oeste. Significaba que la habían engañado.

—Está ocultando algo —insistió—. No sé cómo. En algún sitio. Pregúntale otra vez dónde está el resto.

Abrí la boca para decirle que si hubiera más ya me lo habría dicho. Entonces —supongo que porque aquellas fotos terribles habían despertado de un bofetón una parte de mí que estaba dormida— se me ocurrió una idea. A lo mejor yo también podía engañarla, porque no cabía duda de que Liz estaba dispuesta a dejarse engañar. Si funcionaba, quizá consiguiera librarme de ella sin conjurar a un demonio.

Me tomó de los hombros y me zarandeó.

—¡Que se lo preguntes, te he dicho!

Y eso hice.

—¿Dónde está el resto de las drogas, señor Marsden?

—Ya te lo dije, no hay más. —Su voz era tenue, muy tenue—. Tengo unas cuantas para Maria, pero está en las Bahamas. Bimini.

—Ah, bien, eso suena mejor. —Señalé las estanterías de las latas de comida—. ¿Ves las latas de espaguetis del estante de más arriba? —Era imposible que no las viera, tenía que haber por lo menos treinta. A Donnie Bigs debían de haberle gustado mucho los espaguetis Franco-American—. Me dijo que tiene unas cuantas escondidas ahí; no de oxicodona, otra cosa.

Liz podría haberme arrastrado consigo, pero pensé que había muchas posibilidades de que estuviera demasiado impaciente, y acerté. Corrió hacia las estanterías de las latas de conserva. Esperé hasta que se puso de puntillas y levantó los brazos. Entonces salí a toda velocidad de la habitación del pánico y crucé la biblioteca. Ojalá me hubiera acordado de

cerrar la puerta, pero no fue así. Marsden estaba allí plantado y parecía sólido, no obstante lo atravesé corriendo. Hubo
un momento de frío gélido, y la boca se me llenó de un sabor aceitoso, creo que era *peperoni*. Entonces corrí hacia las
escaleras.

A mi espalda se produjo un estruendo de latas que caían.

—¡Vuelve aquí, Jamie! ¡Vuelve!

Venía a por mí. La oía. Llegué hasta donde aquellas escaleras se precipitaban hacia abajo y volví la cabeza para mirar
atrás. Fue un error. Tropecé. Sin más opciones, fruncí los labios para silbar, pero solo pude resollar. Tenía la boca y los
labios demasiado secos. Así que grité.

—¡THERRIAULT!

Empecé a bajar las escaleras reptando, con la cabeza por
delante y el pelo en los ojos, pero Liz me agarró del tobillo.

—¡THERRIAULT, AYÚDAME! ¡QUÍTAMELA DE EN-
CIMA!

De repente, todo —no solo el balcón, no solo las escaleras, sino todo el espacio de encima del gran salón y el pozo
de conversación— se llenó de una luz blanca. Yo me había
girado hacia Liz cuando ocurrió, y entrecerré los ojos para
protegerme del resplandor, prácticamente cegado. Procedía
del espejo alto, y manaba también del espejo del otro lado del
balcón.

Liz me soltó. Me aferré a uno de los escalones de pizarra
y tiré de él con todas mis fuerzas. Comencé a bajar deslizán-
dome con la barriga, como un niño en el tobogán más incómodo del mundo. Me detuve cuando había recorrido más o
menos un cuarto del camino. A mi espalda, Liz gritaba a todo
pulmón. Miré entre mi brazo y mi costado, y la vi al revés
debido a mi postura. Estaba de pie delante del espejo. No sé
qué veía exactamente, y menos mal, porque es posible que no
hubiera vuelto a dormir en la vida. Ya tenía suficiente con la

luz, aquella luz brillante, incolora que surgía del espejo con la furia de una erupción solar.

El fuego fatuo.

Entonces vi —*creo* que vi— una mano que salía del espejo y agarraba a Liz por el cuello. La jaló hacia el cristal y lo oí romperse. Ella seguía gritando.

Se apagaron todas las luces de la casa.

Aún era última hora de la tarde, así que la mansión no se quedó completamente a oscuras, pero casi. La habitación que se extendía por debajo de mí era un pozo de sombras. A mi espalda, en lo alto de la escalera curva, Liz gritaba y gritaba. Me sujeté del pasamanos de cristal pulido para ponerme de pie y conseguí bajar dando tumbos y sin caerme hasta el salón.

A mi espalda, Liz dejó de aullar y empezó a reírse. Me di la vuelta y la vi corriendo escalera abajo, una mera forma oscura que se reía como el Joker en una viñeta de Batman. Iba demasiado rápido, sin mirar *adónde* iba. Zigzagueaba de un lado a otro, rebotaba contra el barandal, volvía la cabeza hacia el espejo, en el que la luz comenzaba a desvanecerse, como el filamento de una lámpara antigua cuando la apagas.

—*¡Cuidado, Liz!*

Grité esas palabras pese a que lo único que quería en el mundo era alejarme de ella. La advertencia fue puro instinto, y no sirvió de nada. Perdió el equilibrio, cayó de bruces, se estampó contra los peldaños, dio una voltereta, volvió a estamparse contra los peldaños, dio otra vuelta completa y después se deslizó hasta abajo. La primera vez que chocó siguió riéndose, pero a la segunda paró. Como si fuera una radio y la hubieran apagado. Quedó tendida boca arriba a los pies de la escalera, con la cabeza ladeada, la nariz torcida, un brazo completamente estirado hasta el cuello por detrás de ella y los ojos abiertos con la mirada perdida en la penumbra.

—¿Liz?

Nada.

—Liz, ¿estás bien?

Qué pregunta más tonta, ¿y por qué me importaba? Esta respuesta me la sé: quería que estuviera viva porque había algo detrás de mí. No lo oía, pero sabía que estaba ahí.

Me arrodillé junto a Liz y le acerqué una mano a la boca ensangrentada. No noté su aliento en la palma. No parpadeó. Estaba muerta. Me levanté, di media vuelta y vi justo lo que me esperaba: a Liz ahí de pie, con el abrigo desabrochado y la sudadera manchada de sangre. No me miraba a mí. Miraba algo a mi espalda. Levantó una mano y señaló, y su gesto me recordó, aun en aquel terrible instante, al fantasma de las Navidades Futuras señalando la lápida de Scrooge.

Kenneth Therriault —lo que quedaba de él, al menos— estaba bajando las escaleras.

63

Era como un leño quemado que todavía tuviera fuego dentro. No sé cómo expresarlo de otra manera. Se había ennegrecido, pero tenía la piel resquebrajada por decenas de sitios y el fuego fatuo brillante resplandecía a través de las grietas. Le salía por la nariz, por los ojos, incluso por las orejas. Cuando abría la boca, también le salía por ahí.

Sonrió y levantó los brazos.

—Probemos el rito de nuevo y a ver quién gana esta vez. Creo que me lo debes, ya que te salvé de ella.

Bajó las escaleras a toda prisa hacia mí, listo para la escena del gran reencuentro. Mi intuición me decía que diera media vuelta y echara a correr, pero algo más profundo me decía que me mantuviera firme, por mucho que deseara huir de aquel horror inminente. Si lo hacía, me atraparía por detrás, me envolvería en sus brazos chamuscados y ese sería el final. Ganaría y yo me convertiría en su esclavo, obligado a acudir cuando me llamara. Me poseería vivo tal como había poseído a Therriault muerto, lo cual sería aún peor.

—Detente —dije, y la cáscara negra de Therriault se detuvo al pie de las escaleras. Aquellos brazos estirados estaban a menos de treinta centímetros de mí—. Lárgate. Esto se ha acabado. Para siempre.

—Esto no se acabará nunca. —Y entonces pronunció una palabra más, una palabra que hizo que se me pusiera la piel de gallina y se me erizara el vello de la nuca—. Campeón.

—Espera y verás —dije. Palabras valientes, aunque no pude impedir que me temblara la voz.

Los brazos seguían estirados, las manos renegridas, con grietas resplandecientes, a escasos centímetros de mi cuello.

—Si de verdad quieres librarte de mí para siempre, prepárate. Repetiremos el rito, y será más justo, porque esta vez estoy preparado para ti.

Me sentí extrañamente tentado, no me preguntes por qué, pero se impuso una parte de mí que estaba mucho más allá del ego y era más profunda que el instinto. Puede que venzas al demonio una vez —gracias a la providencia, la valentía, la suerte del tonto o una combinación de todo lo anterior—, pero dos veces, no. No creo que nadie, salvo los santos, venza al demonio dos veces, y puede que ni siquiera ellos.

—Vete. —Entonces me tocó a mí señalar como el último fantasma de Scrooge. Señalé la puerta.

La cosa levantó el labio carbonizado y tiznado de Therriault en una mueca burlona.

—No puedes echarme de tu lado, Jamie. ¿Todavía no te has dado cuenta? Estamos ligados el uno al otro. No pensaste en las consecuencias. Pero aquí estamos.

Repetí mi palabra. Fue lo único que conseguí extraer de una garganta que de pronto me parecía que tenía el ancho de un alfiler.

El cuerpo de Therriault parecía dispuesto a salvar la distancia que nos separaba, a abalanzarse sobre mí y atraparme en su espantoso abrazo, pero no lo hizo. Quizá no podía.

Liz se encogió cuando eso pasó a su lado. Me imaginaba que atravesaría la puerta sin problema —igual que yo había atravesado a Marsden—, pero, fuera lo que fuese aquella cosa, no era un fantasma. Agarró el tirador con la mano y lo giró, se le hicieron más grietas en la piel y se derramó más luz a través de ellas. La puerta se abrió.

Se volvió hacia mí.

—Oh, silbarás y acudiré a ti, muchacho.

Luego se marchó.

64

Mis piernas estaban a punto de fallar y las escaleras estaban cerca, pero no iba a sentarme en ellas con el cadáver destrozado de Liz Dutton al pie. Me tambaleé hasta el pozo de conversación y me desplomé en uno de los sillones que había cerca. Agaché la cabeza y rompí a llorar. Pese a que eran lágrimas de horror e histeria, creo que también eran —aunque no lo recuerdo con claridad— lágrimas de alegría. Estaba vivo. Estaba en una casa oscura al final de un camino privado con dos cadáveres y dos remanentes (Marsden me estaba mirando desde el balcón), pero estaba vivo.

—Tres —dije—. Tres cadáveres y tres espectros. No te olvides de Teddy.

Me eché a reír, pero entonces recordé a Liz riéndose de una forma bastante parecida justo antes de morir y me obligué a parar. Intenté pensar qué debía hacer. Decidí que lo primero era cerrar aquella maldita puerta principal. Si bien tener a aquellos dos espectros (una palabra que aprendí, lo has adivinado, después) mirándome fijamente no era agradable, estaba acostumbrado a que los muertos me vieran viéndolos. Lo que en realidad no me gustaba era la idea de que Therriault anduviera ahí fuera, con el fuego fatuo filtrándose a través de su piel en descomposición. Le había dicho que se fuera y se había ido… Pero ¿y si volvía?

Pasé junto a Liz y cerré la puerta. Al volver le pregunté qué debía hacer. No esperaba que me contestara, pero lo hizo.

—Llama a tu madre.

Me acordé del teléfono fijo de la habitación del pánico, pero no pensaba volver a subir esas escaleras y entrar en esa habitación. Ni por un millón de dólares.

—¿Tienes tu móvil, Liz?

—Sí.

Había indiferencia en su voz, como en la mayoría de ellos. Aunque no en todos; a la señora Burkett le quedaba suficiente vida dentro para ofrecer una crítica de los méritos artísticos de mi pavo. Y Donnie Bigs había intentado ocultar su secreto.

—¿Dónde está?

—En el bolsillo de mi chaqueta.

Me acerqué a su cadáver y metí la mano en el bolsillo derecho del abrigo. Rocé la culata de la pistola que Liz había utilizado para acabar con la vida de Donald Marsden y saqué la mano como si me hubiera quemado. Intenté con el otro y encontré el teléfono. Lo encendí.

—¿Cuál es el pin?

—Dos, seis, seis, cinco.

Lo introduje, marqué el prefijo de la ciudad de Nueva York y los tres primeros dígitos del número de mamá, y entonces cambié de opinión e hice otra llamada.

—Emergencias, ¿dígame?

—Estoy en una casa con dos personas muertas —dije—. A una la han asesinado, la otra se ha caído por las escaleras.

—¿Es una broma, hijo?

—Ojalá. La mujer que se ha caído por las escaleras me secuestró y trajo hasta aquí.

—¿Dónde está la casa? —La mujer del otro lado de la línea parecía más interesada.

—Está al final de un camino privado a las afueras de Renfield, señora. No sé a cuántos kilómetros ni si tiene número. —Luego se me ocurrió lo que tendría que haberle dicho nada más empezar—. Es la casa de Donald Marsden. Es a él a quien asesinó la mujer. Y ella es la que se cayó por las escaleras. Se llama Liz Dutton. Elizabeth.

Me preguntó si estaba bien y luego me dijo que no me moviera de allí, que los agentes estaban en camino. No me moví y llamé a mi madre. Aquella conversación fue mucho más larga, y no siempre muy clara, porque los dos llorábamos a moco tendido. Le conté todo excepto lo de la criatura de fuego fatuo. Me habría creído, pero ya era suficiente con que uno de los dos tuviera pesadillas. Me limité a decirle que Liz se había tropezado mientras me perseguía por las escaleras y se había roto el cuello en la caída.

Durante nuestra conversación, Donald Marsden bajó por la escalera y se plantó junto a la pared. Un muerto sin la parte de arriba de la cabeza, la otra muerta con la cabeza torcida. Vaya pareja hacían. Te dije que esta era una historia de terror, estabas avisado al respecto, pero yo era capaz de mirarlos sin demasiada angustia, porque el peor horror se había marchado. A menos que yo quisiera que volviera, claro. Si yo quería, volvería.

Solo tenía que silbar.

Al cabo de quince minutos larguísimos, empecé a oír sirenas que ululaban a lo lejos. Al cabo de veinticinco, unas luces rojas y azules invadieron las ventanas. Había al menos seis policías, todo un pelotón. Al principio no eran más que sombras oscuras que llenaban la puerta, que bloqueaban cualquier posible resto de luz diurna, suponiendo que quedara alguna. Uno preguntó dónde estaban los jodidos interruptores de la luz. Otro dijo «Los encontré», y después soltó una maldición cuando no funcionaron.

—¿Quién está ahí? —gritó otro—. Todos los presentes, ¡identifíquense!

Me puse de pie y levanté las manos, aunque dudaba que alcanzaran a ver algo más que una silueta que se movía.

—¡Estoy aquí! ¡Tengo las manos en alto! ¡Se fue la luz! ¡Soy quien llamó a emergencias!

Se encendieron varias linternas, haces de luz contradictorios que titilaron por la habitación y luego se centraron en mí. Uno de los agentes se acercó. Una mujer. Rodeó a Liz, seguro que sin saber por qué. Llevaba la mano en la empuñadura del arma enfundada, pero cuando me vio la soltó. Lo cual fue un alivio.

Hincó una rodilla en el suelo.

—¿Estás solo en la casa, hijo?

Miré a Liz. Miré a Marsden, que se mantenía bien apartado de la mujer que lo había asesinado. Había llegado incluso Teddy. Estaba en la puerta, que los policías habían desocupado, quizá atraído por el alboroto, tal vez por pura casualidad. Los Tres Mosqueteros No-Muertos.

—Sí —dije—. No hay nadie más.

65

La mujer policía me pasó un brazo por los hombros y me condujo hacia el exterior de la casa. Empecé a temblar. Debió de pensar que era por el aire nocturno, pero no era por eso, obviamente. Se quitó la chaqueta y me la echó sobre los hombros, aunque no era suficiente. Metí los brazos por las mangas, demasiado largas, y me arrebujé en ella. Pesaba por las cosas que llevaba en los bolsillos, pero me daba igual. El peso me resultaba agradable.

Había tres patrullas en el patio, dos flanqueando el pequeño auto de Liz y una detrás. Mientras estábamos allí, llegó otra patrulla, esta vez un todoterreno con las palabras JEFE DE POLICÍA DE RENFIELD en un costado. Imaginé que el centro de la ciudad sería una fiesta para los borrachos y los conductores que no respetaban los límites de velocidad, porque la mayor parte de la policía de Renfield debía de estar allí.

Otro agente salió por la puerta y se sumó a la mujer policía.

—¿Qué pasó ahí dentro, chico?

Antes de que me diera tiempo a contestar, la mujer policía me puso un dedo encima de los labios. No me molestó; de hecho, me hizo sentir bien.

—Nada de preguntas, Dwight. Este chico está conmocionado. Necesita asistencia médica.

Un hombre corpulento vestido con una camisa blanca y una placa colgada del cuello —el jefe de policía, supuse— había bajado del todoterreno y llegado a tiempo para oír esto último.

—Llévatelo, Caroline. Que lo examinen. ¿Hay muertes confirmadas?

—Hay un cuerpo al pie de la escalera. Parece una mujer. No puedo confirmar que esté muerta, pero por cómo tiene girada la cabeza...

—Oh, claro que está muerta —dije, y me eché a llorar.

—Vamos, Caro —dijo el jefe—. Y no pierdas tiempo llevándolo hasta el hospital del condado, llévalo a cualquier clínica con servicio de urgencias. Nada de preguntas hasta que

yo llegue. Y hasta que tengamos a un adulto que se responsa-
bilice de él. ¿Tienes su nombre?

—Todavía no —contestó la agente Caroline—. Ha sido
una locura. Ahí dentro no hay luz.

El jefe se inclinó hacia mí, con las manos apoyadas en la
parte superior de los muslos, y me hizo sentir como si volviera a tener cinco años.

—¿Cómo te llamas, hijo?

Menos mal que no habría preguntas, pensé.

—Jamie Conklin, y quien vendrá es mi madre. Se llama
Tia Conklin. También la llamé.

—Ajá. —Se volvió hacia Dwight—. ¿Por qué no hay luz?
Todas las demás casas de la carretera tenían electricidad.

—No lo sé, jefe.

—Se apagaron cuando ella me perseguía por las escaleras.
Creo que por eso se cayó.

Me di cuenta de que quería hacerme más preguntas, pero
se limitó a decirle a la agente Caroline que se pusiera en marcha. Mientras la mujer maniobraba para salir del patio y tomaba las curvas del camino de entrada, me palpé los bolsillos
de los pantalones y encontré el móvil de Liz, aunque no recordaba habérmelo guardado allí.

—¿Puedo volver a llamar a mi madre para decirle que vamos a urgencias?

—Claro.

Mientras hacía la llamada, me di cuenta de que, si la agente Caroline descubría que estaba utilizando el teléfono de
Liz, me metería en un lío. Lo más normal habría sido que me
preguntara por qué me sabía el pin de la mujer muerta, y yo
no podría haberle dado una buena respuesta. Fuera como
fuese, no me lo preguntó.

Mamá me dijo que iba en un Uber (probablemente le cos-
taría una pequeña fortuna, así que menos mal que la agencia

volvía a producir beneficios) y que iban a toda velocidad. Me preguntó si estaba bien de verdad. Le dije que sí, que de verdad, y que la agente Caroline me llevaba a una clínica con servicio de urgencias en Renfield, pero solo para que me echaran un vistazo. Me dijo que no contestara a ninguna pregunta hasta que llegara ella, y le aseguré que no lo haría.

—Voy a llamar a Monty Grisham —me dijo—. No se dedica a este tipo de trabajos legales, pero conocerá a alguien que sí.

—No necesito un abogado, mamá. —La agente Caroline me lanzó una rápida mirada de soslayo cuando dije eso—. Yo no hice nada.

—Si Liz mató a alguien y tú estabas con ella, lo necesitarás. Habrá una investigación... prensa... No sé qué más. Esto es culpa mía. Yo metí a esa zorra en nuestra casa. —Después escupió—: ¡Maldita *Liz*!

—Al principio era buena. —Era cierto, pero de repente me sentí muy muy cansado—. Nos vemos cuando llegues.

Colgué y le pregunté a la agente Caroline cuánto tardaríamos en llegar a la clínica. Me contestó que veinte minutos. Volví la cabeza para mirar hacia atrás, a través de la malla que nos separaba del asiento trasero, súbitamente convencido de que Liz estaría allí. O, mucho peor, Therriault. Sin embargo, estaba vacío.

—Solo estamos tú y yo, Jamie —dijo la agente Caroline—. No te preocupes.

—No estoy preocupado —respondí, pero había una cosa de la que *sí* tenía que preocuparme, y gracias a Dios que me acordé, porque si no mamá y yo podríamos haber tenido un montón de problemas. Apoyé la cabeza contra la ventanilla y me volví parcialmente—. Voy a dormir un poco.

—Muy bien —dijo ella con una sonrisa en la voz.

Y, *en efecto*, dormí un poco. Pero antes encendí el teléfono de Liz, escondiéndolo con mi cuerpo, y borré la grabación que había hecho mientras yo le transmitía a mi madre el argumento de *El secreto de Roanoke*. Si cogían el teléfono y descubrían que no era mío, podría inventar algo. O simplemente diría que no me acordaba, lo cual sería más prudente. Pero no podían oír esa grabación.

De ninguna manera.

66

El jefe y otros dos policías aparecieron en la clínica alrededor de una hora más tarde que la agente Caroline y yo. Iban con un hombre trajeado que se presentó como el fiscal del condado. Un médico me examinó y dijo que en principio estaba bien, con la presión un poco alta, pero, teniendo en cuenta lo que había pasado, no era de extrañar. Estaba convencido de que por la mañana volvería a la normalidad y me catalogó como «adolescente sano estándar». Daba la casualidad de que era un adolescente sano estándar que veía a gente muerta, pero no entré en ese tema.

Los policías, el fiscal del condado y yo fuimos a la sala de descanso del personal a esperar a mi madre, y en cuanto llegó, empezaron las preguntas. Pasamos la noche en el Stardust Motel de Renfield, y la mañana siguiente hubo más preguntas. Fue mi madre quien les contó que Elizabeth Dutton y ella habían mantenido una relación que terminó cuando descubrió que Liz estaba metida en el negocio de las drogas. Fui yo quien les contó que Liz me había secuestrado después del entrenamiento de tenis y me había llevado a Renfield, donde esperaba robar un gran cargamento de oxi en casa del señor Marsden. Al final él le dijo dónde estaba la droga y ella lo mató, bien porque no consiguió el botín que esperaba, bien por la otra cosa que encontró en aquella habitación. Las fotografías.

—Hay una cosa que no entiendo —me dijo la agente Caroline cuando le devolví su chaqueta, que no me había quitado hasta entonces. Mamá le lanzó una mirada suspicaz, de «preparada para proteger a mi cachorro», pero la agente Caroline no la vio. Me estaba mirando a mí—. Ató a ese hombre…

—Me dijo que lo había *inmovilizado*. Esa es la palabra que utilizó. Supongo que porque antes era policía.

—Claro, lo inmovilizó. Y según lo que te dijo, y también según lo que hemos encontrado en el piso de arriba, lo agredió un poco. Pero tampoco tanto

—¿Le importaría ir al grano? —intervino mamá—. Mi hijo ha vivido una experiencia terrible y está agotado.

La agente Caroline no le hizo caso. Me estaba mirando a mí y le brillaban mucho los ojos.

—Podría haberle hecho mucho más, haberlo torturado hasta conseguir lo que quería, pero en lugar de eso lo dejó ahí, se fue en auto hasta Nueva York, te secuestró y volvió contigo. ¿Por qué lo hizo?

—No lo sé.

—¿Dos horas en auto con ella y no te lo dijo?

—Lo único que me dijo era que se alegraba de verme.

No me acordaba de si de verdad me lo había dicho o no, así que supongo que técnicamente era mentira, pero no me lo pareció. Pensé en aquellas noches en el sofá, sentado entre ellas y viendo *The Big Bang Theory*, los tres partiéndonos de risa, y empecé a llorar. Y eso nos permitió salir de allí.

Una vez que estuvimos en la habitación del motel, con la puerta cerrada y asegurada, mamá me dijo:

—Si te lo vuelven a preguntar, di que a lo mejor tenía pensado llevarte con ella cuando se marchara al oeste. ¿Podrás hacerlo?

—Sí —contesté.

Me pregunté si esa idea no habría estado rondando por la cabeza de Liz desde el principio. Conjeturar sobre eso no era nada bueno, pero mejor que lo que yo *había* pensado (y sigo pensando hoy): que su intención era matarme.

No dormí en la habitación contigua. Dormí en el sofá de la de mamá. Soñé que andaba por un camino rural solitario bajo una media luna. «No silbes, no silbes», me decía a mí mismo, pero silbaba. No podía evitarlo. Silbaba «Let It Be». Lo recuerdo con gran claridad. No había pasado de las seis u ocho primeras notas cuando oí pasos a mi espalda.

Me desperté con las manos apretadas contra la boca, como para ahogar un grito. Me he despertado varias veces de la misma forma en los años transcurridos desde entonces, y nunca es de un grito de lo que tengo miedo. Tengo miedo de despertarme silbando y de que el fuego fatuo esté ahí.

Con los brazos estirados para abrazarme.

67

Ser adolescente tiene muchas desventajas. Los granos, la tortura de elegir la ropa adecuada para que no se rían de ti en la escuela y el misterio de las chicas son solo tres de ellas. Lo que descubrí tras la excursión a la casa de Donald Marsden (el secuestro, para decirlo sin rodeos) fue que también tiene sus ventajas.

Una de ellas fue no tener que aguantar a una horda de periodistas y cámaras de televisión durante la investigación judicial, porque no tuve que testificar en persona. Ofrecí una declaración jurada grabada en vídeo; a un lado tenía al abogado que Monty Grisham me había encontrado, y a mi madre al otro. La prensa conocía mi identidad, pero mi nombre no apareció nunca en los medios de comunicación gracias a mi condición de menor, esa cosa mágica. Los chicos de mi escuela se enteraron (los jóvenes de bachillerato casi siempre se enteran de todo), pero nadie se metió conmigo. Al contrario, me gané su respeto. No tenía que descifrar cómo se abordaba a las chicas, porque eran ellas las que se acercaban a mi taquilla y se ponían a hablar conmigo.

Lo mejor de todo es que no hubo ningún problema con mi teléfono, que en realidad era el de Liz. De todas formas, ya no existía. Mamá lo lanzó al incinerador, *bon voyage*, y me dijo que contestara que lo había perdido si alguien me preguntaba. Nadie lo hizo. En cuanto a por qué volvió Liz a Nueva York para secuestrarme, la policía —ella solita— llegó a la conclusión que mamá ya había sugerido: Liz quería tener a un chico al lado cuando se marchara al oeste, quizá porque pensó que una mujer que viajara con un adolescente llamaría menos la atención. Nadie pareció plantearse la posibilidad de que yo intentara escapar, o al menos gritar pidiendo ayuda, cuando paráramos a echar gasolina y a comprar comida en Pensilvania o Indiana o Montana. Desde luego que no lo haría. Sería una dócil víctima de secuestro, como Elizabeth Smart, que se pasó nueve meses encerrada antes de que la liberaran. Porque era un adolescente.

Los periódicos dieron mucho bombo al asunto durante una semana o así, en especial los sensacionalistas, en parte porque Marsden era un «capo de la droga», pero sobre todo por las fotos halladas en su habitación del pánico. Y a Liz la pintaban como una especie de heroína, extraño pero cierto. EXPOLICÍA MUERE TRAS MATAR A CABECILLA DEL PORNO DE TORTURA, proclamó el *Daily News*. Ni una sola mención acerca de que había perdido su empleo a causa de una investigación de Asuntos Internos y un análisis de drogas positivo; sin embargo, el hecho de que había sido fundamental en la localización de la última bomba de Tambor antes de que esta pudiera matar a un montón de compradores *sí* se mencionaba. El *Post* debía de haber conseguido meter a un periodista en casa de Marsden («Las cucarachas se cuelan en todas partes», dijo mamá), o quizá dispusiera de una foto de archivo de la mansión de Renfield, porque su titular rezaba: ADENTRO DE LA CASA DE LOS HORRORES DE DONNIE BIGS. A mi madre hasta le dio risa al leerlo, dijo que la comprensión del uso de los adverbios del *Post* era un buen paralelismo de su comprensión de la política estadounidense.

—Aquí no es «adentro» —respondió cuando le pregunté—. Es «dentro».

Claro, mamá. Lo que tú digas.

68

No mucho después, otras noticias barrieron La Casa de los Horrores de Donnie Bigs de los titulares de la prensa sensacionalista, y mi fama en la escuela se desvaneció. Fue como lo que Liz me había contado sobre Chet Atkins, lo rápido que olvida la gente. Me encontré de nuevo cara a cara con el problema de abordar a las chicas en lugar de esperar a que ellas se acercaran a mi taquilla, con los ojos agrandados por el rímel y los labios generosamente cubiertos de brillo, para hablar conmigo. Jugaba tenis y me presenté a una audición para la obra de teatro de la clase. Terminé consiguiendo un papel con solo dos frases, pero vertí toda mi alma en ellas. Jugaba videojuegos con mis amigos. Llevé a Mary Lou Stein al cine y la besé. Ella me correspondió el beso, lo cual fue genial.

Montar una serie de tomas cortas, completar pasando páginas de un portacalendario. Llegó 2016, luego 2017. A veces soñaba que estaba en aquel camino rural y me despertaba con las manos contra la boca pensando *¿He silbado? Ay, Dios, ¿silbé?* Sin embargo, esos sueños eran cada vez menos frecuentes. A veces veía a gente muerta, pero no muy a menudo, y no me daba miedo. En una ocasión mi madre me preguntó si seguía viéndolos y le respondí que casi nunca, pues sabía que eso la haría sentirse mejor. Quería que se sintiera mejor porque ella también lo había pasado mal, y lo entendía.

—A lo mejor se te está pasando con la edad —me dijo.

—A lo mejor —convine.

Esto nos lleva a 2018, cuando nuestro héroe, Jamie Conklin, medía más de uno ochenta, podía dejarse perilla (que a mi madre le parecía un horror), fue aceptado en la Universidad de Nueva York y ya casi tenía edad para votar. La *tendría* cuando se celebraran las elecciones, en noviembre.

Estaba en mi habitación, hincando los codos para los exámenes finales, cuando me sonó el móvil. Era mamá, que me llamaba desde el asiento trasero de otro Uber, esta vez rumbo a Tenafly, donde el tío Harry residía en aquel momento.

—Vuelve a tener neumonía —dijo—. Creo que esta vez no va a recuperarse, Jamie. Me pidieron que fuera, y no lo hacen salvo que sea muy grave. —Se quedó callada y después dijo—: Mortal.

—Llegaré lo más rápido que pueda.

—No tienes por qué hacerlo.

El subtexto era que en realidad yo no lo había conocido mucho, al menos cuando era un hombre inteligente en plena construcción de una carrera profesional para él y para su hermana en el duro mundo de la edición de Nueva York. El cual, en efecto, puede ser un mundo muy duro. Para entonces yo también trabajaba en la oficina, solo unas horas a la semana, sobre todo archivando, y sabía que era cierto. Como era cierto que yo solo conservaba vagos recuerdos de un hombre inteligente que tendría que haber seguido siendo inteligente mucho más tiempo, pero no iba a ir por él.

—Tomaré el autobús.

Lo haría sin problema, porque en los días en que Uber y esas cosas quedaban fuera de nuestro presupuesto siempre íbamos a Nueva Jersey en autobús.

—Los exámenes... Tienes que estudiar para los finales...

—Los libros son la magia más portátil que existe. Lo leí en algún sitio. Me los llevaré. Nos vemos allí.

—Es posible que tengamos que quedarnos a pasar la noche —dijo—. ¿Estás seguro?

Le contesté que sí.

No sé dónde me encontraba exactamente cuando el tío Harry murió. Puede que en Nueva Jersey, puede que aún cruzando el Hudson, incluso puede que ocurriera mientras todavía veía el estadio de los Yankees desde la ventanilla del autobús manchada de cagadas de pájaro. Lo único que sé es que mamá me estaba esperando fuera de la residencia, de la última residencia de mi tío, sentada en un banco a la sombra de un árbol. No tenía lágrimas en los ojos, pero se estaba fumando un cigarrillo y hacía mucho que no la veía fumar. Me dio un abrazo fuerte, intenso, y yo se lo devolví. Olí su perfume, aquel conocido aroma dulzón de La Vie est Belle que siempre me llevaba de vuelta a la infancia. A aquel niño que creía que el pavo verde que había pintado trazando el contorno de su mano era genial. No tuve que preguntárselo.

—Ni diez minutos antes de que llegara —me dijo.

—¿Estás bien?

—Sí. Triste, pero también aliviada de que por fin se haya acabado. Duró mucho más que la mayoría de las personas que sufren de lo que tenía él. ¿Sabes qué? Estaba aquí sentada pensando en los partidos de béisbol que se organizaban en mi escuela. Los demás niños no querían dejarme jugar porque era una niña, pero Harry decía que, si no me dejaban jugar a mí, él tampoco jugaría. Y él era popular. Siempre el más popular. Así que yo era la única chica del partido.

—¿Eras buena?

—Era buenísima —dijo, y se echó a reír. Luego se enjugó un ojo. Al final sí estaba llorando—. Oye, tengo que hablar con la señora Ackerman, la jefa de este sitio, y firmar unos papeles. Luego tendré que bajar a su habitación y ver si hay algo que deba llevarme de inmediato. Imagino que no habrá nada.

Sentí una punzada de alarma.

—¿No estará aún…?

—No, cariño. Aquí tienen morgue. Mañana arreglaré las cosas para trasladarlo a Nueva York y para…, ya sabes, las últimas cosas. —Se quedó callada—. ¿Jamie?

La miré.

—¿No… no está por aquí, verdad?

Sonreí.

—No, ma.

Me agarró de la barbilla.

—¿Cuántas veces te he dicho que no me llames así? ¿Quién dice maaa?

—Los corderitos —contesté. Y luego añadí—: Sí sí sí.

Eso la hizo reír.

—Espérame, cariño. No tardaré.

Entró y yo miré al tío Harry, a menos de tres metros de mí. Estaba ahí desde el principio, vestido con el piyama que llevaba puesto al morir.

—Hola, tío Harry —dije.

No contestó. Pero me estaba mirando.

—¿Sigues teniendo alzhéimer?

—No.

—Entonces ¿ahora estás bien?

Me miró con el más ligero atisbo de humor.

—Supongo que sí, si estar muerto encaja en tu definición de estar bien.

—Te va a extrañar, tío Harry.

No obtuve respuesta, y tampoco la esperaba, porque no era una pregunta. Sin embargo, había algo que quería preguntarle. Lo más seguro era que no supiera la respuesta, pero, como se suele decir, el que no llora no mama.

—¿Sabes quién es mi padre?

—Sí.

—¿Quién? ¿Quién es?

—Soy yo —contestó el tío Harry.

69

Ya casi termino (¡y recuerdo cuando pensaba que treinta páginas eran muchas!), pero no del todo, así que no te vayas antes de enterarte de esto:

Mis abuelos —mi *único* par de abuelos, resulta— murieron camino de una fiesta de Navidad. Un tipo con demasiada alegría navideña dio un volantazo, cruzó tres carriles de una autopista de cuatro y chocó frontalmente con ellos. El borracho sobrevivió, como suele pasar. Mi tío (resulta que también mi padre) estaba en Nueva York cuando recibió la noticia, haciendo la ronda de *varias* fiestas de Navidad, congraciándose con editores, correctores y autores. Su agencia era muy nueva en aquel entonces, y el tío Harry (¡mi querido papito!) era como un hombre en un bosque espeso, mimando un diminuto montón de ramitas encendidas y esperando que se convirtieran en una hoguera.

Volvió a Arcola —un pueblo pequeño de Illinois— para el funeral. Cuando la celebración terminó, se ofreció una recepción en casa de los Conklin. Lester y Norma eran muy queridos, así que acudió mucha gente. Algunos llevaron comida. Otros llevaron alcohol, que sirve de padrino de muchos bebés sorpresa. Tia Conklin, que no hacía mucho que había terminado la universidad y había encontrado su primer empleo en una empresa de contabilidad, bebió mucho. Y su hermano también. Oh, oh, ¿verdad?

Cuando todo el mundo se va a casa, Harry la encuentra en su habitación, tumbada en la cama en camisón, llorando a lágrima viva. Harry se acuesta a su lado y la abraza. Solo para consolarla, se entiende, pero un tipo de consuelo lleva a otro. Solo esa vez, aunque con una vez basta, y seis semanas más tarde, Harry —de vuelta en Nueva York— recibe una llamada de teléfono. No mucho después, mi madre, embarazada, se une a la empresa.

¿La Agencia Literaria Conklin habría prosperado igualmente en aquel terreno tan duro y competitivo sin ella o, por el contrario, el montoncito de ramas y hojarasca de mi tío/padre se habría apagado hasta convertirse en humo blanco antes de que pudiera empezar a añadir los primeros troncos más grandes? Cuesta decirlo. Cuando el negocio despegó, yo estaba en un moisés, meándome en los pañales y diciendo gugú. Pero ella era buena en su trabajo, eso lo sé. Si no lo hubiera sido, la agencia se habría hundido después, cuando el mercado financiero se vino abajo.

Deja que te diga otra cosa: hay muchos mitos falsos en torno a los bebés nacidos del incesto, sobre todo cuando se trata de padre-hija y hermana-hermano. Sí, pueden surgir problemas médicos, y sí, las posibilidades de que se produzcan son un poco más altas cuando se trata de incesto, pero ¿la idea de que la mayoría de esos bebés nacen tontitos, con un solo ojo o los pies chuecos? Mentira cochina. Lo que sí descubrí es que uno de los defectos más habituales de los bebés fruto de relaciones incestuosas es tener los dedos de las manos o de los pies unidos. Tengo cicatrices en el interior del dedo índice y en el medio de la mano izquierda, de una operación quirúrgica para separarlos cuando era pequeño. La primera vez que pregunté por aquellas cicatrices —no podía tener más de cuatro o cinco años—, mamá me contestó que los médicos me lo habían hecho antes de que me llevara a casa desde el hospital. «Pan comido», dijo.

Y, claro, luego estaba la otra cosa con la que nací, que quizá tuviera algo que ver con el hecho de que en cierta ocasión, mientras sufrían por la pérdida y el alcohol, mis padres intimaron un poco más de lo que deberían intimar dos hermanos. O a lo mejor ver muertos no tenía ninguna relación con eso. Unos padres que entonan como un gato al que le han pisado la cola pueden engendrar un prodigio del canto; unos analfabetos pueden engendrar un gran escritor. A veces el talento procede de la nada, o eso parece.

Aunque, para, espera un segundo.

Toda esa historia es ficción.

No sé cómo Tia y Harry se convirtieron en los padres de un robusto bebé llamado James Lee Conklin porque no le pregunté por los detalles al tío Harry. Me los habría contado —los muertos no pueden mentir, creo que eso ha quedado claro—, pero no quise conocerlos. Después de que pronunciara aquellas dos palabras —«soy yo»—, me di la vuelta y entré en la residencia a buscar a mamá. Él no me siguió, y nunca volví a verlo. Pensé que a lo mejor asistía a su funeral o aparecía en el momento en que le dieran sepultura, pero no fue así.

Durante el trayecto de regreso a la ciudad (en el autobús, como en los viejos tiempos), mamá me preguntó si me pasaba algo. Le dije que no, que solo estaba intentando hacerme a la idea de que el tío Harry se había ido de verdad.

—Es como cuando se me caía un diente de leche —dije—. Tengo un agujero y no dejo de notarlo.

—Lo sé —dijo ella mientras me abrazaba—. Yo siento lo mismo. Aunque no estoy triste. No esperaba estarlo y no lo estoy. Porque en realidad hace mucho tiempo que se fue.

El abrazo me sentó bien. Quería a mi madre, y todavía la quiero, pero aquel día le mentí, y no solo por omisión. No fue como si se me hubiera *caído* un diente; lo que había descubierto fue como si me hubiera salido otro, un diente para el que no tenía hueco en la boca.

Determinadas cosas hacen que la historia que acabo de contarte resulte más creíble. A Lester y Norma Conklin *sí* los mató un conductor borracho rumbo a una fiesta de Navidad. Harry *sí* volvió a Illinois para su funeral; encontré un artículo en el *Record Herald* de Arcola que dice que él pronunció el panegírico. Tía Conklin *sí* dejó su trabajo y se fue a Nueva York para ayudar a su hermano en su nueva agencia literaria a principios del año siguiente. Y James Lee Conklin *sí* fue presentado en sociedad unos nueve meses después del funeral, en el hospital Lenox Hill.

Así que sí sí sí y bueno bueno bueno, todo podría ser tal como lo he expuesto. Cuenta con una buena ración de lógica a su favor. Pero también podría haber sido de alguna otra manera, lo cual me gustaría bastante menos. La violación de una joven que se había emborrachado hasta quedar inconsciente, por ejemplo, dicho acto cometido por su hermano mayor, borracho y caliente. La razón por la que no lo pregunté es sencilla: no quería saberlo. ¿Me pregunto si se plantearon el aborto? A veces. ¿Me preocupa haber heredado de mi tío/padre algo más que los hoyuelos que me salen cuando sonrío o el hecho de que mi pelo negro empieza a mostrar los primeros rastros de blanco a la tierna edad de veintidós años? Para no andarme con rodeos, ¿me preocupa la posibilidad de empezar a perder la cabeza a la aún tierna edad de treinta, o treinta y cinco o cuarenta? Sí. Claro que sí. Según internet, mi padre-tío sufría alzhéimer de inicio temprano. Aguarda su momento en los genes PSEN1 y PSEN2, así que existe una prueba para detectarlo: escupes en un tubo y esperas la respuesta. Supongo que me la haré.

Después.

Ahí va una cosa curiosa: repasando estas páginas, veo que la escritura fue mejorando a medida que avanzaba. No intento decir que esté a la altura de Faulkner o de Updike; lo que *estoy* diciendo es que mejoré con la práctica, como supongo que ocurre con la mayoría de las cosas de la vida. No me queda más remedio que tener la esperanza de que seré mejor y más fuerte en otros sentidos cuando me encuentre de nuevo con la cosa que invadió a Therriault. Porque ocurrirá. No he vuelto a verla desde aquella noche en casa de Marsden, cuando lo que fuera que Liz vio en el espejo la volvió loca; pero eso sigue esperando. Lo percibo. De hecho, lo sé, aunque ni siquiera sé qué es.

No importa. No pienso pasarme la vida pendiente de si perderé o no la cabeza cuando llegue a la mediana edad, y tampoco voy a vivir con la sombra de esa cosa cerniéndose sobre mí. Ya ha dejado sin color demasiados días. El hecho de ser fruto del incesto me parece ridículamente insignificante en comparación con la cáscara negra de Therriault y el fuego fatuo brillando a través de las grietas de su piel.

He leído mucho en los años transcurridos desde que aquella cosa me pidió una segunda oportunidad, otro rito de Chüd, y me he topado con un montón de supersticiones extrañas y leyendas raras —cosas que nunca salieron en los libros de Roanoke de Regis Thomas o en el *Drácula* de Stoker— y, a pesar de que hay muchas relativas a la posesión de los vivos por parte de demonios, todavía no he encontrado ninguna acerca de una criatura capaz de poseer a los muertos. Lo más cercano son las historias sobre fantasmas malévolos, y no es lo mismo ni de lejos. Así que no tengo ni idea de con qué estoy lidiando. Lo único que sé es que debo lidiar con eso. Silbaré, acudirá, nos fundiremos en un abrazo en lugar de en ese rito de morderse la lengua, y luego… Bueno, luego ya veremos, ¿no?

Sí, ya veremos. Ya lo veremos.

Después.